कहानियाँ

# फरिश्ते

# फरिश्ते

राजेन्द्र प्रसाद पांडेय

राधाकृष्ण प्रकाशन

ISBN : 978-81-19989-04-1

**फरिश्ते**



**पहला संस्करण :** 2024

**मूल्य :** ₹595

**प्रकाशक**
राधाकृष्ण प्रकाशन प्राइवेट लिमिटेड
जी-17, जगतपुरी, दिल्ली-110 051

**शाखाएँ :** अशोक राजपथ, साइंस कॉलेज के सामने, पटना-800 006
पहली मंजिल, दरबारी बिल्डिंग, महात्मा गांधी मार्ग, प्रयागराज-211 001
1, अनमोल सोराबजी सन्तुक लेन, धोबी तलाव, मरीन लाइंस, मुम्बई-400 002
वेबसाइट : www.radhakrishnaprakashan.com
ई-मेल : info@radhakrishnaprakashan.com

**मुद्रक**
बी.के. ऑफसेट
नवीन शाहदरा, दिल्ली-110 032

FARISHTEY
*Stories* by Rajendra Prasad Pandey

# फरिश्ते

# क्रम

# हाथ में कानून

किसी गरीब की नियति-सी गाड़ी अब भी अपनी पूर्वगति से घिसट रही थी। सारे सहयात्रियों की निगाहें उसे छलनी किये दे रही थीं। वह अपनी निगाहें नीची किये बैठा था। उसके मस्तिष्क में लाखों-करोड़ों की संख्या में कीड़े बिलबिलाने शुरू हुए तो कम होने का नाम ही नहीं लेते थे। एक सीधा-सादा नागरिक होने के नाते वह सार्वजनिक स्थलों पर हल्की बेइज्जतियाँ सहने का आदी हो चुका था। लेकिन आज जो घटित हुआ वह उसके अभ्यास के बिलकुल विपरीत था। सब लोगों के बीच दिये गए सम्मान ने उसका सर्वस्व ही तोड़कर रख दिया था।

उस जाल में वह फँसा तो था पर बिलकुल साफ निकल भी आया था। मगर बाद में न जाने कैसे अचानक उसे बुरी तरह दबोचकर झिंझोड़ डाला गया था। वह कभी-कभी अपने कपड़ों पर निगाहें डाल लेता था। सब कुछ सलामत था। मामूली प्रेस किये होने के कारण कुर्ते का हल्की सलवटोंवाला रूप फींचे-फेटे गए-सा नहीं हुआ था। धोती भी कुर्ते की जीवन संगिनी-सी उसी के अनुरूप थी। ऐसी ट्रेनों में धूल-धक्कड़ और यात्रियों की रेलमपेल के बाद भी दोनों का इस तरह साबुत बचे रहना एक सन्तोष की बात थी, लेकिन उसका अपना भीतर बिलकुल खाली-खाली-सा था। लग रहा था, सब कुछ पर कोई पहाड़-सा आ गिरा था और बड़े साधारण ढंग से यह भी कह गया था कि यह जो कुछ भी है, सब उसकी ही कृपा से है।

उसे अपने बचपन का समय याद आने लगा था। टूटी-फूटी झोंपड़ी के प्राइमरी स्कूल में एक अध्यापक। वही हेड, वही अधीनस्थ, वही क्लर्क और चपरासी सब कुछ। पर मजाल क्या थी कि कोई भी लड़का चूँ कर दे। आँखों में जलती दीपशिखा का तेज था। जिधर घूरा—सन्नाटा। एक बार उसने 5वीं कक्षा के इतिहास के एक मौखिक प्रश्न का उत्तर बगल के लड़के को बता दिया था। बाँस की केन सटाक

हुई और उसका हाफपैंट भीग उठा था। आज भी उसके रोंगटे उस सटकार की याद से ही खड़े हो उठते हैं। भले ही अब वह स्वयं एक अधेड़ व्यक्ति और एक डिग्री कॉलेज का अध्यापक है।

लेकिन आज से उस केन की सटकार का स्थान साइकिल की चेन की 'सूँ ऽऽ' लेती जा रही है। 'सड़ाक' के साथ 'सूँ ऽऽ' करती हवा में लहराती साइकिल की चेन।

क्या कल्कि का अवतार हो चुका है? क्या इस बार जन्मनेवाला ईश्वर केवल बेगुनाहों को मारेगा? क्या इस कल्कि का गुरु होने का सौभाग्य या दुर्भाग्य उसी के हिस्से पड़ेगा? वह इन कीड़ों से अपने मस्तिष्क को चाटा जाता पाकर मन-ही-मन खदबदा रहा था और पूरी भीड़ उसे छलनी कर रही थी। उसका सारा गुरुत्व उसके सामने किसी नंगे-पगले-सा अपना गन्दा शरीर खुजलाता खड़ा था।

कुछ गुरु तो उसे भी अपने जीवन में ऐसे ही मिले थे। अपने घरेलू कामों में बुरी तरह बुझे हुए। विषय के ज्ञान के नाम पर लगभग उसी के समानान्तर या फिर पिछड़े हुए, किन्तु वह उनसे कम और पुस्तकों से अधिक प्रेरणा लिया करता था। इन्हीं पुस्तकों को पढ़कर अपने से अपना रास्ता खोजता वह विश्वविद्यालय की स्नातक और स्नातकोत्तर कक्षाएँ डाँकता चला गया था। कुछ लोग अब उस पर गर्व करते थे और वह गुरुओं का सम्मान और भी बढ़ा-चढ़ाकर करने लगा था।

मगर आज उसे सबसे ज्यादा व्यर्थ उसका अपना ही गुरुत्व लगने लगा था, जो उसके शरीर से जोंक की तरह चिपका उसके अस्तित्व को चूस रहा था। वह खुलकर सभी के सामने तिलमिला भी नहीं सकता था और आसपास के लोग उसे अपनी नगाहों की किरचें भोंके डाल रहे थे।

न वह इस गाड़ी में बैठकर इधर आता, न यह आँधी उसे झिंझोड़ती! कैसे अप्रत्याशित ढंग से सब कुछ घट गया था!

वह बहुत ही सीधी-सादी मनःस्थिति के साथ इस गाड़ी में आ बैठा था। शहर में बन रहे मकान के बारे में वह लगातार सोच रहा था। किसी तरह से दस-पन्द्रह हजार रुपये और मिल जाएँ तो मकान पूरा हो जाए। लगभग तन्द्रावस्था में पहुँचकर अपनी बार-बार टूट जाती विचारधारा में वह बीच-बीच में गोते लगाकर फिर हल्की नींद में डूब जाता था। अचानक गाड़ी खड़ी हुई थी और प्यास के कारण स्टेशन पर उतरकर प्लेटफार्म पर आगे बढ़ा था। तब तक भारी भगदड़ का दृश्य उपस्थित हो गया था। तीन-चार आदमी जान बचाकर निकलना चाह रहे थे और पीछे से एक लम्बा-चौड़ा युवक उन्हें दौड़ाए था। दौड़ाने वाले ने खद्दर का कुर्ता और धोती

पहन रखी थी। उसके हाथ में साइकिल की चेन 'सूँ-सूँ' करती घूम रही थी। आखिर भागने वाले लोग कमजोर पड़ गए और दौड़ानेवाले के शस्त्र ने उन्हें अपनी लपेट में ले लिया। बिजली की फुर्ती के साथ सभी भागने वालों को उस दौड़ानेवाले ने साइकिल की चेन से मार-मारकर धराशायी कर दिया था।

तमाम लोगों की तरह कुछ लेन-देन की इच्छा के बिना भी वह भीड़ में लगभग दौड़ता हुआ-सा शामिल हो गया था। पास पहुँचकर उसने देखा था कि चार आदमी घायल पड़े, हाथ जोड़ते दया की भीख माँग रहे थे और वह पठ्ठा अकेले आगे फिर हिम्मत करने की चुनौती देता हुआ उन्हें हवा में घुमा-घुमाकर साइकिल की चेन से पीट देता और कहता—"और जाओ मंत्री साले के पास, साले दलालों।"

पूरी भीड़ एक नपुंसक क्रोध के साथ भय से काँपती खड़ी थी। वह सोच रहा था कि लोगों को ललकारे कि सारे लोग मिलकर क्यों नहीं उसे सबक सिखा देते? लेकिन उसे ध्यान आया कि अगर उसकी ललकार का कोई असर न पड़ा तो अगले ही क्षण वह भी इन्हीं चारों के बीच लोटता-गिड़गिड़ाता पड़ा होगा।

जब-जब जुझारूपन दिखाने के मौके उसके जीवन में आए हैं, तब-तब उसका अध्यापक उसकी वीरता में आड़े आ गया है। उसका खून उबल उठता था। दिमाग की नसें फटने लगती थीं। सारी दुनिया को हाथों में लेकर पिच्च-से मसल देने की शक्ति उसे महसूस होने लगती थी। मगर लाल आँखों और तनी हुई शिराओं के साथ वह जब तक आगे बढ़ना चाहता उसका अध्यापक एक दुर्भेद्य दीवार बनकर सामने आ खड़ा होता।

अपनी उम्र की ढलान को भूलकर आज भी उसने सारी भीड़ को दोनों हाथों से चीरकर अपने को सबसे आगे कर लिया था। युवक द्वारा 'सटाक-सटाक' चलाई जा रही चेन का हर वार उसे अपने ही ऊपर लगता महसूस हो रहा था और वह बिलकुल स्तब्ध आँखों से चिनगारियाँ बरसाता पूरी भीड़ के साथ उस युवक के सामने खड़ा था।

अन्त में उस युवक ने ही सारी भीड़ को खदेड़ लेने की-सी मन:स्थिति दिखलाते हुए ललकारा था, "भाग जाओ तुम सब लोग भी, नहीं तुम लोगों का भी यही हाल होगा।" और सारी भीड़ तेजी से छँटने लगी थी। वह स्वयं भी भारी मन से वहाँ से पराजित-थकित लौटकर अपनी सीट पर जा बैठा था।

"बड़ा खूँखार है यह तो भइया..." एक आदमी ने कहा था। "खूँखार अरे भेड़िया है भेड़िया जिससे नाराज हो गया, समझो खैर नहीं।"

"भेड़िया क्यों भाई। यह तो बी.ए. पास है। मैं जानता हूँ। डिग्री कॉलेज से पर साल ही इसने बी.ए. पास किया है।"

"अरे इसी चेन के बल पर तो यह सनीमा घर में खिड़की पर पहुँचते ही चार पास तुरन्त ले लेता है।"

"अरे भइया यह तो होटलों में खाने-पीने का भी पैसा नहीं देता। अगर कोई बोला तो समझो महीने-दो महीने को अस्पताल में..."

"यह तो भेड़िया से भी ज्यादा खतरनाक है, तब तो..."

"अरे भइया यह ग्रेजुएट भेड़िया है, दीक्षाधारी स्नातक।"

"लानत है इसके गुरुओं को..."

यह बात कहते हुए उस व्यक्ति ने यह नहीं समझा था कि डिब्बे में बैठा वह भी एक गुरु है और उसके पढ़ाए सैकड़ों चेले हर साल ग्रेजुएट हो जाते हैं। उसे कुछ बुरा भी लगा था और उसने अपना प्रोफेसरी रोब लोगों पर जड़ना चाहा। वह बता देना चाहता था कि उसके पढ़ाए कितने लड़के कितने ऊँचे पदों पर हैं और वे उसका कितना सम्मान करते हैं। इस डिब्बे में ही एकाध व्यक्ति उसका शिष्य जरूर होगा।

आसपास के लोगों पर एक विजेता निगाह डालते हुए उसने पूछा था, "क्यों भइया! जब लड़के की जड़ ही कमजोर होगी, तो बी.ए., एम.ए. में कोई कैसे सारा ज्ञान करा देगा?"

"हाँ ठीक ही तो कहते हैं आप...मास्टर साहब।"

किसी अजनबी द्वारा अपने बारे में अन्दाज लगाकर किये गए "मास्टर साहब" के सम्बोधन ने उसे मखमली गुदगुदी दी थी। उसके अहं को एक सहारा मिला था कि लोग उसे डिग्री कॉलेज के अध्यापक के रूप में जान गए हैं। अब उससे रहा नहीं गया और उसने कह ही दिया, "मेरे पढ़ाए ही कितने लड़के बड़े-बड़े अफसर हो गए हैं। इसी जमानिया तहसील का एस.डी.एम. मेरा पढ़ाया हुआ है।"

उसने निगाह डाली थी कि सभी लोग उसके प्रभाव का कुछ नोटिस ले रहे हैं। तब तक एक आदमी बोल पड़ा था। "मास्टर साहब! मेरा एक काम है एस.डी.एम. साहब से आप करा दें तो बड़ी कृपा हो..."

उसके बोलने से पहले ही दूसरे यात्रियों ने ही उस यात्री पर फब्तियाँ कसीं, "हाँ हाँ! उतर पड़ो भइया गाड़ी से और मास् साहब को सीधे एस.डी.एम. की अदालत में घसीट ले जाओ अपने काम के लिए..."

"अरे यहीं बुलवा लो...एस.डी.एम. दौड़ता आएगा मास्टर साहब के नाम पर। क्यों मास्टर साहब?"

"अरे भाई गुरु तो गुरु ही होता है। माता-पिता से भी ऊँचा स्थान उसका होता है। जो माने उसके लिए तो गुरु ब्रह्मा, विष्णु, महेश है।"

लोगों की अनुकूल और प्रतिकूल टिप्पणियों के अनुसार वह अपने दिल में ऊँचे-नीचे उठता-गिरता हिचकोले खाता डिब्बे में बैठा था। वह पुराने जमाने के गुरुओं के सम्मान की मीठी याद में बीच-बीच में गोते लगा लेता था और डिब्बे के लोगों की बातों पर भी ध्यान दे लेता था।

अचानक लोगों में तूफान के पहले की-सी सनसनी फैल गई और डिब्बे के सारे हल्ले को लकवा मार गया। लोगों ने देखा कि वही युवक चेन हाथ में लिये डिब्बे में आ धमका है।

उसने अपनी गर्दन आगे बढ़ाकर सभी यात्रियों की तरह गुपचुप आगे देखा तो पाया कि युवक आगे बढ़ता जा रहा है। उसकी निगाहें उस युवक से मिलीं तो उसे लगा कि कहीं उसने उसके मन की घृणा को पढ़ तो नहीं लिया था। वह पछताने लगा कि वह नाहक उस भीड़ में आगे बढ़कर उसकी आँखों के आगे पड़ गया। फिर भी उसके शरीर की रग-रग तैयार हो गई थी कि वह इस भेड़िये से आज जरूर निबट लेगा।

वह अभी मन-ही-मन कड़ाहे में जलते तेल की तरह खौल रहा था कि अचानक भय, आश्चर्य, गर्व और घृणा के तीखे आवेगों से लथपथ हो गया था। वही युवक सहसा आकर उसके पाँव छूते हुए बोला था, "पायलागी गुरुजी।"

भीड़ के साथ आदमियों को पीटे जाते समय देखते हुए भी उसे इस युवक का चेहरा कुछ पहचाना लगा था। अब तो उसे साफ ध्यान आ गया कि उसने इस युवक को बी.ए. में पढ़ाया था। कक्षा में यह युवक अपने भारी-भरकम डील-डौल के साथ बैठा रहता था। अगल-बगल के लड़के किसी साँड़ की बगल में बैठे बछड़ों की तरह बेचारे लगते थे। वह स्वयं भी इस युवक की निगाह पड़ते ही सहम उठता था।

उसने सोचा भी न था कि सारे लोगों के बीच उसका पाँव छूकर उसे इस तरह आदर देते हुए सभी की घृणा का पात्र बनाने वाला यह युवक उसका अपना शिष्य निकल आएगा। उसके मुँह से आशीर्वाद तो जबरन घबड़ाहट में निकल गया था।

लड़के ने अपनी व्यस्तता दिखलाते हुए कहा था, "खाली आपको देखकर सलाम करने चला आया था..."

उत्तर में वह कुछ न बोलकर केवल अपने होंठ फड़फड़ाने लगा था।

"चलूँ गुरु जी। अभी कुछ और लोगों से निपटना है। मेरी सेवा की जरूरत हो तो जरा भी संकोच मत करिएगा गुरु जी..." ऐसा कहते समय उसने जिस फुर्ती से अपने कुर्ते की जेब से चेन निकाल कर 'सूँ' करते हुए घुमाई थी, उससे उसका अपना सारा अध्यापकीय व्यक्तित्व चकरघिन्नी खा गया था।

उसे पूरे डिब्बे के यात्रियों के बीच बिना चोट के भी बुरी तरह घायल करके वह तुरन्त चला गया था।

आगे बढ़ती हुई गाड़ी उसे पीछे की ओर लुढ़कती लग रही थी। उसे लग रहा था कि वह उन चारों आदमियों के साथ खून से लथपथ गाड़ी के पीछे-पीछे उसी चेन से बँधा घिसटता जा रहा है।

अब वह रौंदे गए अहं के कीचड़ में पूरी तरह से लथपथ सारे लोगों के बीच बैठा था और गाड़ी किसी गरीब की नियति की ही तरह घिसट रही थी, घिसटती जा रही थी। इस गिजगिजाती भीड़ की चिकोटी-निगाहों से बचने के लिए वह जल्दी-से-जल्दी अपने गंतव्य पर जाकर छिप जाने को आतुर था। पर लो...अचानक गाड़ी ने घिसटना भी बन्द कर दिया था।

गुस्से से उसकी कनपटी की नसें फटी जा रही थीं। सारे यात्री उसे निर्लज्जता की हद तक निश्चिन्त दिखाई दे रहे थे। उनको एक ही चिन्ता लगती थी, उसे अपनी बर्छी जैसी निगाहों से बींधना, उसके गुरुत्व पर ढेले मारना और उसकी धोती सरे-समाज उठा देना। उसे पूरी भीड़ पर गुस्सा आ रहा था। उसके गुस्से के उबाल ने अब उसकी शारीरिक ढलान से भी उसे अवमुक्त कर दिया था। वह अकेले सारी भीड़ पर किसी चीते की तरह टूट पड़ने को आतुर था।

"पायलागी गुरु जी! पान के शौक फरमाई?"

वह भौचक्का रह गया था। उसके रहे-सहे अस्तित्व पर दुबारा वह किस कदर खूँखार पंजों से झपट्टा मार रहा था।

अब उसने आँखें खोलकर देखा था। सामने घुटने टेककर पैर छूते हुए, खुद अपने मुँह भरी गिलौरी की पीक को सँभालने के प्रयास के साथ वह बोल रहा था। इस प्रयास में वह अपना मुँह ठीक आसमान की ओर उठाए था। उसके गले की नसें उभर आई थीं। बोलने में सावधानी के लिए मुँह कम खुलने पर भी उसका लाल मुँह उसे ठीक सुरसा के नरभक्षी मुँह की भाँति लगा था।

पता नहीं किसी भीतरी भय से या किसी आसुरी प्रेरणा से उसके हाथ आगे बढ़

गए थे और उसने पान के बीड़ोंवाली पत्ती उसके हाथों से ले ली थी।

अपना छात्र-धर्म पूरा कर वह बद्ध संजीदगी से लौटने लगा था। डिब्बे के सारे यात्री सहमकर आकार में तेजी से आधे होते हुए उसे रास्ता दे रहे थे।

लोगों ने देखा, बाहर एक दरोगा जी चार कांस्टेबुलों के साथ "कहाँ है? आज नहीं जाने पाएगा साला।" कहते हुए शरीर को बिना विशेष झटका दिये किसी को दौड़कर पकड़ लेने का अभिनय कर रहे थे।

पुलिस को देखकर उसने डिब्बे में ही मुँह की पीक थूक दी और दरोगा को रंडियों का दलाल बताते हुए एक गाली भी दी। भीड़ अपनी सुरक्षा के लिए केंचुए की तरह लिजलिजी और भुँइलोटनी बनी हुई थी। वह उन लोगों के बीच से हाथियों के सिरों पर पाँव रखते शेर-सा जा रहा था।

सहसा सारे डिब्बे को लकवा मार गया। गुरु जी ने पीछे से झपट्टा मारकर चीते की फुर्ती से उसे दबोच लिया था और एक पाँव से लंगी मारते हुए चकरघिन्नी खिलाकर दे पटका था। गुरु जी की आँखों से अंगारे बरस रहे थे और वह बुरी तरह हाँफ रहे थे। उनका शरीर गनगन-गनगन काँप रहा था।

इस नर-पिशाच पर इस बूढ़े का चढ़ बैठना ऐसी घटना थी, जो इस फुसफुसी भीड़ के बीचोबीच एक रीढ़ की भूमिका में आ गई थी और पूरे डिब्बे के सहयात्री 'मारो मारो' कहते उसी ओर लपक पड़े थे।

"ले जाओ इस पिश्...शाच को...जिन्दगी-भर बाहर न निकलने पाए।"

गुरु जी ऐसे कह रहे थे, मानो पुलिस ने उसे कैद कर ही लिया था। अब तक 'तड़ातड़' कई जूते, चप्पल और घूँसे भी इस मुस्टंडे पर पड़ चुके थे।

इसी समय दौड़ते हुए सभी को ढकेलते दरोगा जी दो कांस्टेबिलों के साथ डिब्बे के पास आए। उन्होंने भीड़ पर बिना कुछ भी देखे बेंतें बरसानी शुरू कीं। उनकी आँखें लाल-लाल होकर पके-अधपके जामुन की तरह गुस्से से बाहर उछली आ रही थीं। उछलते और बेंत चलाते हुए वह गरजे, 'अबहीं ठीक करते हैं मास्टर के बच्चे तुमको।"

"बूढ़ौती खराब कर देंगे तुम्हारी...साले...हराम जादे। अरे! अपने हाथ में कानून लेता है साले!"

गुस्से से फुफकारती भीड़ किसी फूले गुब्बारे—जैसी थी, जिसमें दरोगा जी ने इस वाक्य की पिन चुभा दी थी। उसकी सारी हवा निकल गई थी।

# इल्लू-लादा

शहर के सबसे बड़े न्यूरोलाजिस्ट के यहाँ काफी भीड़ थी। जितने मरीज आते उतने ही उनके सहायक। इससे भीड़ अपने-आप कम-से-कम दोगुनी हो जाती थी। मगर इस बच्ची के साथ तो पाँच और लोग आए थे। दो बहनें, एक भाई और माँ-बाप।

जल्दी सबको थी, लेकिन बच्ची की हालत देखकर सारे लोगों ने पहले बच्ची को ले जाकर दिखाने का अनुरोध मान लिया था। बच्ची थी भी बड़ी खराब हालत में।

उसकी आँखें खुली थीं और वह आसमान की ओर देख रही थी। दोनों हाथ जकड़े हुए थे। जिस हाथ को पकड़कर जिस तरफ घुमा दिया जाता, बच्ची उसे वैसे ही किये रहती। उसकी आँखों से पानी बह रहा था। जाहिर था कि आँखें तेजी से कमजोर होती जा रही हैं। उसके मुँह से लार बह रही थी और गाल भीतर धँस गए थे। आँखों के आसपास काली झाँई थी और वह किसी से कुछ भी नहीं बोलती थी। उसे जो कुछ जितना दिया जाए वह खा-पी लेती थी और बहुत कोशिश करने पर केवल 'इल्लू-लादा' बोलती थी। गनीमत है कि उसके पाँव अभी तक ठीक से काम करते थे। लेकिन लगता था कि वह भी थोड़े ही दिनों बाद गड़बड़ हो जाएँगे। हालत ही इतनी तेजी से गिर रही थी।

लड़की भीतर लाई गई। डॉक्टर ने सारी तकलीफ सुनी और लड़की के शरीर का पूरा चेकअप किया। कई बार बच्ची की सारी टेस्ट रिपोर्टों को देखा। दवाइयों को बार-बार देखा और समझा। फिर सोच में पड़ गया। उसने बालिका से बार-बार पूछना चाहा कि शरीर में कहीं दर्द है तो उसने एक बार वही उत्तर दिया—"इल्लू-लादा।"

"मुझे तो यह मानसिक बीमारी लगती है मिस्टर जीतेश! बेहतर होगा कि आप इसे किसी साइकियेट्रिस्ट के यहाँ ले जाएँ। वैसे इसके साथ कोई हादसा तो नहीं

हुआ है मिस्टर जीतेश? अगर आपको न मालूम हो तो घर के और सारे सदस्यों से भी पूछकर देखिए। इससे बच्ची की बीमारी समझने में सहायता मिल सकेगी।"

"हादसा तो कोई नहीं हुआ डॉक्टर साहब! बच्ची को सभी लोग बहुत प्यार करते हैं और कभी किसी तरह की कोई दुर्घटना भी नहीं हुई। पता नहीं क्यों इसकी हालत दिन-पर-दिन गिरती जा रही है?"

"ठीक है। तब तो इसके लिए कुछ ज्यादा ध्यान देने की जरूरत है। इसके सारे टेस्ट नार्मल है। इसी से लगता है कि यह मनोवैज्ञानिक थेरेपी का मामला है। मैं तो फिर कहूँगा कि आप किसी साइकिएट्रिस्ट के पास तुरन्त जाइए। बच्ची की हालत अच्छी नहीं।"

"बहुत अच्छा" कहते हुए जीतेश पूरे परिवार के साथ उठ खड़े हुए और डॉक्टर अगला मरीज देखने लगे।

एक सबसे बड़े भाई के बाद लगातार तीसरी बहन के रूप में उसने जब जन्म लिया तो घर में कोई स्वागत नहीं हुआ था। लेकिन थोड़ी बड़ी होते-होते उसने ऐसे-ऐसे कमाल दिखाए कि घर के सारे लोगों की चहेती बन गई। सारा घर उसके रहते चिल्लाता रहता—

"रुचिरा-रुचिरा।"

"आ र र रें ऽ ऽ हैं।"

हल्की तुतलाहट और बालपन की कोमलता से भरी आवाज में वह बोलती और अगले ही क्षण एक पैर पर जोर देकर दूसरे को आगे बढ़ाकर फुदकती हुई उल्लास की मूर्ति बनी आ खड़ी होती। वह कभी भी धीरे-धीरे चलकर नहीं आती थी। पिछले पैर पर जोर देकर उछलते हुए अगले पैर को आगे बढ़ाना और फिर पिछले पैर को आगे कर दूसरे पैर पर जोर देकर उछलना और रास्ते में पड़नेवाली चीजों से टकराकर रोने लगना उसका रोज का काम था। जब तक पूरा घर इकट्ठा न हो जाए, सारे लोग "अरे राम रे! यह क्या हो गया?" कहकर पैर की चोट पर फूँक न मारें, तब तक उसका दर्द शान्त नहीं होता था। कभी-कभी काफी देर हो जाती और भइया की शोकवाणी नहीं सुनने को मिलती तो खुद पूछती—

"भइया जी खाँ हैं?"

"काम से गए हैं। अभी आते होंगे।"

चोट का दर्द आखिर तभी शान्त होता, जब भइया आते और गोद में लेकर बार-बार चोट पर फूँक मारते।

उसके चुप होते ही पापा उसे बुलाते और फिर उसी फुदकन के साथ—"आ र रे ऽ ऽ हैं।"

सारा घर दुख के बाद के सुख की सुगन्ध से भर जाता।

और उस दिन तो हद ही हो गई। स्कूल से साथ के सारे बच्चे लौट आए पर वह नहीं आई। कुहराम मच गया। घर में कोई मर्द नहीं था। मम्मी ने ही तैयार हो कर स्कूल का रास्ता पकड़ा। साथ में बड़ी लड़की को भी ले लिया। रास्ते-भर पूछते गईं। कहीं कोई पता न चला। आखिर में स्कूल के पास जहाँ शहर के तमाम लोग एकान्त का लाभ उठाकर पेशाब करते थे, वहीं मिली रुचिरा। कीचड़ और बदबू में सनी हुई। बैठकर एक पिल्ले को दुलार रही थी। बगल में पिल्ले की माँ अपनी पाँच दूसरी सन्तानों को दूध पिलाने का सुख उठा रही थी।

"अरे रुचिरा! ये तुम क्या कर रही हो?"

"मम्मी ये बला प्याला है। हम इछको ले चलेंगे।"

"अरे बेटी! तुमने तो आज हद ही कर दी। हम लोग तुमको ढूँढ़-ढूँढ़ कर तंग आ गए थे।

बड़ी बहन ने तो लपककर तड़ातड़ दो तमाचे भी लगा दिये। अब रुचिरा ने रोना शुरू कर दिया था—

"हम यहाँ छे नहीं जाएँगे। यही लहेंगे।"

"यहाँ कहाँ रहोगी?"

"यहीं पिल्ले की मम्मी के छात।"

"अच्छा तो तुम पिल्ले के साथ रहोगी?"

"हाँ!"

"क्या अपनी मम्मी को छोड़ दोगी?"

"हाँ?"

रुचिरा ने अब वह रुलाई शुरू की थी, जो अपनों की उपेक्षा पर हिचकियों से भरकर हर किसी को हिला देती थी—

"हमको मम्मी मालती है औल दीदी भी मलवाती है।"

ज्यादा दुखी होने पर रुचिरा कुछ और भी तुतलाने लगती थी और 'र' को 'ल' बोलने लगती थी।

"हे भगवान! यह लड़की पगला गई है क्या?"

बड़ी बेटी सीता के इस प्रश्न का कोई जवाब माँ के पास नहीं था। वह दुखी मन

से सोच रही थी कि इस लड़की ने कैसे यह सोच लिया कि मैं इसे प्यार नहीं करती हूँ। वह दुखी थीं और उन्होंने सीता को आँखें तरेरते हुए झिड़क दिया—"सीता...!"

"बेटी! अले तुम हमाले छाथ नहीं लहोगी तो हम भी यहीं लहेंगे।...हम भी?"

"नहीं, आप हमाले छाथ नहीं लहेंगी। हम पिल्लू के छाथ उछकी मम्मी के छाथ लहेंगे।"

"बड़ी पिल्लू के साथ रहेगी।"

—सीता फिर गुर्राई।

अब तक तमाम लोग इकठ्ठे हो गए थे और बच्ची के हठ और माँ-बहन के मनावन का नजारा ले रहे थे। एक आदमी ने पूछा—

"यहाँ रहोगी तो खाओगी क्या?"

"हम पिल्लू की मम्मी का दूध पिएँगे।"

पूरी भीड़ ने ठहाका लगाया। एक नवयुवक बोला—

"अजीब लड़की है। वाह रे लड़की! वाह रे पिल्लू की मम्मी..."

अब सीता ने फिर से दो तमाचे लगा दिये थे। रुचिरा रोते-रोते जमीन पर लोट गई थी।

"यहाँ रात को छेल आता है। तुमको खा जाएगा।"

रुचिरा ने अगल-बगल देखा कि कहीं शेर अभी तो नहीं आ गया। वह कुछ डरी और रोना भी कुछ कम हुआ। फिर कहा—

"अच्छा है छेल हमको खा जाएगा...तो आप खुछ हो जाएँगी।"

इसके बाद तो रुचिरा ने अपनापे की जो रुलाई छेड़ी उससे भीड़ के लोगों के भी दिल दहल उठे और आधी भीड़ वहाँ से साफ हो गई।

"हे भगवान! अजीब लड़की है।"

—सीता ने मजबूरी में अपनी हथेलियाँ ठुड्डी पर लगा ली और वहीं पर बैठ गई।

"आप लोग जाइए यहाँ छे।"

उस जगह पर पहले से रहने से और पिल्लू की मम्मी के कब्जे से रुचिरा का कब्जा अपने-आप माना जाना चाहिए था।

भीड़ में से ही एक आदमी ने समझौते का रास्ता सुझाया—

"तुम पिल्लू को लेकर अपने घर चली जाओ। तुम्हारी मम्मी उसको पाल लेंगी। वहाँ 'सेल्द' भी नहीं आएगा।"

"नहीं...मम्मी घल में हमको और पिल्लू को भी मालेंगी।"

"नहीं मारूँगी बेटी! मैं तुमको नहीं मारूँगी और तुम्हारे पिल्लू को भी नहीं मारूँगी।"

माँ ने बेटी को उठाकर गोद में ले लिया। बेटी की गोद में पिल्लू था। इस तरह माँ, सीता, रुचिरा और पिल्लू घर आ गए।

घर के बाहर ही गीता अपने पापा के साथ मिली।

"अरे यह क्या है? कुत्ते का बच्चा? अरे यह इतनी गन्दी कैसे हो गई...अरे कहाँ चली गई थी? कैसे मिली?"

सारे सवाल ऐसे थे, जिनके जवाब भी अपने-आप सामने थे।

"कहाँ मिली?"

"स्कूल के पास।...इसी पिल्ले के साथ खेल रही थी। बड़ी मुश्किल से घर आई। कहती थी...पिल्लू के साथ ही रहेगी।..."

"अरे...रुचिरा...?"

"कुछ भी मत कहिएगा। बुरी तरह छिराई है। जिद पकड़ लेगी तो और मुश्किल होगा।"...यह बात केवल इशारे से पत्नी ने पति तक पहुँचाई।

पिल्लू ने घर में प्रवेश जमीन को सूँघते हुए किया। उसके पूरे शरीर में कीचड़ और गन्दगी लिपटी थी। मगर बेटी के हठ के कारण उसकी खास आवभगत की गई। पहले पिल्लू को ही नहलाया-धुलाया गया और पीठ पर लगे घाव पर थोड़ा-सा ऐंटीसेप्टिक भी लगाया गया। बाद में रुचिरा को भी नहलाया-धुलाया गया और कपड़े बदले गए।

काले रंग के पिल्लू को अपनी गोद में लिये रुचिरा इधर से उधर आती-जाती और सीता और गीता उसे ईर्ष्या से देखतीं। कई बार माँगने पर कभी सीता को कभी गीता को पिल्लू देकर रुचिरा एहसान करती और जताती—

"हमी ले आए हैं। दीदी और मम्मी तो हमको भी वही छोड़े आ रही थीं।"

"अजीब लड़की है। खुद नहीं आने को तैयार थी और अब उल्टे हमीं लोगों को बदनाम करती है।"

"तो आप लोग मेरे पिल्लू को मत छुआ, करिए।"

"ठीक है नहीं छुएँगे लो।"

—और लड़कियाँ पिल्लू को जमीन पर पटक देतीं। वह कम रोता और रुचिरा ज्यादा रोती। माफी माँगने, मनाने और बहकाने का दौर चलता और घंटों बाद रुचिरा शान्त होती। घर-भर कुत्ते के बच्चे पर ही बहस में लगा रहता।

छोटे-से पिल्ले को मम्मी नहलाती। उसे चम्मच से दूध पिलाती और रात को टोकरी में कपड़े से घरौंदा-सा बनाकर उसी में डाल देतीं। भाई-बहन के शरीर से चिपककर सोने और रात में बीच-बीच में माँ का दूध पीने के सुख का आदी पिल्लू सारी रात रोता-भौंकता और घर के बड़ों की नींद हराम किये रखता।

जीतेश का कहना था कि यह बला किसी तरह टाली जाए। मगर बला कैसे टलती? रुचिरा किसी तरह कुत्ते के बिना माननेवाली नहीं थी। आखिर आठ-दस दिनों बाद धीरे-धीरे पिल्लू जी शान्त हो गए और मस्ती की नींद सोने लगे। कभी-कभी रात में ही अचानक रोना-चिल्लाना शुरू कर देते और मम्मी को ही जाकर उनकी समस्याएँ सुलझानी पड़तीं। कभी टट्टी करनी होती तो कभी भूख लगी होती। जरूरतें पूरी होते ही धीरे-धीरे पिल्लू जी सोने लगते तब मम्मी भी सोने जातीं।

रुचिरा रोज पिल्लू जी के साथ उसे उसकी मम्मी से भी मिलाने ले जाती। पहले तो कुतिया ने रुचिरा और उसकी मम्मी को अपना दुश्मन ही माना था और अपने बच्चे को छोड़ देने का इशारा भी किया था। मगर बाद में धीरे-धीरे वह खुद अपने बच्चों के साथ पिल्ले के पास आने लगी। यह भी ज्यादा दिन नहीं चला, क्योंकि घर के लोगों की टाँट-फटकार तक तो कुतिया ने सही, मगर डंडों को सहना उसे वाजिब न लगा। धीरे-धीरे वह दिन भी आ गया, जब उसने पिल्ले को पास न आने के लिए भौंकना शुरू कर दिया और उसका साथ उसके बच्चे भी देने लगे।

अब रुचिरा ने भी पिल्लू को समझाया कि उसे अपनी माँ को छोड़ देना चाहिए और रुचिरा की मम्मी को ही अपनी मम्मी मान लेना चाहिए। पिल्लू ने भी अपनी मुलायम जीभ से मम्मी की हथेली चाटकर अपनी रजामन्दी जाहिर कर दी। लेकिन जब भी माँ और भाई-बहन याद आते, मुँह ऊपर कर आसमान की ओर जोर-जोर से भूँकते।

धीरे-धीरे पिल्लू जी की घर में सेवा बढ़ती ही गई। भरपेट दूध मिलता था। शैम्पू से नहाते थे। टोकरी में घुसकर कपड़े ओढ़कर सोते थे। गन्दगी की ओर जाना छोड़ दिया था। निश्चित जगह पर टट्टी करते थे। अब तो अपनी माँ की याद में रात-दिन भौंकना-रोना भी छोड़कर तेजी से सभ्यता की ओर बढ़ चले थे।

धीरे-धीरे मरियल रोओं में चमक आ गई। काले रंग का सौन्दर्य पूरे निखार पर था। माथे पर बीचोबीच टीके—जैसे सफेद रोएँ और भी सुन्दरता बढ़ाते थे। नामकरण संस्कार में तमाम वाद-विवाद हुआ था और अन्त में 'टाइगर' पर सर्व-सहमति हुई थी। कुत्ते को टाइगर कहने के पीछे पूरे घर का गौरव-भाव था। इसी गौरव-भाव में

जब-जब पिल्लू की बड़ाई करनी होती या दुलार करना होता, मम्मी और लड़कियाँ उसे 'पिल्लू राजा' कहतीं।

धीरे-धीरे रुचिरा भी स्कूल जाने लगी थी और सीता-गीता तो स्कूल से आते ही कुत्ते पर टूटती थीं। मम्मी दिन-भर की गतिविधियों का ऐसे वर्णन करतीं मानो पिल्लू के अलावा घर में किसी ने कुछ किया ही न हो।

अब पिल्लू को कोई बात बुरी लगती तो भूँक-भूँक कर अपना गुस्सा जाहिर करते। वह पिछली टाँगों की ओर थोड़ा झुक कर अगली टाँगों से थोड़ा उठकर, बचपन के कारण मुलायम आवाज को कड़ी और तेज बनाकर, पूँछ को सीधी करके तेजी से भौंकते हुए पूरा घर सिर पर उठा लेते।

तीनों लड़कियाँ और मम्मी तो लगातार कुत्ते के चक्कर में रहती थी। रुचिरा का रोना-धोना तो कभी सुनाई ही न पड़ता था। सीता और गीता का पुराना झगड़ा पता नहीं कब-कैसे खत्म हो गया था। मम्मी को पापा से शिकायतें करने और पड़ोसियों के फ्रिज, टी.वी., स्कूटर, अच्छे कपड़ों की चर्चा करके अपनी फटेहाली पर झंखने की मानो अब फुर्सत ही न रह गई थी।

पन्द्रह दिनों तक अपने ननिहाल में रहकर लौटे राहुल ने दरवाजा खटखटाया तो खुलते ही पिल्लू ने राहुल के घर आने के खिलाफ जेहाद बोल दिया। जहाँ भी राहुल जाए वहीं जाकर पिल्लू अपने टाइगर रूप के साथ भौंक-भौंक कर उसे बाहर जाने को कहते।

"मम्मी तुमने यह क्या बवाल पाल लिया है?"

"बेटा रुचिरा मानती ही नहीं थी। क्या किया जाए?"

"तो ये तो मुझे घर से निकाल देगा?"

"धीरे-धीरे पहचान जाएगा बेटा। दो-एक दिन की ही बात है।"

—पिल्लू इस संवाद तक चुप रहते। इतने में सुस्ता भी लेते और यह भी देखते कि शायद अब यह लड़का घर से चला जाएगा। मगर थोड़ी ही देर में गुर्राना शुरू कर भूँकने पर उतर आते। राहुल उठकर पापा की ओर चला जाता। पीछे-पीछे पिल्लू भी जाता और पापा की खुशामद में पूँछ की घिरीं घुमा-घुमा उन्हें चाट-चाट कर खुश करना चाहता। मगर पापा भी एक थे। अचानक इस तरह डाँटते कि टाइगर जी पूँछ दबाकर भागकर मम्मी की गोद में शरण लेते। मम्मी गोद में उठाकर पुचकारती कहतीं—

"बेटा! जो तुमको प्यार नहीं करते, उनके पास मत जाया करो।"

राहुल खिलखिलाकर हँसता और पिल्लू फिर टाइगर बन जाता।

पिल्लू की यह डाँट पापा को भी अब एक गुदगुदी पैदा करने लगी थी। वह सोचते थे कि यह सड़क पर पड़ा हुआ पिल्ला किस तरह इस घर को अपना मानने लगा है राहुल के घर में आने पर इसलिए एतराज है, क्योंकि जब यह घर में आया तो राहुल नहीं था। राहुल कोई भी कपड़ा या सामान छूता है तो यह दौड़कर उसे भूँक-भूँक कर डाँटता है। यह सोचता है कि राहुल इसके घर की चीजें ले जाएगा। वह उसे पुचकारकर अपनी ओर बुलाते और वह अपनी पूँछ की घिर्री घुमाता उनकी ओर जाता। मगर अगले क्षण वह उसे डाँट देते और पूरी ताकत से भागता पिल्लू मम्मी की गोद में जा कूदता।

असलियत तो यह थी कि घर के मालिक और राहुल के भी मन में अब पिल्लू के लिए प्रेम के बिरवे उपजने लगे थे। राहुल को पिल्लू की डाँट भी प्यारी लगती थी। वह सोचता था कि मेरे इतने दिनों तक घर में न रहने से मेरा घर पर अधिकार सचमुच घट गया है और वह पिल्लू को मिल गया है। आखिर इसने घर में काफी बदलाव भी तो ला दिया है।

आज घर के सारे लोगों को बच्चों की ननिहाल जाना है। राहुल के मामा का विवाह है। फरवरी के महीने में बसन्त की शुरुआत है। ठंड कम हो गई है। मौसम सुहाना है और मामा की शादी का मजा लेना है। बच्चे तैयारी करते हुए चहक रहे हैं।

"मम्मी पिल्लू सचमुच साथ नहीं जाएगा।"

"नहीं बेटा! वहाँ कहाँ रहेगा? कौन देखभाल करेगा, उतनी भीड़ में?"

"तब फिर मैं भी नहीं जाऊँगी।"

—एक साथ सीता, गीता और रुचिरा की आवाजें थीं।

मम्मी खुद पिल्लू को साथ ले जाना चाहती थी। मगर बच्चों को खाली चिढ़ाने के लिए ऐसा कह देती थीं।

"मम्मी लिये चलो न इसे भी। पापा इसकी देखभाल कहाँ करेंगे? और फिर आफिस जाएँगे तो बेचारा घर में अकेला रोएगा...।"

—राहुल कह रहा है। अब पिल्लू उसकी हथेलियाँ और मुँह चाटकर प्यार जो करने लगा है।

"अरे बेटा ट्रेन का समय हो रहा है। टैक्सी ले आए? जल्दी जाओ और तुरन्त ले आओ।"

थोड़ी ही देर में राहुल टैक्सी ले आया और सामान रखा जाने लगा। पिल्लू ने सामान रखे जाने पर भारी एतराज किया और भूँक-भूँक घर-भर को डाँटा कि घर का सामान बाहर न ले जाया जाए। मम्मी ने बार-बार समझाया तो मान गया। मगर हर अगले सामान को ले जाने पर पिल्लू ने आपत्ति दर्ज कराई।

"चलो ड्राइवर साहब।"

"तुम लोग सामान उतारकर ट्रेन में बैठो। मैं पीछे से आता हूँ।

इतना ज्यादा सामान न होता तो मैं भी टैक्सी में ही चला चलता।"

"आप उसे...बाकी चीज लेकर आइए...साइकिल से।"

—मम्मी ने इशारे से बात कही थी और राहुल ने जान लिया था कि पापा कुत्ते को जंजीर से बाँधकर अपनी साइकिल पर आगे डंडे पर बैठाए गर्व से आएँगे। हमेशा की तरह आज भी पिल्लू अपना शरीर साधकर साइकिल पर बैठकर चमकती आँखों से दुनिया देखता शान से पीछे-पीछे पहुँचेगा। फिर ट्रेन में हम लोग मजा लेते मामा की शादी की ओर बढ़ रहे होंगे। लेकिन तब तक सीता, गीता और रुचिरा कुढ़-कुढ़ कर मर रही होंगी, इसलिए उसने इशारे से उन्हें भी बता दिया कि पिल्लू पापा के साथ पीछे से आ रहा है।

"भागो...भागो।"

—पैर पटककर पापा ने पिल्लू को उसी तरह डाँटा, जैसे हमेशा डाँटते थे। पिल्लू भी भागा और घर के भीतर जा घुसा मम्मी की गोद में जा धँसने को, जबकि वह वहाँ थीं ही नहीं।

"देखो! मैं बरातवाले दिन ही आऊँगा। तुम रमेश को देने के लिए सामान पहले ही खरीद लेना।...और हाँ दुल्हन के लिए सिल्क की बढ़िया साड़ी जरूर ले लेना।"

"हाँ! हाँ!! क्यों नहीं? सरहज के लिए अभी से इतनी चिन्ता है। अभी आई भी नहीं तो भी...।"

"क्यों नहीं होगी भाई। बुढ़ापे में जो मिल रही है।"

"अरे! तीन बज गए। जल्दी चलो ड्राइवर साहब ट्रेन आ चुकी होगी।" और टैक्सी चली गई।

पत्नी को देखने और उसके मजाक के बारे में सोचते जीतेश जाती हुई टैक्सी के पीछे-पीछे दूर तक निगाहें लगाए रहे।

टैक्सी ओझल होते ही वह साइकिल पर पिल्लू को बैठाकर पीछे से पहुँचने के निश्चय के साथ जल्दी से मुड़े।

"अरे हाय रे! यह क्या हुआ?"

रुचिरा के "पिल्लू राजा" का सिर टैक्सी के पिछले पहिये से दब कर चकनाचूर हो गया था। कोमल बचपन की आवाज को कड़ी बनाकर भूँकने का एतराज दर्ज कराए बिना ही वह इस दुनिया से चला गया था और रुचिरा के लिए 'इल्लू लादा' बन गया था। रुचिरा अब पिल्लू की यादों के पहाड़ में दबी एक असाध्य रोगी और समस्या थी।

# बतछोड़ू

एक गाँव में कई और घरों की तरह एक कच्चा घर। दस-बारह साल की होते-होते घाघरे के घेरे से निकलकर छोटी जनानी धोती में उलझकर परायी होने को तैयार एक बच्ची। उसके पास न विद्या है न बुद्धि। प्रकृति की गोद उसे जरूर मिली है। बचपन छोड़ते मेहनतकश शरीर में ठोस सुन्दरता-भर है। मगर पिता की दूर-दूर तक पुरानों में इज्जत है क्योंकि वह बात का पक्का है। सबकी इज्जत करता है और घर बेचकर मेहमानवाजी कर सकता है। घर से जाने की तैयारी के समय लड़की को अपने पिता की एक योजना का पता चलता है। कस्बे के एक व्यापारी ने भोले-भाले बाप के दरवाजे पर लगे नीम के पेड़ को अच्छे दाम पर बेच देने को कहा है। पेड़ छतनार है। इलाके में अपनी मोटाई के लिए सरनाम है। मोटे-मोटे पेड़ों-सी तो उसकी डालियाँ हैं। अपनी भरपूर जवानी के बाद अब वह अपनी पकी लकड़ी से व्यापारियों को ललचाता है। आते-जाते राहगीर उसके चबूतरे पर सुस्साते हैं। गर्मी में वह भीनी सुगन्ध वाले फूलों और हरी-ललछौंही पत्तियों से भर जाता है। बरसात होते-होते 'भद-भद' कर कई गाड़ी निमकौरियाँ चुआता है। गरीब उन्हें इकठ्ठी करके नीम का तेल और खली बनाकर बेच लेते हैं और कुछ महीनों का खर्चा चलाते हैं। बरसात में निमकौरियों से उगाए पौधे भी बेच लेते हैं। बेटी की शादी में अपना रहा-सहा गँवा बैठा पिता अपने प्यारे नीम के पेड़ को काटने के लिए तैयार हो गया है। मगर चलते-चलते बेटी ने पुकारकर कहा है—

"बाबा! नीम का पेड़ मत काटना।"

पिता बिदा हो रही बेटी की अन्तिम इच्छा से ठक् रह जाता है। उसने तो नीम के पेड़ का सौदा कर लिया है। कर्ज के बोझ से झुकी कमर को सीधी करने के लिए उसे इस नीम के सिवाय और कोई जरिया दिखाई भी नहीं देता। एक ठूँठ होती

जा रही गाय थी, उसे उसने बेच दिया। पूरे घर को खिलानेवाला बाप-दादों का एक जमीन का टुकड़ा बचा है, उसे पत्नी बेचने नहीं देती। कभी इस दरवाजे पर एक बैलों की जोड़ी पागुर करती थी। कुआर-कातिक के महीनों में गले में घंटियाँ बाँधे खेतों से धुँधुलके लौटते समय अच्छी फसल की आशा में उसके हाथ कानों की ओर चले जाते थे और वह 'सारंगां-सदावृज' की एक पंक्ति छेड़ देता—

"कि ऽऽऽ तुम गोरी साँचा माँ ढाली, कि ऽऽऽ तुम्हें गढ्यो है सोनार ा ा ऽऽ"

और बरबस उसे अपनी पत्नी की याद आ जाती। अब वे दिन लद गए हैं। अब तो दोनों बैलों की चरही ही बच रही है। वह भी उसे हमेशा धिक्कारती-सी लगती है। इसलिए उसने उसे बेटी की शादी की जगह के बहाने थोड़े दिनों पहले खोद फेंका है। न रहेगी चरही, न रहेगी किसी तरह बैल खरीदने की चिन्ता। फिर बारहों महीने बैलों को खिलाने से अच्छा है गाँव में नये-नये आए ट्रैक्टर से खेत की किराए पर जुताई करा लेना और आराम करना। बिना घी-दूध की सूखी हड्डियों के शरीर को कौन तोड़े? और फिर मर-मर कर फसल उगाने से भी क्या? जब पत्थर-पाले, चिड़िया-चूहा से बचाकर तैयार भी हो तो गाँव के बनिया-बक्काल को ही सौंपनी है। इसलिए बैल खरीदने की बजाय गाय को भी बेच देना पड़ा।

मजबूरी में बेची उस डूँड़ी गाय के लिए बुढ़िया ने कितनी लड़ाई लड़ी थी? महीनों अपने साथ मेरा भी खाना-पीना हराम कर दिया था। किसी तरह इन सबसे मुक्ति मिली तो जवान बेटी सर पर। कब और कैसे जवान हो गई? लगता है अभी कल ही तो पैदा हुई थी। कल तक ही तो ठुमक-ठुमक उछलती थी। कल तक ही तो गुड़ियों से खेलती थी। कल तक ही तो मेरी गोद में मचलती आ बैठती थी। मगर इस बुढ़िया को अचानक किसी ने भर दिया। लड़की को जवान और अपने को और मुझको बूढ़ा कहने की रटंत शुरू कर दी। एक बार इसे जो सनक सवार न हो जाए। यह भूल जाती है कि मेरी दूर-दूर तक कितनी इज्जत है?

किसी तरह जब लड़की की शादी हो गई है। तो जाते-जाते वही बेटी पुकार रही है—

"बाबा! नीम का पेड़ मत काटना।"

पिता पूछता है कि बेटी! नीम का पेड़ क्यों नहीं काटूँगा? आखिर इस समय तो मुझे उसी से कुछ पैसा मिला है। गाँव की तमाम बहू-बेटियाँ इकट्ठी होकर उसके सवाल का जवाब चिड़ियों की तरह गाकर देती हैं—

*बाबा निंबिया के पेड़ जिन काटेउ*
*निबिया चिरइया बसेर बलइया लेउँ बीरन की।*

"नीम के पेड़ पर चिड़ियों के बसेरे के कारण उसे काटने से मना कर रही है जाते-जाते यह छोकरी और इसकी सहेलियाँ। आखिर अपनी माँ की ही औलाद है। पैदा होने के दिन से इसने मुझे चिन्ता-ही-चिन्ता दी है। आज जाते-जाते एक छोटी-सी आमदनी का रास्ता भी बन्द कर रही है और अपने भाई की दुहाई भी दे रही है। भाई इंटर पास करके बेकार हो गया है। अब वह खाली गवर्नरी करेगा। हाथ का काम नहीं। दूसरों की नकल में यह छोकरा अपने हाथ-पाँव पर भरोसा नहीं रखता और सिर्फ चोरी के माल से बड़ा आदमी बनना चाहता है। इतनी मुश्किलों में मैं इस पट्ठे को ढो रहा हूँ।"

पिता को कुछ स्पष्ट नहीं हो पाता कि पुत्री आखिर इतनी निर्दयी क्यों हो रही है? क्या उसे मेरी गरीबी की जानकारी नहीं? मुझे झूठ बोल खिलाकर खुद भूखी रहनेवाली इसे आखिर हो क्या गया है? बेटी आगे बताती है...कि बाबा! चिड़ियाँ भी बेटियाँ ही हैं तुम्हारी और इस पेड़ की। वे बेसहारा होकर चली जाएँगी। मेरे न रहने पर यही तो तुम्हारा दिल अपनी चहचहाहट से ठंडा करेंगी।

वह मन में कहता है कि पेड़ और चिड़ियों को बचाना मेरा धर्म कहाँ से है? क्यों है? जब सारे लोग पेड़-पौधे नोच रहे हैं। एक छोटी-सी रकम मुझे मिल जाती। जाते-जाते बेटी मुझसे उसे भी छीनना चाहती है। इतना ही नहीं, उसने अपने नालायक भाई की बलइया लेकर मुझे और भी मुश्किल में डाल दिया है। बुढ़िया तो पहले से ही लड़ाई के बहाने खोजती है। महाजन कर्ज के पैसे माँगता है। कर्ज सुरसा के मुँह की तरह बढ़ता जा रहा है। जमीन बेच दूँगा तो सूखी रोटी भी नहीं मिलेगी। घर का कोई परानी मेरे साथ नहीं है।

बेटी बिदा हो चुकी है। वह मन मारे खाट पर पड़ा है। मेहमान खा-पीकर सोने जा रहे हैं। बेटे ने खाने को कहा है तो कह दिया कि भूख ही नहीं है। पत्नी जानती है कि उसे बेटी से कितना लगाव था और इसीलिए वह भला आज कैसे खा सकता है?

रात हल्के संगीत की तरह बज रही थी। दूर कुत्ते भौंक रहे थे। वह आसमान में तारों को दो कम बीस तक गिनते-गिनते न जाने कब सो गया।

भिनसारे के सपने में उसने देखा कि हल जोतने को जाते समय उसके स्वर्गीय पिता को एक लहलहाता हुआ नीम का पौधा दिखाई दे गया है। इससे पहले

कि आगे-आगे चल रहे बैलों में से एक उस पर मुँह मारे, पिता दौड़कर उसे बचा लेता है। बड़ी सावधानी से उसने उसे खोदा है। उसकी एक भी जड़ नहीं टूटी और कहीं खरोंच तक नहीं आई। उसने पौधे को अपनी गोद में ज्यों ही उठाया, वह खिलखिलाकर हँस पड़ा और उसके बेटे की आवाज में पुकार उठा "बाबू...ऽऽ"

पिता खुशी से गद्गद हो उठा है। उसे आज एक और बेटा मिल गया है। वह तुरन्त घर की ओर लौट आया है। द्वार के सामने की भूमि पर एक थाल्हा खोदा है। बालटी भर पानी लाया है और पौधे को रोपकर चूम लिया है। उधर से जाते एक व्यक्ति ने नजर-सी लगाते हुए कहा है, "बड़ा सुन्दर है।"

"लुभावन नाम है इसका यह मेरे बेटे का छोटा भाई है।"

वह कहता है और उस व्यक्ति के जाने के बाद वह पौधे को अँकवार में भर लेता है। पौधा खिलखिलाता कहता है—"हँ: हँ: हँ: बाबू ऽऽ"

"क्या है रे? तू बहुत प्यारी बानी बोलता है? हमेशा बोला करेगा न मुझसे?"

"हाँ बाबू! मैं तो हमेशा बोला करूँगा।...मगर तुम मेरी आवाज सुना करोगे न?"

"छि: छि: तू कैसी बात करता है? मैं—तेरा बाबू—तेरी बात नहीं सुनूँगा, तो फिर किसकी सुनूँगा? तू तो मेरे कलेजे का टुकड़ा है।"

अचानक बड़ा होकर नीम का पेड़ चिल्लाया—

"तो फिर सुनो पूज्य पिता! सुनो!! मुझे बचाओ!"

'खचाक् खचाक्' से उसकी नींद खुल गई। उसने देखा कि उसके भाई पर कुल्हाड़ा बज रहा है। भाई रो रहा है! "ए भइया! मुझे मत कटवाओ। अब तो मैं दिन-रात तुम्हें कुछ-न-कुछ देता हूँ। केवल दो गज धरती के सिवाय मैं तुम्हारा कुछ नहीं लूँगा। हमारे पिता ने ही मुझे इतनी धरती दी थी। भइया! भूल गए क्या? मुझे बचाओ मेरे भाई...।"

"ऐ ऽऽ खबरदार जो आगे कुल्हाड़ा चलाया तो...।" कहता हुआ वह पेड़ को बच्चे की तरह अँकवार में भरकर उससे चिपक गया। कुल्हाड़े का एक वार उसके ऊपर पड़ते-पड़ते बचा।

"अरे! अभी परसों तो खुद ही आज भोर में पेड़ काटने को कहा था और अब गुर्राता है?"...पेड़ काटनेवालों में से एक ने कहा। दूसरा बोला—

"लगता है बुढ़वा सठिया गया है।"

"हाँ...हाँ! मैं सठिया गया हूँ। अब आगे कुल्हाड़ी मत चलाना। सारे मेहमानों

के सामने मेरी बेइज्जती कर दी...।" "तो फिर हमारा पैसा भी तुरन्त लौटा दो। बड़ा इज्जतदार बना है।"

—लकड़ी के व्यापारी ने लकड़ी की ही रूखाई के साथ कहा।

वह दौड़ता हुआ घर के भीतर गया और थोड़ी ही देर में दौड़ता हुआ बाहर आया।

"ये लो अपने पैसे के बदले मेरी घरवाली की नथुनी। मेरी माँ ने मरने से पहले यही निशानी दी थी। तुम्हारे पैसों के चार गुना की होगी। इसे लो और दफा हो जाओ। मैं अपने भाई को नहीं बेचूँगा। यह मेरा भाई है।"

—वह विजेता की आवाज में बोला था।

अब तक इकट्ठी हो गई भीड़ में खुसुर-फुसुर चल रही थी। भीड़ में ही त्यौरियाँ चढ़ाए उसका बेटा भी था। वह कुछ देर तक लोगों को फटी आँखों देखता रहा। लोग उसे पहली बार बात छोड़ने पर हिकारत से देख रहे थे।

थोड़ी देर बाद वह चौपाल में जाकर अपनी खाट पर कटे पेड़ की तरह गिरा और फूट-फूट कर रो पड़ा।

# ठठरी

"मत जाइए, पिता जी! मत जाइए।"

अपनी आँखों को उस अँड़गनी की तरह बनाते हुए छुटकी ने कहा, जो किसी मतवाले हाथी को बाड़ से बाहर जाने से रोकती है। पिता के मन में कई तरह की आशंकाओं को उठाने लगा था पहले से जाने देने की स्वीकृति के विरुद्ध बेटी का इस तरह का व्यवहार! पर पिता ने तुरन्त खुद को सँभाला।

"नहीं बेटी, नहीं, रोते नहीं बेटी! चली-चला की बेरिया में नहीं रोते। "हँस-हँस कर बिदाई दी जाती है।"

कमजोरी से पीली पड़ी आँखों में ममता की लाली बिखेरते रामदास अपने भाग्य की विडम्बना पर उठाती हँसी हँसे। वे अपनी झूलती टाँगों पर किसी तरह टिककर ठिठके और बेटी को एक बार फिर अपनी ओर आकर्षण शक्ति से खींच लिया।

बेटी थी तो बेटी, किन्तु पिता की ओर ऐसे लपकी, जैसे कोई गाय दिन-भर बाहर रहने के बाद अपने बछड़े के पास आई हो। बेटी के भीतर पिता के लिए भी एक मातृत्व होता है, यह आज पहली बार रामदास ने जाना। अब तो बन्धन और कड़ा हो गया था।

"बेटी! मैं जरूर लौटूँगा। वचन देता हूँ। मैं मौत को एक बार तुझसे मिलने के लिए जरूर हराऊँगा। रो मत बेटी और अब...अब जाने दे।"

"नहीं पिता जी नहीं!" बेटी ने इस बार मजबूर होते हुए रोकने की कोशिश नहीं की, बल्कि जाने की अनुमति-सी दी।

बुढ़ापे से रूखे और बीमारी से दुर्बल पैरों में गजब की फुर्ती भरते हुए मरणासन्न रामदास ने तुरन्त अपने बड़े बेटे कृष्णदास का सहारा लिया और इस तरह बाहर की ओर चल दिये, जैसे वह लौटकर आएँगे ही।

छुटकी जानती थी कि यह पिता की छवि का अन्तिम दर्शन है पर उनकी आँखों के आश्वासन पर उसे एक क्षण को भरोसा हो आया था।

अब इस घर को एक पीढ़ी ने खाली कर दिया था। रामदास ही अपनी पीढ़ी के अकेले नुमाइन्दे बचे थे। सो भी चले गए थे।

छुटकी घर की एकमात्र स्त्री सदस्या थी। दो बड़े भाई भी थे। तीनों का विवाह हो जाना चाहिए था, पर गरीबी ने इन तीनों को अकेला रखकर अपने से लड़ने के लिए कमजोर बना रखा था। सारी मजबूरियों के बावजूद भाइयों और बहन में अटूट प्यार था। बहन को रूखा-सूखा पहले खिलाने की कोशिश दोनों भाई हमेशा करते। मगर बहन माँ के मरने के बाद से इन दोनों की भी माँ कब बन गई, कहा नहीं जा सकता। वैसे तो दोनों भाई छुटकी के छुटपन की खूब जुगाली करते पर सामने पड़ने पर छुटकी ही भारी पड़ती। उन दोनों को पहले खाना पड़ता। सभी जानते थे पहले खाने का मतलब तीन-चौथाई पेट भरना और अन्त में खाने का मतलब था आधा पेट भरना। फिर भी आपसी प्यार ने एक-दूसरे को काफी सहारा दे रखा था और सभी मिलकर अभाव की जकड़न से भारी गृहस्थी की गाड़ी खींच रहे थे।

यही गृहस्थी की गाड़ी तब कितने मधुर संगीत से भरी थी, जब रामदास की पत्नी जीवित थी। दोनों बेटे दिन-भर ढोल और तासे की तरह बजते। उनके बीच छुटकी की आवाज मजीरे की तरह खनकती और बच्चों की माँ की आवाज तो कीर्तन के बोल-सी थी। परिवार में किसी भक्त की तरह रहते थे भावविभोर रामदास।

रामदास सरकारी दफ्तर में चपरासी थे और अपनी नेकनीयती के पक्के थे। कई बार जिन अफसरों ने उन्हें अपनी गलत कमाई का जरिया बनाना चाहा, भाँपते ही रामदास उनसे अलग हो गए। उन अफसरों ने रामदास को सबक सिखाने के लिए अपने ही साथ रखना चाहा, पर रामदास ने जो छुट्टी ली तो या तो अपने तबादले के बाद काम पर आए या फिर उस अफसर के तबादले के बाद।

रामदास के इस व्यवहार ने उन्हें पूरे दफ्तर से काट दिया। अन्य सभी चपरासी यह महसूस करते कि रामदास अपने को ऊँचा समझते हैं। रामदास ने कभी किसी को अपने से नीचा नहीं समझा पर ईमान के मामले में समझौता भी नहीं किया।

रामदास की ईमानदारी का फल सबसे पहले उनकी पत्नी ने भोगा और फिर बच्चों ने। दो के दोनों बेटों के लिए काला अक्षर भैंस बराबर ही रहा। अलबत्ता बेटी ने खाली समय में अपनी सहेलियों से सीख-सीख कर पढ़ना और लिखना शुरू कर दिया।

एक सहेली बित्तो ने उस साल हाई स्कूल का फार्म भरा तो अपने बाप से मचल गई। उसकी जिद पर बित्तो के पिता ने छुटकी के भी फार्म भरने के पैसे देने की हामी भरी। बित्तो की ही किताबें खाली रहने पर पढ़कर और उसके रद्दी कागजों पर लिखकर छुटकी ने कमाल कर दिया। बित्तो सेकेंड डिवीजन और छुटकी फर्स्ट डिवीजन। बित्तो के घर-भर को उसके पास होने की खुशी नहीं हुई छुटकी के फर्स्ट आने का दुख जरूर हुआ। उधर छुटकी बित्तो की घरेलू गुरु बन बैठी। बित्तो कभी-कभार कालेज में पढ़ी बातें छुटकी को बताती मगर ज्यादातर छुटकी ही उसे पढ़ाती। आर्ट्स के विषय होने से छुटकी बिना गुरुओं के ही खुद गुरु होती गई थी।

इंटर के इम्तिहान में फिर वही स्थिति हुई। बित्तो की कृपा से फार्म भरा गया। बित्तो के पिता ने यह तय कर लिया था कि अब आगे भले बित्तो भी न पढ़े, पर वह छुटकी के फार्म के पैसे नहीं देंगे। बित्तो ने स्वीकार कर लिया। फिर खुद सेकेंड आई और छुटकी फर्स्ट। बित्तो के घर में उसके सेकेंड आने और छुटकी के फर्स्ट आने का दुख फैल गया। रामदास के घर भी खुशी नहीं हुई। अँगूठा छाप दो भाइयों की बहन और चपरासी की बेटी फर्स्ट डिवीजन इंटर पास कर एक और बड़ी समस्या बन गई।

बी.ए. में बित्तो ने न तो नाम लिखाया न प्राइवेट इम्तिहान में बैठी। घर-भर मना-मना कर हार गया पर बित्ते भर की बित्तो नहीं मानी। थोड़े दिनों बाद अपने हाथ पीले कर बित्तो परायी हो गई। जाते समय छुटकी की गोद में वह घंटों बेहोश-सी पड़ी रही, अब छुटकी माता-पिता और भाइयों के होते बिलकुल अकेली थी।

इसी दौरान एक और हादसा हुआ। मुहल्ले के सबसे धनी-मानी परिवार के लड़के मंगल सिंह ने छुटकी से विवाह करने का एलान कर दिया। अपनी जात-बिरादरी की न होने के बावजूद मंगल सिंह ने छुटकी के घर के चक्कर लगाने शुरू कर दिये थे और छुटकी को यह बिलकुल नापसन्द था।

एक दिन घर से बाहर नये मौसम का गुड़ लाकर पिता के लिए उनकी पसन्द की चाय बनाने के लिए छुटकी बाहर निकली। उसके मन में पिता द्वारा चाय पीने के बाद प्रशंसा में कहे जानेवाले वाक्यों की झड़ी लग रही थी और कानों में सुरसुरी उठ रही थी। छुटकी ने कुछ नहीं देखा और मंगल सिंह ने आकर उसके गले में एक मंगलसूत्र डाल दिया। छुटकी एक पल के लिए सन्न रह गई, पर अगले ही क्षण उसने चीते की तरह उछलकर मंगल सिंह का गला दोनों हाथों में दबा दिया।

"नीच! हरामी! पिल्ले! ये मंगलसूत्र अपनी बहन को पहना देना।" छुटकी अचानक हुए इस हादसे से चोटिल होकर फूट-फूट कर रोने लगी और फिर उस मंगलसूत्र को उतारकर वहीं फेंककर घर भाग आई। मगर छुटकी के गले में पड़ा यह मंगलसूत्र उसके लिए सारे अमंगल ले आया। मंगल सिंह के घर पर उसकी जो तुड़ाई हुई उससे वह घर से भाग खड़ा हुआ।

सात दिनों के बाद मंगल सिंह की लाश रेलवे लाइन के किनारे पड़ी पाई गई। मरे हुए मंगल सिंह ने वही मंगलसूत्र अपने गले में पहन रखा था। अब छुटकी पर बड़े-बड़े व्यंग्यों के पत्थर हर कोई मारने लगा। मजबूर होकर पिता ने छुटकी के ब्याह की कोशिश शुरू कर दी। बूढ़े होने पर भी उन्हें यह नहीं समझ आया कि इस तरह की हालत में लड़की की शादी की कोशिश नहीं करनी चाहिए।

नतीजा वही हुआ। लोगों ने मरे मंगल के साथ छुटकी के गुलछर्रे उड़ाने और जब शादी की बात आई तो मुकर जाने की कहानी गढ़ी और हवा में उड़ा दी। यह कहानी अपशकुन भरी मरैल चिड़िया-सी छुटकी के आसपास लगातार मँडराती रहती और वक्त-बेवक्त वहाँ जरूर पहुँचती जहाँ छुटकी के विवाह की बात चलती। आखिर माँ-बाप दोनों हार गए। मगर दोनों नौजवान भाइयों में रूखी रोटियों का खून भी हाथी का बल ले चुका था। उन्होंने हिम्मत न हारी। एक अनपढ़-गरीब लड़के ने सारी बातें सुनकर भी शादी की हामी भर दी।

मगर मुहल्लेवालों ने जब यह सुना तो तुरन्त उस लड़के के पास उसके सबसे बड़े शुभचिन्तक बनकर पहुँच गए। उन्होंने कई तरह की कसमें खाते हुए यह बताया कि वह अपने मुहल्ले की लड़की का भला चाहते हैं, इसीलिए उसे सचेत करने आए हैं कि ऐसी लड़की से शादी न करें जिसके एक नहीं, दो-दो गर्भपात कराए जा चुके हैं। उन्होंने यह भी कहा कि शादी के बाद जब उसे यह बात पता चलेगी तो वह लड़की को जरूर छोड़ देगा। तब तो बेचारी छुटकी को कोढ़ में खाज हो जाएगी।

इस खैरख्वाही की सूचना ने उस लड़के में ऐसी वितृष्णा पैदा कर दी कि उसने कभी भी शादी न करने का फैसला कर लिया। यह बात अलग है कि इस फैसले के तीन महीने बाद ही उसने दहेज के लालच में एक बाल-विधवा से विवाह रचा लिया और छुटकी के दु:स्वप्न से अपने को मुक्त कर लिया। अब छुटकी के दोनों भाइयों को इतना गुस्सा आया कि उन्होंने उस लड़के के घर जाकर उसकी जमकर पिटाई कर दी और अपने घर भाग आए।

पुलिस ने जागरूकता बरती और दोनों को उसी रात घर में सोते समय धर

दबोचा। दोनों भाइयों ने जेल की हवा कुछ दिन खाई और पिता ने दफ्तर में लोगों के सामने बार-बार घुटने टेके। दफ्तर के ही लोगों की दया से दो चपरासियों ने जमानत ली और दोनों भाई घर आ गए। अनपढ़ और निठल्ले दोनों भाई अपनी बदनाम बहन के साथ आसपास के लोगों की निगाह में गिरते चले गए। आखिर इस दुख के कारण माँ ने भीतर-ही-भीतर कुढ़ते-कुढ़ते चारपाई पकड़ ली। माँ ने दवा की न जरूरत समझी और न दवा मिल ही सकती थी। आखिर एक दिन रामदास ने अपना एकमात्र मित्र और जीवनसाथी खो दिया। अब दोनों बेकार लड़के और जवान लड़की घर पर थी।

एक दिन रामदास अट्ठावन बरस के हो गए और दफ्तर के लोगों ने उन्हें माला पहनाकर एक छड़ी और गीता की पुस्तक भेंट करते हुए हमेशा के लिए अपने बीच से बिदा कर दिया। रामदास ने पेंशन बनानेवाले बाबू की न तो जेब गर्म की और न बार-बार गिड़गिड़ाए। इसलिए बाबू ने पेंशन के कागज नहीं बनाए तो नहीं ही बना। तीन-चार महीने तक दौड़ने के बाद रामदास घर पर बैठ गए। अब उन्हें उधार भी नहीं मिलता था। आखिर फिर दोनों भाई दफ्तर गए। कहा-सुनी हो जाने के बाद दोनों ने मिलकर उस बाबू की भी पिटाई कर दी। अफसर के नेक होने के कारण जहाँ दोनों जेल जाने से बच गए, वहीं रामदास के पेंशन के कागज भी तेजी से बनने लगे।

मगर पिटे हुए बाबू की भगवान ने भले ही न सुनी हो, यूनियन के लोगों ने जरूर सुनी और उस अफसर के खिलाफ हड़ताल हो गई। थोड़े दिनों बाद वह अफसर अपना सामान-वामान बाँधकर कहीं और जाने को मजबूर हो गया। यूनियन के नेताओं ने अपनी इस विजय को खूब भुनाया। अब रामदास की पेंशन फिर खटाई में पड़ गई। यूनियन के लोग तो चाहते थे कि रामदास को पेंशन ही न मिले। घर में रामदास, दोनों बेटे और बेटी फाँके करते पड़े रहते थे। छुटकी ने अपनी इस हालत का पत्र लिखकर बित्तो को भेजा। बित्तो ने तुरन्त अपने छोटे देवर के हाथों कुछ पैसे भिजवाए। ये पैसे भी ऊँट के मुँह में जीरा ही थे। पर डूबते को तिनके का सहारा भी बहुत था। छुटकी ने बित्तो को लाख-लाख असीसा। शायद गरीबी में भूख भी ज्यादा लगती है। ये पैसे ज्यादा दिन नहीं चल सके। दोनों भाई कहीं बाहर जाकर कोई काम-काज भी करना चाहते तो लोग उनसे इतना घबड़ाते कि किसी-न-किसी बहाने उन्हें टरका देते। रामदास ही अब आसपास बननेवाले मकानों में मेहनत-मजदूरी के लिए विवश थे। मगर जिस जगह एक दिन घिसट-घिसट

कर काम करते, दूसरे दिन सुनने को मिलता, "बाबा! कहीं दूसरी जगह काम देख लो।" रामदास की निगाहों की लाचारी उनकी शारीरिक कमजोरी को और उजागर करती। लोग मुँह फेर लेते और रामदास उस दिन घर पर आकर भूखे पड़े रहते। दोनों बेटों ने बार-बार चाहा कि इस शहर को छोड़कर किसी दूसरे शहर में चले जाएँ तो मेहनत-मजदूरी कर चारों लोगों का पेट भरे। मगर रामदास ने निश्चय कर रखा था कि वहीं मरेंगे जहाँ उनकी पत्नी ने अन्तिम साँसें गिनी थीं।

इधर कुछ दिनों से रामदास में विचित्र परिवर्तन आ गया था। वह हमेशा घर पर पड़े रहने की बजाय नगरपालिका के पार्क में जाकर बैठने लगे थे। वहाँ उनके पास मुहल्ले का वह दलाल किस्म का आदमी आ बैठता था जिसका असली नाम शायद ही कोई जानता था पर सभी लोग उसे पुजारी कहकर पुकारते थे।

पुजारी प्रतिदिन सुबह-शाम मन्दिर में पूजा जरूर करता था और दिन-भर प्राय: गायब रहकर किसी अज्ञात असामाजिक धन्धे में लगा रहता था। लोग इस धन्धे के बारे में तो नहीं जानते थे, पर केवल अनुमान लगाकर पुजारी के धन्धे को दलाली का नाम उन्होंने दे दिया था।

रामदास-जैसे महान त्यागी व्यक्ति का जीवन के अन्तिम क्षणों में पुजारी-जैसे दलाल से मिलना सूरज का अँधेरे से मिल जाने जैसा था, जिसे समाज न चाहकर भी बर्दाश्त कर रहा था। असल में समाज चाहता था कि रामदास अपने उन महान सिद्धान्तों से विचलित न हों, जिनके लिए उन्होंने सारा जीवन कष्टों में बिताया। मगर पुजारी उनके प्रकाशमय जीवन में ग्रहण की तरह लगा हुआ था।

थोड़े ही दिनों बाद रामदास शाम को पार्क से लौटते तो उनके चेहरे पर रौनक रहती और घर के खर्च के लिए सौ-पचास रुपये। पैसे! क्यों किसी ने दिये या कैसे मिले, इस प्रकार के प्रश्नों पर वह घर के सदस्यों पर झुँझला उठते। धीरे-धीरे घर के सदस्यों ने भी उनकी इस आकाशवृत्ति को स्वीकार कर लिया। पिता के पुजारी से मिलने और पैसे लाने के प्रति आशंका और क्रोध भी कमजोर होते गए। कुछ दिनों बाद ही रामदास ने अपने को किसी गम्भीर बीमारी से पीड़ित तो बताया, मगर बेटों द्वारा किसी भी डॉक्टर को दिखाने की पेशकश भी नहीं स्वीकार की।

बेटी के हठ पर उन्होंने हँसकर कहा, "घर में नहीं दाने अम्मा चली भुनाने। क्यों अम्मा।" पिता के इस व्यंग्य पर बेटी ने जब उसकी आँखों में आँखें डाली तो उसे लगा कि पिता वस्तुत: किसी भयानक बीमारी से नहीं ग्रस्त है। भला ऐसे में वे इतने मजाकिया कैसे होते?

लेकिन कुछ ही दिनों बाद रामदास ने खाट पकड़ ली। खाट पर पड़ जाने के बाद उनके ऊपर भगवान ने दया की और शहर के मशहूर डॉक्टर चड्ढा एक दिन घर में अचानक प्रकट हुए। डॉक्टर चड्ढा दोनों बेटों कृष्णदास और घनश्यामदास से बड़ी घनिष्ठता से मिले। उनके हाथों में अजीब तरह के प्यार की गर्मी थी। उन्होंने दोनों भाइयों को इस गर्मी से भरे हाथों से थपथपाकर अपनी ओर से सांत्वना दी और रामदास को खाने के लिए दवाएँ भी लिख दीं। दवाएँ अपने दवाखाने से मुफ्त ले आने को कहकर वह चलने को हुए ही थे कि चाय की प्याली से भाप की गर्मी उड़ाती छुटकी सामने आ गई। डॉक्टर चड्ढा ने छुटकी को ऊपर से नीचे तक एक हल्की शरारत-भरी निगाह से देखा, मगर अगले ही क्षण वात्सल्य की तलैया में हिचकोले खाते नजर आए। परिणामस्वरूप छुटकी ने उन्हें गले में आले का सर्प डाले उन भगवान शंकर की भाँति देखा, जो अपने भक्तों का भला करने सहसा आ टपके थे।

इतने भद्र और सुशिक्षित डॉक्टर चड्ढा ने जब तेज आवाजों के साथ बार-बार तारीफ करते हुए चाय की सुड़कियाँ भरी तो छुटकी के रोंगटे खड़े हो गए। उसे डॉक्टर चड्ढा के सूट-बूट, टाई और चमकदार जूतों तथा चेहरे में एक अजीब अपनापन दिखाई दिया। अब घर के सारे लोग रामदास के स्वास्थ्य के प्रति आश्वास्त हो गए।

दवा लाने के लिए अगर कृष्णदास न जाते तो घनश्यामदास जाते। दोनों के न जाने पर चड्ढा क्लीनिक का एक वार्ड ब्वाय अपनी साइकिल पर किसी आँधी-तूफान की तरह आता और साइकिल की घंटी तब तक बजाता रहता, जब तक छुटकी खुद अपना काम छोड़कर दौड़ न पड़ती। उसके द्वारा जरा देर करते ही खुद रामदास भी छुटकी पर बिफर पड़ते। मगर सारी दवा के बावजूद रामदास शरीर से टूटते गए और दवा-पर-दवा लेना उनकी मजबूरी हो गई।

कृष्णदास और घनश्यामदास ने डॉक्टर चड्ढा से मिलकर बार-बार यह बताया कि किस तरह रामदास दिन-प्रतिदिन कमजोर हो रहे हैं और किस तरह उनकी आँखों में मुर्दनी छाती जा रही है। डॉक्टर चड्ढा ने खुद आकर देखने को कई दिन कहा लेकिन आ कभी नहीं सके। खाली रोगी का हालचाल पूछकर दवाएँ बदलते या खुराक बढ़ाते रहे।

एक दिन रामदास ने चाय पी और प्याली छुटकी के हाथों में देकर खाट पर गिर पड़े। वह लम्बी-लम्बी उसाँसें भर रहे थे। ऐसा लगा कि उसके अन्तिम क्षण आ गए हैं। दोनों भाई और बहन दहाड़ मारकर रोने लगे। संकट की इस घड़ी में

सहसा डॉक्टर चड्ढा प्रकट हुए। अपने अधेड़, गुदाज और चिकने शरीर पर काली पैंट, सफेद कमीज, छोटे चेक का कोट और सुनहले प्रिंट की सिल्क की टाई पहने गले में वही साँप-सा आला लटकाए, कम्पाउंडर और नर्स को 'जल्दी-जल्दी' की हिदायतें देते डॉक्टर चड्ढा किसी देवता-जैसे दिखाई देते थे। उनके चेहरे पर मरीज के दुख की संवेदना और आश्वस्ति की मुस्कान दोनों एक अजीब सन्तुलन के साथ बरकरार थे।

अपनी छाती की धौंकनी तेज करते हुए रामदास ने सहसा हाथ-पैर पटकना और अगल-बगल करवटें बदलना शुरू कर दिया। लगा, अब गए तब गए। ऐसे में डॉक्टर चड्ढा, जो घर की इकलौती कुर्सी पर ठसाठस भरे बैठे थे, थोड़ा प्रयास कर कुर्सी से उचके। कुर्सी उनके नितम्बों से अलग न होती अगर डॉक्टर चड्ढा ने उसे भी एक हल्की मुस्कान के साथ आत्मीयता की थपकी देकर अलग न किया होता।

अब डॉक्टर चड्ढा रामदास की दरी-बिछी चारपाई के पाटे पर उनके पैरों की ओर एक एहसान-भरी मुस्कान के साथ बैठ गए थे। चारपाई का वह पाटा मानो एहसान से लचककर बीचोबीच से काफी नीचा हो गया। घर के लोगों के भाग्य से वह टूटा नहीं। अब डॉक्टर चड्ढा ने रामदास के दाहिने हाथ की नाड़ी पकड़ ली थी। देखनेवालों को लगा मानो अब डॉक्टर साहब रामदास को यमराज के फन्दे से खींच बाहर करेंगे। नाड़ी देखने के बाद डॉक्टर चड्ढा ने आला रामदास की छाती पर लगाकर उन्हें तेज साँस लेने को कहा। कुछ देखते और गिनते डॉक्टर चड्ढा ने एक गहरी उसाँस छोड़ी और घर के लोगों से थोड़ी देर को बाहर जाने को कहा, सारे लोग तुरन्त घर के बाहर हो गए। डॉक्टर चड्ढा ने अब दरवाजा बन्द कर लिया। दस मिनट बाद डॉक्टर चड्ढा ने खुद दरवाजा खोला। अब रामदास क़ाफी शान्त और स्थिर थे।

"घबड़ाने की कोई खास बात नहीं है, मगर इन्हें रात-दिन इंटेंसिव केयर की जरूरत है।" डॉक्टर चड्ढा की आँखों में आशा की चमक थी और चेहरे पर वही प्रगाढ़ आत्मीयता भरी मुस्कान। "आप लोग चाहें तो इन्हें मेरे क्लीनिक में भेज दें। वहाँ इनकी देखभाल हो सकेगी। और...खर्च...वह भी कुछ नहीं लगेगा। घर के ल़ोग कुछ कहें उससे पहले ही स्वयं रामदास उठ बैठे और चलने का इशारा करने लगे। रामदास के भोलेपन पर डॉक्टर चड्ढा को दया और हँसी दोनों एक साथ आ गईं।

"बाबूजी! आप अभी पैदल चलने लायक नहीं हैं। मैं एम्बुलेंस भेज दूँगा। आराम से आइएगा। साथ में इस गुलकी...क्या नाम है...हाँ छुटकी को भी लेते आइएगा...

देखभाल करे या नहीं, मगर उसे सन्तोष हो जाएगा कि आप वहाँ ठीक-ठाक हैं।"

दोनों बेटों और छुटकी ने डॉक्टर चड्ढा की इस दया को बहुत एहसान से सर-आँखों पर लिया।

मगर ऐंबुलेंस को देखकर दोनों भाइयों और बहन को लगा कि पिता जी को हमेशा-हमेशा के लिए घर से भेजा जा रहा है। तीनों का चीख-चीख कर रोना मुहल्ले-भर से नहीं सहा जा रहा था।

चड्ढा क्लीनिक में जाने के बाद रामदास के स्वास्थ्य में तेजी से सुधार होने लगा और वह अजीब ढंग से प्रसन्न और मजाकिया स्वभाव के हो गए। रहते तो वह पड़े लेकिन बेटों के पहुँचने पर चहकने लगते। बेटी के पहुँचने पर तो और भी खुश होते। कहते..."अब तेरी शादी करके ही मरूँगा।"

बेटी फफक-फफक कर रोती और शादी से साफ इनकार करती।

एक दिन रामदास ने कृष्णदास के हाथों में पेंशन के कागज पकड़ाकर उन्हें आश्चर्य में डाल दिया।

घनश्यामदास ने पूछा, "अरे पापा! यह कैसे हो गया? वह तो...स्साला।"

घनश्यामदास का वाक्य पूरा होने से पहले ही रामदास ने उसे ओठों पर उँगली रखते हुए चुप करने का इशारा किया और फिर उत्तर की ओर थोड़ी दूर पर खड़े एक आदमी की ओर।

घनश्याम चकित थे। यह तो कृष्णदास और घनश्यामदास द्वारा पीटा गया वही बाबू था, जिसने पेंशन न तो खुद बनाने और न किसी दूसरे को बनाने देने की कसम खाई थी। पूछने पर रामदास ने उस बाबू के हृदय-परिवर्तन का कारण भगवान की कृपा बताया और अब तो रामदास का जी.पी.एफ. ग्रेच्युटी, अवकाश-नकदीकरण और इसी तरह के सारे धन भी मिलने लगे। गरीबी में थोड़ा धन भी बहुत लगता है। दोनों भाइयों ने इस पूँजी से एक दुकान करने की योजना पिता के सामने रखी। रामदास ने सहर्ष हामी भर दी। फिर कहा कि कोई दुकान जल्दी खोज लें। मगर दुकान की पगड़ी ही पचास हजार थी और रामदास की पेंशन, जी.पी.एफ. तथा ग्रेच्युटी की धनराशि कुल मिलाकर पैंतालीस हजार ही थी। उसमें से भी रोजमर्रा के खर्च में पैसे तेजी से घट रहे थे।

मगर रामदास में पैसों ने अजीब ताकत पैदा कर दी थी। उन्होंने दोनों बेटों को दुकान तय कर लेने को कहा। उनका तर्क था कि अगर भगवान भला न करना

चाहता तो वही बाबू पेंशन के कागज लेकर खुद क्यों आता, जो पेंशन न बनने देने की कसम खा चुका था। एक दिन तो दोनों भाइयों की आँखें फटी-की-फटी रह गईं, जब उन्हें रामदास ने बताया कि उनके ऊपर का मुकदमा खत्म हो गया, क्योंकि शिकायतकर्ता ही बगावती हो गया।

रामदास के ललकारने पर दोनों भाई जी-जान से दुकान की तैयारी में जुट गए। उनकी इस उल्लासपूर्ण स्थिति को देखकर एक बेकार नौजवान ने बीस प्रतिशत हिस्से की शर्त पर दस हजार रुपये दे दिये। दुकान मिल गई और तीन हजार रुपये भी हाथ में बच गए। मगर इन तीन हजार से भी भला क्या होता? इसी बीच रामदास अचानक घर में दाखिल हुए। उन्होंने खाट पर लेटे-लेटे छुटकी को खूब दुलारा और फिर आँसू टपकाते चड्ढा क्लीनिक लौट गए। उन्होंने छुटकी को दिया वायदा पूरा किया था।

एक दिन जब दोपहर को दोनों भाई दुकान जाने की तैयारी में थे और छुटकी रामदास की फर्माइश पर उनका प्रिय खाद्य खीर पका रही थी, तभी चड्ढा क्लीनिक का एक आदमी साइकिल से हाँफता हुआ आया और रामदास की हालत खराब होने की सूचना दी।

छुटकी कढ़ाई पर खीर पकाती छोड़कर पैदल ही भाग ली। दोनों भाई भी आनन-फानन आ खड़े हुए।

रामदास ने अन्तिम क्षणों में तीनों सन्तानों को एक साथ समेटकर छाती से लगाया और लड़खड़ाती आवाज में कहा—

"मेरी जिन्दगी-भर की बचत...पचास हजार रुपये...मेरे स्टील के बाक्स में... कपड़े में लपेटी...रखी...है...। दुकान कर लेना...और आमदनी से...पहले छुटकी के हाथ...पीले...फिर अपनी...।"

रामदास अब न तो ए.जी. ऑफिस के रिटायर्ड चपरासी रहे थे और न कृष्णदास, घनश्यामदास और छुटकी के पिता ही। उनका शरीर सर्वतंत्र-स्वतंत्र, नि:संकोच चारपाई पर पसरा पड़ा था। उनकी थकी, हारी और पस्त काया में मरते समय एक आत्मविश्वास फूटा था। अब वह थकान, हार और पस्ती कुछ भी तो नहीं था उनके मृत चेहरे पर। लेकिन अन्तिम समय में फूटा वह आत्मविश्वास पूरी भद्रता के साथ चेहरे पर विराजमान था।

रामदास का अन्तिम संस्कार कर दोनों भाइयों ने जी-जान से जुटकर दुकान खोली। थोड़े से भी लाभ पर सामान बेचा। सस्ता बेचने की शोहरत कमाई और तेजी

से व्यापार के क्षेत्र में आगे बढ़ चले। उनके सामाजिक सम्मान और आकस्मिक समृद्धि पर मुहल्ले के लोग भी ललचा गए और एक दिन एक सजातीय ने छुटकी के लिए अपनी एक रिश्तेदारी से प्रस्ताव रख दिया।

कृष्णदास ने आगे बढ़कर पिता की भाँति सारी जिम्मेदारी निभाई और अपने सिर से नालायकी का धब्बा धो डाला।

वह एक परम शुभ दिन था। छुटकी उबटन, तेल और हल्दी से मसली जाकर निखर आई थी। उसमें सौन्दर्य भी था, वह अब मुहल्ले के लोगों को पता चला था। तिस पर भी लाल साड़ी ने उसके पूरे शरीर को ललछौंही आभा से रँगकर और भी चमकीला बना दिया था। स्वर्गीय रामदास के दूर-दराज तक के मेहमान इकट्ठे थे। वे कृष्णदास और घनश्यामदास की बड़ाई करते नहीं अघाते थे। मुहल्ले के लोग उनकी गरीबी और मेहनत के फल की काल्पनिक घटनाएँ बेहिचक दोनों भाइयों के सामने बखानते थे।

कृष्णदास बार-बार एक कहावत कह रहे थे, "माया तेरे तीन नाम। परसा, परसू, परशुराम।"

"एक गरीब आदमी था, जिसका नाम परशुराम था। लोग उसे 'परसा' कहकर पुकारते थे। बाद में कुछ धन आने पर लोग उसे 'परसू' कहने लगे। समय ने करवट ली और अपने ऐश्वर्य के बल पर 'परसू' ने 'परशुराम' का नाम पा लिया।"

लोग-बाग हँसते-मुस्कराते आ रहे थे। मिठाइयों, नमकीनों, फलों और चाय-काफी का जायका ले रहे थे। वे दोनों भाइयों की मेहनत और लगे हाथ छुटकी के भाग्य को सराहते नहीं अघा रहे थे।

रात में धूम-धड़ाका करती बारात आई। घोड़े से दुल्हे राजा उतरे और आधी रात को छुटकी ने नये घर की बहू की मान्यता प्राप्त कर ली।

दूसरे दिन सबेरे शहनाई का मंगल स्वर घरातियों के मन में करुणा फैला रहा था और बरातियों के मन में उल्लास। छुटकी बिदाई के लिए तैयार हो रही थी। तभी मुहल्ले की एक लड़की हाथ में अखबार लिये दौड़ती आई और ससुराल से आई बित्तो के हाथों में रखकर बोली—

"दीदी! दीदी! डॉक्टर चड्ढा गिरफ्तार हो गया। वह बहुत बड़ा बदमाश था। फ्रॉड था फ्रॉड। वह डॉक्टर नहीं था। डॉक्टर के वेश में राक्षस था। उसके पास डॉक्टरी की कोई डिग्री भी नहीं थी। लो दीदी पढ़ लो...।"

"डॉक्टर चड्ढा जैसे देवता के लिए ऐसी बातें कहती है...।" कहते-कहते छुटकी

ने आगबबूला होकर लड़की को एक चाँटा जड़ दिया। लड़की रोते-रोते उल्टे पाँव लौट गई। छुटकी ने बित्तो के हाथों से अखबार छीन लिया और फटी-फटी आँखों से अखबार पढ़ने लगी। जितना समाचार पढ़ती उतना ही छुटकी का दिल बैठता जाता।

रात को डॉक्टर चड्ढा के घर, क्लीनिक और कुछ दवा की दुकानों के साथ शहर की प्रसिद्ध लेबोरेटरी में पुलिस का छापा पड़ा था। डॉक्टर चड्ढा के पास मेडिकल की किसी प्रकार की डिग्री नहीं थी। उसने कई रोगियों की असाध्य बीमारियाँ ठीक की थी। उसका सम्पर्क एक ऐसे डॉक्टर से हो गया था, जो मानव-शरीर पर कई तरह की नई दवाओं के प्रयोग कर रहा था। उस डॉक्टर को इस काम के लिए विदेशों से भारी धनराशि गुप्त तरीके से मिल रही थी। इस डॉक्टर के साथ मिल कर डॉक्टर चड्ढा ने तमाम गरीबों को फँसाया था और उन्हें भारी मात्रा में धन देकर उन पर कई तरह के और प्रयोग भी किये थे। उसने सभी मरीजों को यह बता दिया था कि इस प्रयोग में उनकी जान भी जा सकती है। बदले में उन्हें इतना धन दिया जाएगा, जिससे उनके घर में खुशहाली आ जाएगी। और सभी लोगों ने पैसे ले-लेकर गुमसुम इस दुनिया से बिदाई ले ली, मगर नब्बे साल की एक बुढ़िया ने सारा पैसा ले लिया और मरने के दिन करीब देखकर मचल गई। उसे मौत के डर से ज्यादा अपने पड़पोते के बेटे का मुँह देखने का शौक चर्रा आया था। उसने डॉक्टर चड्ढा की सारी पेशकशें दरकिनार कर दीं और पाँच लाख रुपये लेकर भी अपने घर के लोगों से सारी बातें कह दीं। घर के लोग तो बुढ़िया की चढ़ी उम्र देखकर भारी रकम चुपचाप हजम कर जाना चाहते थे, मगर बुढ़िया की जीने की लालसा और बढ़ती जा रही थीं। आखिर बुढ़िया ने अपने पड़पोते से गिड़गिड़ाकर जब अपनी इच्छा बताई तो वह भी अपनी परदादी के पोपले मुँह पर हाथ फेर-फेर कर उसे बचाने की कसम खा बैठा।

ऐन आधी रात को पुलिस ने सब जगह छापा मारा था। डॉक्टर चड्ढा ने लोगों को जितने रुपये दिये थे, उसका पूरा हिसाब एक डायरी में लिखा था। डायरी के सभी नाम अखबार में छपे थे। सैकड़ों नामों के बीच एक छोटा-सा नाम भी था—"रामदास पुत्र टेकचन्द।" सामने धनराशि लिखी थी जिसका कुल मिलाकर योग था एक लाख रुपये।

अब छुटकी की समझ में आ गया था कि क्यों डॉक्टर चड्ढा ने रामदास की मौत के बाद अन्तिम सरकार की झंझट से दोनों बेटों को मुक्त करने का प्रयास किया था? उसने क्यों अन्तिम संस्कार का सारा खर्च तो स्वयं वहन किया ही

था, दस हजार रुपये भी अपनी जेब से दिये थे और रामदास का शव जल जाने के बाद राख उठाने तक सभी को सान्त्वना देता सभी कुछ जल्दी-जल्दी निबटाने में लगा था।

दोनों भाई सिसकियाँ भरते पास खड़े थे। बित्तो का पूरा परिवार दहाड़ें मार रहा था। घरातियों ने तय किया था कि यह बात बरातियों को किसी भी शर्त पर पता नहीं चलनी चाहिए।

इसी समय शहनाई की एक गूँज छुटकी का कलेजा चीरते हुए उसे ललकारने लगी, "उठो, अब चलने को तैयार हो जाओ।"

बित्तो ने अपने दोनों हाथ फैलाकर उन पर रखी लाल साड़ी छुटकी के आगे कर दी, "तो उठो, जल्दी करो।"

आँसू-भरी आँखों से छुटकी ने उधर देखा। उसे लगा, यह डॉक्टर चड्ढा के हाथ हैं और यह साड़ी उसके पिता के खून में डूबोकर रँगी गई है। उस लाल साड़ी के भीतर उसके पिता की ठठरी सिकुड़कर बहुत छोटी और बहुत हल्की होकर आ छिपी है।

छुटकी दहाड़ मारकर रो पड़ी और सारे घराती भी।

इस कुहराम का अर्थ दोनों पक्षों द्वारा दो तरह से निकाला जा रहा था। बाराती इसे बिदा होती बेटी के लिए रोनेवालों का अचानक उभरा दुख मान रहे थे, लेकिन घराती रामदास के त्याग की सारी घटना से रूबरू होकर दुख की चादर से लपेट कर अपने गुस्से को बाहर कर रहे थे।

अचानक दृढ़ता-भरे स्वर में छुटकी बोली—

"भइया! मुझे आपसे कुछ जरूरी बातें करनी हैं।"

"बोलो क्या है? क्या चाहिए?"

यहाँ नहीं, जरा कमरे में चलिए।"

छुटकी की आवाज की दृढ़ता से कृष्णदास घबड़ा गए। उन्हें लगा कि कोई-न-कोई अनहोनी ही होनेवाली है, जो चलते-चलते छुटकी को पिता की मौत का रहस्य पता चल गया। उन्होंने जिम्मेदारी अकेले लेने के डर से घनश्यामदास को भी बुला लिया। बन्द कमरे में दोनों भाइयों और बहन के बीच बात शुरू हुई—

"भइया, मैं डॉक्टर चड्ढा से बदला लिये बिना यह घर नहीं छोड़ूँगी।"

घनश्यामदास ने छुटकी के भीतर की ऐसी मर्दानगी पहले कभी न देखी थी। एक क्षण को तो वह सन्न ही रहे गए।

"बोलिए भइया! आप अभी चल रहे हैं कि नहीं डॉक्टर चड्ढा के खिलाफ... लड़ाई में।"

"क्या कह रही हो तुम?...इस हालत में?...बिदाई का...?"

"मुझे पहले चड्ढा से बदला लेना है।...बिदाई न भी हो तो कोई हर्ज नहीं।"

"क्या कह रही हो तुम? किस तरह से तुम्हारे हाथ पीले किये गए हैं? और फिर यह घर भी तो तुम्हारा अपना ही है और रहेगा।"

"मैं सब जानती हूँ। असल में यह मेरे हाथ पीले नहीं, लाल हैं, पिता जी के खून से...और यह घर तो क्या पूरा शहर मेरे लिए पराया हो गया है। अगर कुछ अपना बचा है तो माँ-बाप का वह खून, जो मेरे भीतर दौड़ रहा है।"

"अरे! अरे छुटकी!! ऐसा नहीं कहते। तुम मेरी बहन ही नहीं, बेटी-जैसी भी हो।"

"इसीलिए मुझे तुरन्त चड्ढा से बदला लेना है।"

"तुम कुछ क्यों नहीं बोलते घनश्याम?"

"छुटकी! भैया सही कह रहे हैं। पिता जी की भी यही इच्छा थी कि तुम्हारी शादी अच्छी तरह से हो।"

"मगर पिता जी की ठठरी बेचकर मुझे अपनी शादी नहीं मंजूर।"

"अरे हमें भी यह बात नहीं पता थी, लेकिन अब समाज के सामने हँसी न कराओ छुटकी।"

"तो आप मेरा साथ नहीं देंगे? आप दोनों...आप दोनों पहले कितने बहादुर थे? अरे मैं पूछती हूँ, आप दोनों को क्या हो गया है?"

"पहले अपनी ससुराल तो जाओ। पिता जी की इच्छा तो पूरी होने दो। और फिर चड्ढा को तो कानून ने ही जकड़ लिया है!...और जरा धीरे बोलो। बाहर बराती भी हैं।"

"कुछ नहीं कर सकेगा कानून। कानून तो डॉक्टर चड्ढा-जैसे ही बनाते हैं। अदालत से वह छूट जाएगा। उसके पास काली कमाई का खजाना भरा है।"

अब छुटकी चिल्ला-चिल्ला कर रोने लगी थी। धीरे-धीरे वह क्रुद्ध नागिन-सी फुफकारती, रोती, गुस्से से ललकारती चंडी बन गई। दोनों भाइयों की तो घिग्घी ही बँध गई। दोनों ने मामला बिगड़ते देख छुटकी के पैरों के पास अपना माथा झुकाते हुए गिड़गिड़ाना शुरू कर दिया—

"अब जो होना था, हो चुका। पिता जी नहीं लौटेंगे। हम...हमारी समाज में

एक मर्यादा—ह...बन चुकी ह...है। तुम्हारी शादी भी हो चुकी है। हमारी इज्जत बचालो बहन!"

"हम वचन देते हैं...डॉक्टर चड्ढा अगर बच भी गया, तो हम उसे नहीं छोड़ेंगे।"

छुटकी ने फुफकारते हुए कहा—

"आप...दोनों की...अब आप दोनों वह नहीं रहे। अरे मैं उसे नहीं छोड़ूँगी। आप लोग पहले कितने अच्छे थे?"

घंटों की मनुहार के बाद छुटकी बिलकुल चुप हो गई। उसके चेहरे पर एक दृढ़ता थी। उसने मन-ही-मन तय किया था कि वह चुपचाप ससुराल जाएगी। ससुराल में अपने पति का मन जीतेगी और वहीं के लोगों के सहारे से डॉक्टर चड्ढा को धूल चटाकर रहेगी।

थोड़ी देर बाद मंगल-वाद्यों के बीच बिना रोदन के, मुँह ढँककर शान्त और गम्भीर दूल्हन फूलों से सजी कार की ओर बढ़ी जा रही थी। उसके पाँवों में पुरुषों की दृढ़ता और ठसक थी, मगर उसे पकड़नेवाले दोनों भाइयों के पैर भीड़ की औरतों से भी ज्यादा थरथरा रहे थे और आँखों से बहते आँसुओं के झरने भी औरतों की आँखों से ज्यादा तेज धारवाले थे।

# बड़प्पन-छुटपन

पन्द्रह अगस्त राष्ट्रीय पर्व का मौका था। सरकारी महिला इंटर कालेज की प्रिंसिपल साहब ने लम्बा भाषण दिया था। सारी लड़कियाँ धूप में सावधान मुद्रा में खड़ी थीं और अध्यापिकाएँ भी। उन्होंने भारत की आजादी कितने संघर्ष और शहादत से मिली यह विस्तार से बताया। फिर यह भी बताया कि हमलोग आज किस तरह अपने कर्तव्य भूलकर स्वार्थी और बेईमान हो गए हैं। बेईमानी की बात कहते समय उन्होंने सारी टीचरों को ऐसे घूरा था, मानो वह सभी को उनकी बेईमानी के खिलाफ अन्तिम बार सावधान कर रही हों। उन्होंने कॉलेज के बाबुओं, चपरासियों और दाइयों को भी लम्बी हिदायतें दीं। इस दौरान एक लड़की बेहोश होकर 'फटाक्' से गिर पड़ी। अपने प्रेरणा से भरे भाषण में ऐसा खलल उन्हें बर्दाश्त न हुआ, उन्होंने ललकारा—

"ले जाओ इस कमीनी को छाँह में। इससे थोड़ी-सी धूप नहीं सही जाती।... यह आगे...आगे चलकर समाज की क्या सेवा करेगी? जब...मैं इतनी बड़ी थी, तो चिलचिलाती धूप में दो-दो घंटे रस्सी कूदती थी" उनका वाक्य पूरा होते-होते दो और लड़कियाँ फटाफट मैदान में गिर पड़ीं। उन्होंने घूरते हुए अपना भाषण जारी रखा—

"ये सब क्या हो रहा है? क्या ये लड़कियाँ जान-बूझ कर गिर रही हैं? आखिर इन्हें क्या हो गया है? क्या हम आज इतनी कमजोर लड़कियाँ पैदा कर रहे हैं? अरे आज तो लड़कियाँ नेवी, एयरफोर्स और सेना में कमीशन ले रही हैं। मैं तो कहती हूँ लड़कियों की अपनी रेजीमेंट होनी चाहिए, जिसमें केवल लड़कियाँ रहेंगी। मरने-मारने में इन लड़कियों की बराबरी दुनिया की कोई फौज नहीं कर पाएगी।...अरे आज शरीर की ताकत की नहीं, बुद्धि और हिम्मत की जरूरत लड़ाई में पड़ती है। और समझदारी और साहस में लड़कियाँ लड़कों से बहुत आगे रहती हैं। और..."

अब चार और लड़कियाँ 'फटाफट' गिर पड़ी थीं। प्रिंसिपल साहब ने अब

भाषण खत्म करने में ही अपनी भलाई समझी। पता नहीं इस सबके पीछे कोई षड्यंत्र है या सच? कहीं किसी लड़की के साथ बड़ी दुर्घटना न हो जाए।

शब्दों में बड़ी ताकत होती है। भाषण खत्म होते-होते टीचरें आपस में भुनभुना-भुनभुनाकर लड़कियों की जिन्दगी पर खतरे की बात करने लगीं, लेकिन बड़े बाबू का मन प्रिंसिपल साहब के विचारों से लबालब भर गया। उन्होंने गौर किया कि इतना अच्छा भाषण आज तक किसी प्रिंसिपल ने नहीं दिया था। विजयी मुद्रा में सामने से चली जा रही प्रिंसिपल साहब का पैर उन्होंने छू लिया था और हमेशा-हमेशा के लिए वह प्रिंसिपल साहब के विचारों के भक्त भी हो गए थे।

बड़े बाबू ने अब भी 'खुसर-फुसर' करती टीचरों को बड़ी हिकारत से देखा था। उन्होंने सोचा "आखिर ये टीचरें चाहती क्या हैं? इतने अच्छे भाषण के बाद भी ये सब चिकना घड़ा बनी हैं, तब तो इन्हें कभी सुधारा नहीं जा सकता। ऐसी ही अध्यापिकाएँ देश को बर्बाद कर रही हैं।"

इसी समय बगल से एक टीचर भुनभुनाती निकली—

"बड़ी आदर्श की घुट्टी पिलाती हैं। अपनी करतूत नहीं देखतीं। अपने पति का ओहदा किसी से नहीं बतातीं। जी-जान से पढ़ानेवाली अध्यापिकाएँ फूटी आँखों नहीं सुहातीं और चमचियों को सर पर बिठाए रखती हैं।"

उनका मन हुआ कि वह इस अध्यापिका की पिटाई कर दें। "आखिर देश कैसे चलेगा? क्या संस्था का हेड भी आदर्श की बात न करे? क्या अधीनस्थों को अनुशासन में रखना भी बुरा है?"...

और उन्होंने तय किया कि कोई कुछ कहे, वह तो हमेशा के लिए उनके गुलाम हो गए। अब उन्हें कोई भी नहीं डिगा सकेगा।

अगले दिन अचानक प्रिंसिपल साहब छुट्टी पर चली गईं। बड़े बाबू तो मानो अचानक आसमान से औंधे मुँह आ गिरे। जाते-जाते प्रिंसिपल साहब ने उन्हें बुलाकर कई तरह की हिदायतें दीं और वाइस प्रिंसिपल अगर कोई बदमाशी करें तो उन्हें जरूर बताने को कहा। फिर एक लम्बी साँस भरकर उन्होंने बड़े-बाबू से घर पर आते रहने की अनुरोध भरी-सी आज्ञा दी।...और वह कार्यभार से मुक्त हो गईं।

बड़े बाबू ने अगले दिन से ही चाहा कि प्रिंसिपल साहब के घर हो लें, लेकिन अब-तब करते कई दिन बीत गए। दिन-भर दफ्तर के काम के झमले से निबटने के बाद घर के लिए सब्जी और सामान खरीदते, थके हुए घर लौटते थे। वह बार-बार सोचते कि अगले दिन जरूर जाएँगे, पर चाहकर भी साहब के घर नहीं

जा पाए, तो नहीं ही जा पाए। आखिर काफी दिनों तक साहब से न मिलने से उन्हें एक अपराध-भावना टोंचने लगी। वह कहीं किसी बच्चे को भी डाँट खाते सुनते, तो चौकन्नी गिलहरी की तरह उनके रोयें खड़े हो जाते। उनका चेहरा कच्चे रंगवाले, तेज साबुन से धोए कपड़े की तरह फक्क हो जाता। इतनी महान आदर्शवादी अफसर के आदेश की लम्बे समय तक वह उपेक्षा-सी कर गए थे। इसीलिए उस दिन उन्होंने साहब से मिलने का पवित्र काम कर ही डाला।

साहब के बरामदे में बैठे वह उनकी बुलाहट की प्रतीक्षा में यह सोच रहे थे कि ईश्वर ने इतनी अच्छी और आदर्शवादी प्रिंसिपल को कैसी गलत टीचरों के बीच ला पटका है? वह इस बात को जरा भी असम्मानजनक नहीं मानते थे कि दफ्तर के कुछ लोग उन्हें साहब का 'चमचा' मानते थे, हालाँकि डर के मारे कोई भी उनके मुँह पर कुछ नहीं कहता था। इससे उन्हें जनता के बीच गौरव और महत्त्व दोनों मिले थे। अब साहब के विश्वास-पात्र समझे जाते थे वह। वह साहब के बारे में सोचते हुए यह निश्चित करने में लगे हुए थे कि किस प्रकार से उनके कष्ट और बढ़ी हुई कमजोरी की बातें कहेंगे। वह यह तो निश्चित कर चुके थे कि साहब के दुबले होने की बात नहीं ही कहेंगे, किन्तु उन्हें कोई और ऐसी बात नहीं समझ में आ रही थी, जिसे कहकर वह साहब के काफी कमजोर होने के साथ अपनी हमदर्दी जता सकें।

"टिक-टिक घोड़ा...टिक-टिक घोड़ा...टिक-टिक..." अचानक, बैठक से किसी बच्चे की आवाज सुनाई दी और इसी के साथ खिलखिलाट भरी बच्चे की माँ की आवाज सुनाई दी—"तू बड़ा नटखट है रे! आखिर मुझे घोड़ा बना के ही छोड़ा।...अरे! बाहर बड़े बाबू देर से बैठे हैं।"

मेम साहब नाइटी में हैं और बेटे के प्यार में डूबी उसे पीठ पर लादे घोड़ा बनी हैं, उन्होंने देखा और भीतर जाना अनुचित समझकर वह बैठे-बैठे ऊबने लगे। आवाजें भी अब नहीं आ रही थीं और सन्नाटा बढ़ रहा था।

तभी वह चौंककर उठ खड़े हुए। उन्होंने देखा कि साहब ने उन्हें बुलाया नहीं, बल्कि स्वयं वहाँ आ गई हैं—अपने हाथ के ट्रे में चाय के दो प्याले लिये। एक अपने और दूसरा बड़े बाबू के लिए।

बड़े बाबू ने उन्हें नीचे से ऊपर तक देखा कहीं से जरा भी शारीरिक कमजोरी नहीं दिखती थी। उनका चेहरा खिला हुआ और बिलकुल तनाव मुक्त था। उन्होंने सुन्दर साड़ी पहन रखी थी। फिर भी अपना धर्म निभाने के लिए उन्होंने कहा, "अरे

अरे साहब, आप तो बहुत कमजोर हो गई हैं, प्रणाम मैडम" और उनका पैर छू लिया। उन्होंने फिर ध्यान दिया था कि साहब के शरीर पर प्रजनन की कोई खरोंच तक नहीं है, जिसे भोगकर अक्सर औरतें लम्बे समय तक दयनीय बनी रहती हैं।

"खुश रहो बड़े बाबू, कहो कैसे आए? आखिर आप आ ही गए? इतने दिन कहाँ रह गए? कालेज तो ठीक चल रहा है न? टीचरें कैसी हैं? सब मेरी बुराई करती होंगी न? मैं सबसे निपट लूँगी और मजा चखा दूँगी हरामजादियों को।... पढ़ाई तो बिलकुल ठप्प होगी?"

वह तो साहब के ऊँचे आदर्शवादी रूप के सच्चे चेहरे को आज नजदीक से देखकर दंग थे।

एक गाली का शब्द आ गया, इसलिए पूर्णविराम और थोड़ा विश्राम साहब के लिए जरूरी था। उन्होंने साहब के सारे प्रश्न तुरन्त दिमाग में नोट कर लिये थे और बाकायदा तरतीबवार उत्तर देने के लिए बोले—

"सब आप की कृपा है साहब। सोचा, आप की तबीयत ठीक नहीं है और बहुत दिनों से दर्शन नहीं हुए थे, इसी से चला आया था।..."

"मैं तो रोज आपका इन्तजार करती थी। रोज सोचती थी कि आप आज जरूर आएँगे। खैर कोई बात नहीं, अच्छा ही किया चले आए। मैं भी स्कूल का हाल जानने के लिए बहुत ऐंक्शस थी।...तो कहो क्या हाल है?" और फिर, शायद बड़े बाबू को अपनी ओर बार-बार देखते देखकर ही, उन्होंने कहा—

"बड़े बाबू असल बात यह है कि, आपसे क्या छिपाना सच तो यह है, कि हम तो इस सरकार को, जो आँख की अन्धी है, धोखा देना जरा भी बुरा नहीं मानते... ।"

"बहुत ठीक कह रही हैं आप मैडम।"

"इसीलिए हम हर साल नब्बे दिन की छुट्टी ले लेते हैं और इनकी छाती पर मूँग दलके यहीं आकर रहते हैं।"

'इनकी छाती से' उनका मतलब अपने पति की ही छाती से था।

वह उनकी बातों पर हक्का-बक्का थे। उन्होंने सोचा भी नहीं था कि अपने घर के सम्मानित सदस्य की छाती के बारे में इतने ऊँचे पद पर प्रतिष्ठित कोई मूँग दलने-जैसी बात पहली भेंट में ही कह सकता है। अगर यह सच है कि मैडम के पति दफ्तर में बाबू हैं तो बेचारे दया के पात्र हैं। मैडम बेकार ही उन पर खफा हैं, जबकि इस समय वह नौकरी में ड्यूटी पर गए थे। उन्होंने आगे खुद बताया कि उनके पतिदेव किसी दफ्तर में क्लर्क हैं, क्योंकि उन्होंने अनुमान कर लिया था कि

बड़े बाबू को इसकी भनक लग चुकी है। उनकी निगाह में, चूँकि सभी क्लर्क बहुत छोटे होते हैं, इसलिए उनके अपने पति भी छोटे ही थे। इतने छोटे कि घर के एक साधारण सदस्य का सम्मान भी न पा सकें।

प्रिंसिपल साहब अब गुस्से में आ गई थीं, क्योंकि उन्होंने बड़े बाबू के चेहरे पर अपने लिए घृणा का भाव पढ़ लिया था। उन्होंने कहा, "बाबू की जात पर विश्वास नहीं करना चाहिए।"

"ठीक है सरकार, बिलकुल यही चाहिए।"

उन्होंने जल्दबाजी में कहा और अपने हाथ मलते हुए नाखूनों से नाखून भिड़ाने लगे। यद्यपि वह अपने-आप को भूलकर इस समय अपने साहब की ओर झुके थे, मगर साहब उनकी 'हाँ में हाँ' मिलाने पर भी क्रोध से तमतमा उठी थीं। दरअसल, वह घबराहट में साहब की बात सुनकर भी सुन नहीं सके थे। मगर अगले ही क्षण उनका पारा उतर आया क्योंकि उन्होंने एक गिलास पानी पी लिया।

"तो मैं तो जानती हूँ कि सरकार मुझसे कानून में आगे नहीं बढ़ सकती। मैं तो उसी के नियमों से उसे दुहती हूँ। मैं तुमसे सच बताऊँ, मेरे बच्चा-वच्चा कुछ नहीं था। मैं तो वैसे ही आकर यहाँ मौज से पड़ी थी।..."

मेम साहब की बात चालू थी और वह अपने झोले को टटोल रहे थे। यह सोचते हुए कि कोई कितना ऊँचा दिखाई देता है लेकिन फिर कैसे रसातल में जा गिरता है।

इसी समय उनके दिमाग में कौंधा कि मैडम के लिए प्रेजेंटेशन की चीजों—झबला, चड्ढी तथा खिलौनों का क्या होगा, जिन्हें वह एक-एक पैसा बचाकर खरीद लाए थे? और वह कहती ही जा रही थीं, "मैं सोचती हूँ, इस अन्धी सरकार के नियमों से जो फायदा न उठाए वह खुद भी अन्धा है खास करके औरत। हाँ, तो बाबू! बात ऐसी है, कि तुम तो जानते ही हो, कि मेरे एक लड़का पहले से ही है। फिर दूसरे की मुझे क्या जरूरत? लेकिन इस सरकार की बेवकूफी का फायदा मैं तो सदा उठाती हूँ और अभी बहुत दिन उठाऊँगी।"

बाबू की समझ में कुछ नहीं आ रहा था और वह अपनी खोपड़ी खुजलाकर वहाँ के चिकनेपन पर खीझ रहे थे, क्योंकि उनकी बुद्धि की तरह ही उनका हाथ भी उनकी चाँद पर टिकता ही नहीं था। और वह बोले जा रही थीं—

'मैं ऐसी मूर्ख नहीं कि औलाद के चक्कर में अपनी हेल्थ चौपट करूँ। मैं तो जानती हूँ कि सरकार औरतों को हर साल नब्बे दिन की मैटर्निटी लीव दे सकती है। शर्त सिर्फ यही है कि दो से अधिक बच्चे जीवित न हों। तो मेरे एक बच्चा ही तो

जीवित है। यह मुझे प्राणों से ज्यादा प्यारा है। मैं इसके साथ रहने पर स्वर्ग का सुख पाती हूँ। असल में बड़े बाबू! औलाद का सुख सबसे बड़ा सुख है। मैं इसीलिए बार-बार छुट्टी लेती रहती हूँ।" बड़े बाबू ने डावाँडोल मन:स्थिति से पूछा, "आपके कितने बच्चे हैं मैडम? मेरा मतलब...क्या कोई बेटी भी है?"

"अरे! मेरे एक बच्चा ही तो जीवित है। दूसरे के नाम पर तो मैंने मैटर्निटी लीव ली थी। और अभी न जाने कितनी बार लूँगी; क्योंकि जानते हो मेरे दूसरा बच्चा कभी न होगा। मैं नब्बे दिनों की लीव के लिए एक अबार्शन का सर्टिफिकेट डॉक्टर से कुछ रुपये में ले लेती हूँ। इतने थोड़े पैसों में मुझे लगभग तीन महीने की छुट्टी हर साल मिल जाती है। सरकार को इस पर कोई एतराज भी नहीं होता और मेरी मैटर्निटी लीव भी ज्यों-की-त्यों ड्यू बनी रहती है। इसी से मैं कहती हूँ, बाबू, यह सरकार अन्धी है, बिलकुल अन्धी।...हाँ मैं विभाग के बाबुओं-अफसरों की अच्छी सेवा भी कर देती हूँ। हालाँकि बाद में अक्सर मेरा ट्रांसफर हो जाता है।..."

बाबू की खुली खोपड़ी की खुजली मिट चुकी थी और अब उनकी बुद्धि भी सचमुच पूरी तरह खुल चुकी थी। उन्होंने एक साँस ली थी—लम्बी साँस और विचारों के खारे जलवाले समुद्र में डूबने-उतराने लगे थे।

उन्हें लगा कि इस सारी दुनिया में हर आदमी दो तरह का है। हर आदमी के भीतर दूसरा आदमी है। कोई भी न खाली झूठा है न सच्चा। उन्हें लगा कि जिन प्रिंसिपलों को वह केवल बुरा मानते थे वे सभी इससे बेहतर हैं। इस दुनिया में कुछ लोग नाग या नागिन से हैं, जो इच्छाधारी हैं। वह विचारों का सुन्दर रूप दिखा दूसरों को लुभाते हैं, फिर उन्हें डँसकर मार डालते हैं। अगर हर आदमी में दूसरा आदमी है, तब तो इस दुनिया में दूसरी दुनिया भी होगी। हुँह! दुनिया के भीतर दुनिया। लोगों के भीतर लोग। झूठ के भीतर सच। सच के भीतर झूठ। उन्होंने इस प्रिंसिपल की छवि अपने हृदय में इतनी ऊँची बनाई थी मगर यह क्या निकलीं?"

वह सकपकाते हुए कहने लगे—

"लेकिन...लेकिन..."

"क्या लेकिन-लेकिन?"

"लेकिन इन सबका क्या होगा प्रिंसिपल साहब? बड़ी दूर गाँव से ताजे-ताजे आए हैं।" —कहते हुए उन्होंने अपने झोले के सामान निकालकर अपनी प्रिंसिपल साहब के सामने रख दिये।

"हूँ! होगा क्या...? इन सबको तुम अपने बच्चों के पहनने को लौटा ले जाओ

और मैं इसे लिये लेती हूँ।...ताज्जुब है! आपको कैसे पता चला कि मुझे मिर्चे का अचार और भुट्टा बहुत प्रिय है?" बड़े बाबू को खुशी मिली कि मैडम ने उनकी पसन्द का अनुमान लगाने के लिए उनकी तारीफ में अपनी बड़ी-बड़ी आँखें और बड़ी कर दी थीं। इस एहसान के उत्तर में वह एक खुशी की लहर वाली मुसकान ही बिखेर सके थे।

कपड़े लौटाती हुई प्रिंसिपल साहब ने मक्के की बालें और मिर्चे का अचार दूसरी ओर रखते हुए घरेलू नौकर को पुकारा था, "हरखू, जरा ये सब चींजें भीतर ले चलना।"

बाबू झोला उठाकर चलने को थे कि प्रिंसिपल साहब के लाड़ले आ गए। पाँच-छह साल की उम्र। अभी से शरीर थुलथुला गया था। नाक पर चढ़कर चश्मे जी ने दोनों कान उमेठ रखे थे। निश्चिन्तता के साथ मुँह से सीटी-सी बजाते बाबू जी के सामने वह प्रकट हुए।

बड़े बाबू ने प्रिंसिपल साहब के कुछ असन्तुष्ट-से हो रहे चेहरे को याद कर उन्हें खुश करने के लिहाज से बच्चे की ओर झुककर पूछा, "क्या नाम है आपका?"

ऐसा पूछते हुए वह सोच रहे थे कि इस "बच्चे के संस्कार इसे क्या बनाएँगे? इसी पर प्रिंसिपल साहब को घमंड है?"

उत्तर में बाबू को एक लात जमाकर 'साला बाबू है' कहते-कहते साहबजादे ने भीतर की राह पकड़ ली, जहाँ माँ-बाँप के लाड़-प्यार का दलदल उन्हें लथेड़ने को फैला था।

बड़े बाबू गुस्से से जल उठे। उन्होंने सब कुछ को अपनी मुट्ठी में रखते हुए-से अपनी हथेली को मसला और गुस्से का उफनाता समुद्र पी गए।

प्रिंसिपल साहब ने लड़के को थोड़ी नाराजगी के साथ देखकर अनदेखा कर दिया और फिर उठती हुई वे बाबू का नमस्ते स्वीकारती भीतर की ओर चल दीं। प्रिंसिपल साहब पैरों से तो बिलकुल ठिठकती धीरे-धीरे जा रही थीं, पर तेजी से भागता बड़े बाबू का मन मैदान छोड़ भागता सिपाही था।

•

# फुटबॉल

"जय हिन्द, सर!"

कड़क खाकी वर्दी में लाल सरकारी जूतों की एड़ियाँ कड़काते, सिर पर आई.पी.एस. के बैजवाली टोपी और बाँहों में लटके लैस के साथ एक सितारा आई.पी.एस. ने अचानक प्रकट होकर जब सैल्यूट मारा तो सब-इंस्पेक्टर माँगेराम शर्मा के होशोहवास एक क्षण को गुम हो गए। उन्होंने सोचा, यह हो क्या रहा है?

मगर अगले ही क्षण बेटे वेदप्रकाश ने उनके पैरों में प्रणाम करने के लिए जब अपनी टोपी उतारी तो उनकी जान में जान आई। उन्हें एक क्षण को लगा था कि जिले में चार महीने पहले ट्रेनिंग पर आए आई.पी.एस., सहायक पुलिस अधीक्षक रमेश कुमार सिंह ने अपने आकस्मिक दौरे में कोई ऐसी बात पाई है, जिससे गुस्सा होकर व्यंग्य में उन्होंने एक सब-इंस्पेक्टर को सैल्यूट कर दिया है।

सब-इंस्पेक्टर की नौकरी साली होती ही कुछ ऐसी है। हजार अच्छे काम करो, मगर एक चूक हुई कि सी.आर. रँग दी गई। फिर रिरियाते रहो, 'हुजूर-हुजूर, सरकार-सरकार'। दसों साल के लिए इंस्पेक्टरी के ख्वाब भी नहीं देख सकते। अगर किसी थाने के इंचार्ज हैं तो वह भी हाथ से गया समझो। फिर अपने से जूनियर के अधीन वहीं पर या किसी और थाने पर सेकेंड ऑफिसर बने रात-दिन कुढ़ते रहो, मगर करना तो इंचार्ज की मरजी से ही पड़ेगा। भले 'यस सर' कहने से बच लो, मगर 'बेहतर है' तो मुँह से निकालना ही पड़ेगा। ऊपर से इंचार्ज भी फँसाने के मौके खोजता रहेगा।

माँगेराम शर्मा को अब बेटे पर तेज गुस्सा आ गया था। उनके भीतर का सब-इंस्पेक्टर पूरे रौद्र रूप में था और उन्होंने किसी अपराधी को ललकारनेवाले रोब के साथ कहा—

"क्या बेहूदगी है? बिना विभाग में भरती हुए पुलिस की वर्दी कैसे पहन ली... वह भी आई.पी.एस. की? जेल जाने का इरादा है क्या?"

"किसे जेल भेजना है? कौन बेहूदगी कर रहा है?"

बाप रे बाप! सामने सचमुच का ए.एस.पी. रमेश कुमार सिंह आ खड़ा हुआ था।

सब-इंस्पेक्टर माँगेराम शर्मा को दिन में तारे नजर आ रहे थे। उनके चेहरे पर इस ठंड में भी पसीने की बूँदे छलछला आई थीं। किसी बड़ी अनहोनी की आशंका ने उन्हें अपने अफसर को 'जय हिन्द' का बीस साल से अभ्यस्त सैल्यूट मारने का ध्यान भी नहीं आने दिया।

"यही वह बेहूदा है क्या, शर्मा जी?"

"अँ ऽ ऽ अँ ऽऽ हाँ ऽ ऽ ऽ हँ...हँ...यह तो यूँ ही मजाक कर रहा था...सर।"

"इतनी जल्दी बात बदल दी? ऐसे ही पुलिस में सब-इंस्पेक्टरी करोगे, मि. शर्मा?"

सब-इंस्पेक्टर शर्मा का दिल अब इतना तेज धड़कने लगा था कि उन्हें दिल का दौरा पड़ने का डर लगने लगा।

"सर...बात यह है कि...।"

"क्या बात यह है कि...बाबूजी?"

किसी खड्ड में लगातार गिरते-से सब-इंस्पेक्टर शर्मा को मानो किसी ने बड़े ही मुलायम हाथों रोक लिया है। उन्होंने ए.एस.पी. साहब के चेहरे को ध्यान से देखा। वहाँ सचमुच सम्मान की और आश्वस्ति की भावनाओं की सुनहरी मछलियाँ तैर रही थीं।

सब-इंस्पेक्टर शर्मा की धड़कनें थोड़ी धीमी तो हुईं, पर उनकी आँखों में अब और न सताने की प्रार्थना भी उभर आई।

अब तक भीगी बिल्ली बने खड़े वेदप्रकाश ने फिर चुहल की—

"तो ले चलिए मुझे जेल, ए.एस.पी. साहब।"

"जेल जाएँ तेरे दुश्मन...मिस्टर वेदप्रकाश, आई.पी.एस। बधाइयाँ, बाबूजी! वेदप्रकाश आई.पी.एस. में सिलेक्ट हो गया है।...आप अभी भी घबराए हुए हैं? हम लोग तो मजाक कर रहे थे और आपको सरप्राइज दे रहे थे।...आज ही रिजल्ट आया है। वेदप्रकाश ने आई.पी.एस. में फर्स्ट पोजीशन ली है। इसलिए उसे होम प्रॉविंस मिलना तय है, बाबूजी"

अब तो सब-इंस्पेक्टर माँगेराम शर्मा से रहा नहीं गया और उन्होंने उछलकर

वेदप्रकाश को एक धौल लगाई तो उसकी भी आँखों के आगे अँधेरा छा गया और तारे दिखाई देने लगे।

"क्यों बेटा! है अभी मुझमें सब-इंस्पेक्टर का दमखम या नहीं?"

वेदप्रकाश ने तुरन्त अपने को सँभाला और एक बार फिर पिता के चरणों में झुक गया।

अब सब-इंस्पेक्टर माँगेराम शर्मा को पूरा विश्वास हो गया था कि उनका बेटा सचमुच आई.पी.एस. हो गया है। उन्होंने फिर भी पूछा—

"रिजल्ट आज के किस अखबार में है?"

"टाइम्स ऑफ इंडिया में है, बाबूजी। नब्बे लड़के आई.ए.एस. में हैं और दस आई.एफ.एस. में। अपने वेदप्रकाश का मेरिट में एक सौ एकवाँ स्थान है।"

एक लम्बी उसाँस अब सब-इंस्पेक्टर माँगेराम शर्मा के नथुनों से निकल गई। अभी-अभी हुए हादसे से उबरने के साथ लम्बे समय से जो स्वप्न वह देखते रहे थे, उसके पूरे हो जाने का आश्चर्यमिश्रित सुख उन्हें हो रहा था। उन्होंने लपककर बेटे को गले से लगा लिया। अगले ही क्षण माँगेराम शर्मा का सब-इंस्पेक्टर जागा और उन्होंने आँखों में सुख के आँसू भरते हुए सामने खड़े ए.एस.पी. को सैल्यूट मारा।

"जय हिन्द, स ऽ ऽ ऽ र् र्।"

शायद जीवन में इतना चुस्त और चटक सैल्यूट माँगेराम शर्मा ने किसी को नहीं मारा। उनके शरीर का अगला हिस्सा एक मिनट तक थरथराता रहा था, जबकि पैरों में शायद अंगद के पैरों की-सी स्थिरता आ गई थी। वह किसी छोटी-सी सीधी खड़ी ऐसी पहाड़ी-से दिख रहे थे, जो केवल ऊपरी हिस्से में भूकम्प से काँप उठी हो, पर नीचे से अडिग और स्थिर हो। उनकी आँखों से लग रहा था कि उनकी उम्र अब कम-से-कम एक दशक बढ़ जाएगी। चेहरे पर प्रसन्नता और सन्तोष के भाव उसकी ज्योति बनकर फूट रहे थे।

"जय हिन्द।"

ए.एस.पी. ने सैल्यूट तो स्वीकार कर लिया था, पर वह अब बॉस नहीं, बालक बना जा रहा था—

"मैं यहाँ दूसरे प्रॉविंस में हूँ, बाबूजी! अभी बिलकुल अकेला ही हूँ यहाँ। वेद अब आई.पी.एस. है और मेरा दोस्त भी। इसलिए अब से मैं आपको 'बाबूजी' ही कहूँगा।"

"मगर, सर...।"

"सर नहीं, बेटा!"

"ऐसा है, सर्...अरे ऽ ऽ ऽ बेटा...खैर...अब मैं यहाँ से अपना ट्रांसफर करा लूँगा।...और सर...असल में मेरा अब इस शहर से दाना-पानी उठ गया।"

ए.एस.पी. के लाख समझाने पर भी सब-इंस्पेक्टर माँगेराम शर्मा नहीं माने। उन्होंने आई.जी. से सीधे मिलकर अपनी पारिवारिक कठिनाइयाँ बताईं और किसी दूसरे जिले में भेजने की दरख्वास्त की अग्रिम प्रति भी देते आए।

घर लौटकर माँगेराम शर्मा ने एक महीने की छुट्टी ले ली। उन्होंने काशी जाकर बाबा विश्वनाथ की तीन घंटे तक आराधना की और एक रुद्राभिषेक भी कराया।

सब-इंस्पेक्टर माँगेराम शर्मा अपनी पत्नी, बेटा वेदप्रकाश और उसके छोटे भाई सत्यप्रकाश के साथ गद्गद हो जब रुद्राभिषेक में मुक्तहस्त दान कर रहे थे तो संकल्प के समय अपना गोत्र ही भूल गए। पंडित जी ने कहा—

"अपने गोत्र का नाम लीजिए।"

"गोत्र का ध्यान नहीं आ रहा है, पंडित जी!"

"कहाँ के रहनेवाले हैं?"

"हरियाणा के...क्यों...!"

"आखिर गोत्र कैसे भूल गए...?"

"शायद वशिष्ठ है मेरा गोत्र? वशिष्ठ गोत्र होता है न?"

"ठीक है...वशिष्ठ गोत्रोत्पन्न: माँगेराम शर्माऽहम्..."

पंडित जी ने संकल्प पूरा किया और लगे हाथ शर्मा जी को एक कपड़े से थोड़ा ढकते हुए उन्हें गुरुमंत्र भी दे दिया।

सब-इंस्पेक्टर माँगेराम शर्मा को सबसे पहले उनके एक वफादार सिपाही ने पंडित जी कहना शुरू किया तो उन्होंने झिड़क दिया—

"क्या पंडित-वंडित कहते हो! आदमी हूँ और तुम्हारा अफसर।"

मगर उस कॉन्स्टेबल ने आई.पी.एस. बेटे के बाप को खुश करने और अपनी बिरादरी से जोड़ने के लिए दूसरे लोगों से भी 'पंडित जी' कहलाना शुरू कर दिया और सारे प्रतिवाद के बावजूद अधिक पूजा-पाठ करने के कारण सब-इंस्पेक्टर माँगेराम शर्मा को अधिकांश लोग 'पंडित जी' कहने लगे।

बात आई-गई हो गई। वेदप्रकाश भी प्रशिक्षण पर चला गया और पंडित माँगेराम

शर्मा भी अपना स्थानान्तरण कराकर दूसरे जिले में चले गए। मगर उनका 'पंडित जी' नाम उनके पहुँचने के पहले ही उस जिले में भी पहुँच गया।

पंडित माँगेराम शर्मा मूलत: हरियाणा के निवासी थे। उनकी भाषा में एक खास ढंग का हरियाणवी अन्दाज था और इसीलिए वह किसी को प्यार भी करते तो वह पहले एक बार उनका चेहरा देखता कि वह उसे प्यार ही कर रहे हैं या डाँट रहे हैं। गठीला इकहरा बदन, रोबदार मूँछें, हमेशा सावधान-सा होकर बैठने की आदत और ज्यादातर लोगों को 'तू' कहकर पुकारनेवाले माँगेराम शर्मा जाति से जाटव थे, किन्तु उत्तर प्रदेश में पुलिस की नौकरी, उस पर भी सब-इंस्पेक्टरी, पाने के बाद उन्होंने अपने नाम के साथ 'शर्मा' शब्द जोड़ लिया था। उनका कहना था कि जिसका जो भी चाहे वह टाइटल लगाए, किसी दूसरे को इससे क्या लेना-देना? उनके पुलिसिया रोब के कारण पहले उनके अधीनस्थों ने 'शर्मा साहब' कहना शुरू किया था। बाद में यह नाम ही प्रमुख हो गया और 'माँगेराम' गौण। सब-इंस्पेक्टर शर्मा के व्यक्तित्व में बेटे के आई.पी.एस. हो जाने से थोड़ी और अकड़ आ गई थी। उनकी ये सारी विशेषताएँ उनके सुपुत्र वेदप्रकाश में तो उनके खून के साथ ही चली गई थीं।

वेदप्रकाश के ट्रेनिंग से लौटकर आने और सर्किल ऑफिसर बनने के बाद तमाम बड़े-बड़े लोग उनके विवाह के लिए दौड़ने लगे। पंडित माँगेराम ने साफ कह दिया था कि वेदप्रकाश की शादी किसी भी जाति में हो सकती है। शर्त सिर्फ यह है कि शादी उनके चंडीगढ़ में बने हुए दादा के नये मकान पर तिलक चढ़ाकर की जाएगी।

एक दिन वेदप्रकाश के दादा ने फोन किया कि उन्होंने शादी लगभग तय कर ली है और माँगेराम को तुरन्त बुलाया है। माँगेराम के जाने के बाद वेदप्रकाश ने पन्द्रह दिनों की छुट्टी ली और चंडीगढ़ चले गए। चंडीगढ़ से ही वेदप्रकाश ने अपनी छुट्टी बढ़वाई और एक महीना और बाहर रहकर जब लौटे तो उनके साथ उनकी पत्नी थी। पति-पत्नी तो बाद में घर आए, किन्तु एक ट्रक सामान पहले ही आ पहुँचा।

वेदप्रकाश के विवाह में शामिल होने के इच्छुक उनके अहलकार मन मसोसकर रह गए। सबसे ज्यादा दुख उनके प्रिय बननेवाले कॉन्स्टेबल मायाराम को हुआ, जो अपनी कड़क आवाज में घर पर आनेवाले हर फोन पर ठसकता था—

"श्रीमान सी.ओ. साहब बहादुर के बँगले से कॉन्स्टेबल मायाराम शर्मा।"

बोलनेवाला अगर कोई अफसर होता तो वह तुरन्त 'जय हिन्द सर' कहता,

मगर यदि कोई झुकने-दबने वाली आवाज होती या मातहत तो मायाराम कॉन्स्टेबल से एस.एस.पी. के रोब में आ जाता—'अभी साहब नहीं मिलेंगे', 'साहब बाथरूम में हैं', 'साहब आज दौरे पर हैं', 'साहब पूजा कर रहे हैं'—जैसे लटके लगाकर कॉन्स्टेबल मायाराम लोगों को छकाता। घर पर मिलने आनेवाले लोग तो उसके इस रोब के कारण साहब से मिलाने के लिए दस-बीस से लेकर सौ रुपये तक खर्च कर देते। वह ऐसा अहलकार था, जो साहब की निगाहें देखकर जान जाता था कि वह क्या चाहते हैं?

कॉन्स्टेबल मायाराम की थोड़ी-बहुत शिकायतें जब वेदप्रकाश को मिलीं तो उन्होंने उसे बँगले से हटाना चाहा, लेकिन अब तक वह मेम साहब का चहेता बन बैठा था। मेम साहब के नहाने-धोने की व्यवस्था से लेकर उनकी पूजा-पाठ की भी व्यवस्था वही करता, जिसे उसने खुद प्रेरणा देकर उनके नित्य-कृत्यों में शामिल करा दिया था।

"मैं पूजा-पाठ में विश्वास नहीं करती, मायाराम," —शुरू-शुरू में मेम साहब कहतीं। मायाराम शर्मा अपने पंडित शैली में जब-तब मुगल शैली का मिश्रण करके भाषा के ऐसे-ऐसे हथियार चलाता कि मेम साहब के भीतर का सारा विद्रोह आत्मसमर्पण कर जाता।

"क्यों नहीं करेंगी पूजा-पाठ, हुजूर! ब्राह्मण के कुल में जन्म लिया है और आई.पी.एस. के घर में हैं, सरकार! जितने खिदमतगार और सिपहसालार, उतने ही दुश्मन, हजूर। रोज नहा-धोकर भगवान को दो-चार पल भी ध्यान करेंगी तो अच्छे-बुरे में रक्षा होगी, सरकार।...बढ़ती होगी, मालकन। मन शान्त रहेगा, परवरदिगार...।"

और फिर बँगले के भीतर शहर कोतवाल से कहकर बनवाए छोटे-से मन्दिर में पूजा करने के लिए चाँदी की थाली में धूप-दीप लिये, हलकी रंगीन साड़ी में सिर पर पल्ला डाले, जापानी गुड़िया-सी सुन्दर-सलोनी मेम साहब जब-जब बाहर निकलने को होतीं, मायाराम पहले ही लोगों के बीच 'रेड एलर्ट' कर देते।

"अरे मेम साहब पूजा करने आ रही हैं और तुम बीड़ी फूँकता अजगर जैसा 'सू-सू' कर रहा है, साला। भागकर छिप जा सामने से रे छछूँदर, नहीं सरकार का गुस्सा तू क्या जाने है।"

हाथ में झाड़ू लिये बँगले के आधे हिस्से की सफाई कर चुके जमादार को एक पल को लकवा मार जाता, मगर अगले ही क्षण किसी गरियार बैल की तरह कोंचा

जाकर वह भागकर झाड़ियों के बीच छिपकर सचमुच छछूँदर बना मेम साहब की ओर टकटकी लगाए रखता।

कुछ दिनों बाद वेदप्रकाश एक बड़े जिले के एस.पी. सिटी बन गए। लेकिन केवल दो साल बीते और वह दिन भी आया जब वेदप्रकाश आई.पी.एस. बदायूँ जिले के एस.पी. बना दिये गए। जब वेदप्रकाश को एस.पी. सिटी से एस.पी. बदायूँ बनाने का ऑर्डर आया तो साहब शहर में ही कहीं गए हुए थे। असल में उन दिनों शहर में साम्प्रदायिक तनाव था और हिन्दुओं और मुसलमानो के बीच किसी भी बात को लेकर खटपट हो जाती थी। एस.पी. सिटी को हमेशा इस खटपट में पिसना पड़ता था।

एक बार कुछ ऐसा हुआ कि शहर में एक आदमी को सरेबाजार एक गाय ने मारने को दौड़ा लिया। असल में उस आदमी ने नई-नई लुंगी खरीदी थी जो कुछ ज्यादा ही चटक लाल रंग की थी। उसने चमकीले और गहरे काले रंग का कुरता पहन रखा था और सिर पर सफेद दुपलिया टोपी लगा रखी थी। तिस पर आसमान में बादल छाए थे और गाय बिलकुल नौजवान थी। अभी गाय ने कोई बच्चा भी नहीं दिया था। अनेक ऐसे लोग हैं, जो शहर की सड़कों को अपनी गाय-भैंसों, कुत्तों, कूड़ों, मलवों और खिलन्दड़ बेटे-बेटियों के लिए पहले आरक्षित मानते हैं। वह सड़क पर आने-जानेवाले आदमियों और वाहनों को, जिन्हें वह अपनी ही छाती पर आता-जाता मानते हैं, बिलकुल अनधिकार कब्जा जमाए समझते हैं। ऐसे ही किसी व्यक्ति ने शहर के भीड़-भरे इलाके की एक पतली गली में यह गाय पाल रखी थी। गाय के दूध देने का प्रश्न ही नहीं था और मालिक द्वारा उसे चारा देने का सवाल भी नहीं था। मगर गाय थी कि घर की थोड़ी-सी जूठन और सब्जियों के छिलकों के बदले रोज रात को नौ बजते-बजते अपनी अन्तरात्मा की आवाज पर उस खूँटे पर आ बँधती, जिसकी रस्सी दिन-पर-दिन किसी बूढ़े की तरह कमजोर और छोटी होती जाती थी।

मैं भी बहुत फालतू बातें करता हूँ। अरे गाय तो इस समय शहर के व्यस्ततम इलाके में खड़ी एक साँड़ से सींग लड़ा रही है और मैं उसके घर की चर्चा कर उसके आन्तरिक मामले में हस्तक्षेप करने लगा हूँ। फिलहाल साँड़ ने एक नौजवान गाय द्वारा अचानक दौड़कर गले के आसपास की चमड़ी में सिकुड़न लाकर 'फूँ-फूँ' की

चुनौती देते हुए अपने को ललकारे जाने पर अपने पुरुषत्व की हेठी मानी और उसी तरह चेहरे और गले की सिकुड़नें दूनी करके उसने गाय पर अपने सींगों से प्रहार कर दिया। गाय कहो या कलोर कहो या अब एक क्षण को उसे बछिया कहो, तुरन्त पीछे की ओर उछलकर मुड़ी और लाल पर काले और उस पर सफेद रंगों के इस काम्बिनेशन पर उसे अचानक इतनी बड़ी आपत्ति हो उठी, जैसे किसी ऑडिटर को बड़ी भारी आर्थिक अनियमितता पकड़ में आ गई हो, तिस पर भी उसे अभी-अभी उसके बॉस ने डाँटा हो। गाय ने तुरन्त उसी आदमी को दौड़ा लिया। पहले तो वह थोड़ा पीछे हटकर और अपने हाथ आगे कर ही गाय को रोकना चाहता था, पर जब उसने गाय को गाय नहीं, शेर होते देखा तो तुरन्त पलटकर भाग खड़ा हुआ।

गाय ने भी किसी पुलिसिया भाव से इस भागते अपराधी का अकारण पीछा कर लिया। उसे लगा कि भागनेवाले ने जरूर कोई अपराध किया है, तभी भाग रहा है और फिर शायद उस आदमी के कपड़ों का रंग भी उस गाय को भड़काने में मदद कर रहा था।

आगे-आगे भागते उस आदमी के पीछे जिस किसी ने उस गाय को देखा, वही तुरन्त अपनी जान बचाकर भागा। पूरे मुहल्ले में थोड़ी ही देर में खलबली मच गई और यह दृश्य देखने के लिए आए तमाशबीन भी इधर-से-उधर भाग-भाग एक रोमांचक दृश्य का मजा लूटने लगे।

शायद यह भाग-दौड़ और भी चलती मगर अचानक चौदह-पन्द्रह साल के एक लड़के ने कहीं से एक लाठी लाकर गाय की पीठ पर जमा-जमाकर तीन-चार वार किये। पहले तो गाय उस लड़के को भी दौड़ाने को हुई, किन्तु जब लड़के ने लाठी से मारकर उसकी एक सींग तोड़ दी तो गाय तो भाग खड़ी हुई। मगर अब तक उससे डरकर भाग रहे लोगों के बीच से कुछ गोभक्त-गोरक्षक लोग निकल आए। यह पता चलने पर कि गाय को पीटनेवाला एक मुसलमान है, मामला और भी संगीन हो गया।

इकट्ठी भीड़ को थोड़ी देर तक अपने खून से भीगा और टूटा सींग दिखाकर उन्हें अपने कर्तव्य की प्रेरणा देकर गाय चली गई। लुंगीवाले सज्जन भी अपनी उठी हुई लुंगी गिराकर आश्वस्त हो धीरे-धीरे अपने घर लौट गए।

मगर एक ओर से गाय के रक्षक और दूसरी ओर से गाय को मारने का जबरन दावा करनेवाले दो मानव-समूह अब मैदान में थे। तर्क-वितर्क पराकाष्ठा पर थे। भारत के पौराणिक काल से ऐतिहासिक काल तक होते हुए आज तक की स्थिति

पर बहस करती यह भीड़ भारतीय संसद से अधिक जिम्मेदार हो गई थी। अब दोनों ओर के लोगों ने शब्दों की जगह ईंटों और ढेलों से आगे बढ़कर लाठी-डंडे की तरफ से अपनी विकास-यात्रा करते हुए तमंचों की गोलियों तक की पवित्र मंजिल तय कर ली थी। इसी बीच पुलिस आ गई थी।

समझाना-बुझाना बेकार था, इसलिए लाठीचार्ज के बाद गोलियाँ भी चलानी पड़ीं। मौके पर एस.पी. सिटी वेदप्रकाश शर्मा थे। फायरिंग में दो मुसलमान मरे और दो ही हिन्दू अर्थात साम्प्रदायिक सन्तुलन मौत ने भी बनाए रखा।

दोनों सम्प्रदायों के बीच मृत्यु का बैलेंस बनाए रखने के बावजूद स्थानीय मुसलिम नेताओं ने माँग की कि एस.पी. सिटी शर्मा को तुरन्त न हटाया गया तो दंगा नहीं रुकेगा।

शहर के विपक्षी दलों के नेताओं ने लुक-छिपकर शर्मा को बिलकुल निश्चिन्त रहने का आश्वासन दिया और सत्तारूढ़ दल के नेताओं ने मुख्यमंत्री से मिलकर शर्मा एस.पी. के मनुवादी, मुस्लिम विरोधी, हिटलरशाह, तानाशाह और जातिवादी होने के तर्क प्रमाण सहित दिये। पूरा शहर 'ब्राह्मणवादी एस.पी. मुर्दाबाद' और 'साम्प्रदायिकता मुर्दाबाद' के पैम्फ्लेटों से पटा पड़ा था। अखबारों ने अपना कर्तव्य निभाते हुए यह बताया था कि एस.पी. सिटी ने प्रोबेशन के समय से लेकर अब तक भारी भ्रष्टाचार किया है और चंडीगढ़ में करोड़ों रुपये लगाकर एक मकान बनवा लिया है। उसने अपनी जाति-बिरादरी के लोगों को चुन-चुनकर थानों में इंचार्ज बनवाया है और ऐसा ही बहुत कुछ किया है।

एस.पी. शर्मा की नींद हराम थी। उनके बैच के सभी साथी तीन-चार महीने से जिलों के स्वतंत्र प्रभार सहित एस.पी. थे और इस शहर को अच्छी तरह चलाने के कारण उन्हें अभी तक नहीं हटाया गया था। मगर अब उनकी नींद उड़ चुकी थी और रात-दिन दौड़-भाग कर भी वह पूरी तरह नियंत्रित हो चुके दंगे के बाद भी उड़ती अफवाहों, पैम्फ्लेटों और अखबारी खबरों से तंग थे।

एक रात विरोधी दल के शहर के सबसे बड़े नेता आए। वह जाति से ब्राह्मण थे। उन्होंने बताया—

"एस.पी. साहब, घबराएँ नहीं। आप डाइरेक्ट आई.पी.एस. हैं। आपका कोई साला कर क्या लेगा! मैंने मुख्यमंत्री के तीन एम.एल.ए. अपनी पार्टी के कैंडीडेट्स को हरवाकर जितवाए हैं। मुख्यमंत्री से मेरी बात हो चुकी है। आप जल्दी ही एक जिले में एस.पी. होकर जा रहे हैं। एस.पी. होते ही मेरे साथ मुख्यमंत्री जी से मिल

लीजिएगा। मेरा भी खयाल रखा करिएगा। आखिर आप अपनी बिरादरी के हैं। अजी सभी तो अपनी-अपनी जात को बढ़ाते हैं।"

"मगर मैं ब्राह्मण नहीं हूँ, पंडित जी!"

एस.पी. साहब ने आजकल कई लोगों से यह कहना शुरू कर दिया था कि वह न ब्राह्मण हैं न ही उनकी जाति-व्यवस्था में आस्था है। अखबारों ने उनकी इस चाल को भी नाकाम कर दिया था और उनके पिता, जो अब भी एक जिले में सब-इंस्पेक्टर थे, के साथ उनके भी पिता पंडित मेवाराम शर्मा और उनके भी पिता पंडित लज्जाराम शर्मा का नाम छापा था। अखबारवालों ने कहीं से पता कर पंडित वेदप्रकाश शर्मा का वशिष्ठ गोत्र भी छापा था और उनका विवाह चंडीगढ़ के किसी कौशिक गोत्र के ब्राह्मण के यहाँ हुआ बताया था। इसी में मेम साहब का पूजा-पाठ कॉन्स्टेबल मायाराम शर्मा का दुर्व्यवहार और भ्रष्टाचार भी नमक-मिर्च की तरह मिला दिया था।

फिलहाल शहर के इसी तनावग्रस्त माहौल में दौड़ रहे एस.पी. सिटी वेदप्रकाश शर्मा के एक छोटे किन्तु अच्छे माने जानेवाले जिले के एस.पी. होने का समाचार वायरलेस सेट पर तैरने लगा और साहब को वायरलेस पर ही शहर कोतवाल और तमाम सी.ओ. इंस्पेक्टर सैल्यूट और बधाइयाँ देने लगे।

तनाव के माहौल के रहते, अखबारों में तमाम उलटा-सीधा छपने और दो समूहों द्वारा अपने समर्थक या विरोधी होने का दावा किये जाने के दौरान एस.पी. पद पर स्नानान्तरण वेदप्रकाश को कोई खास खुशी नहीं दे सका। वह इस शहर में सब कुछ शान्त देखकर ही जाना चाहते थे।

घर आने पर पत्नी ने दौड़कर स्वागत किया और मुँह में एक मिठाई जबरन ठूँस दी। हाथ में प्लेट लिये कॉन्सटेबल मायाराम टिहिया रहा था—

"हुजूर की जय हो! सरकार एस.एस.पी. हो गए। हें, हें, हें, मैं तो पहले ही कहता था...।"

वेदप्रकाश ने मायाराम को घूरकर चुप करा दिया था। कैप उतारते और रिवॉल्वर मेज पर रखते हुए वह सोफे में धँस गए। उन्होंने एक लम्बी साँस खींची और पैर आगे फैला दिये।

कॉन्स्टेबल मायाराम ने दौड़कर जूते निकाले, मोजे निकाले और साहब के पैरों में हवाई चप्पल डाल दी। वेदप्रकाश ने मन-ही-मन गालियाँ दीं—

"साला, चापलूस। बदमाश।"

पत्नी चहकी—

"इस खबर पर भी मुँह लटकाए हैं आप! आखिर कभी तो खुश हो लिया करिए। अब आपको कौन-सी चिन्ता सता रही है? अब तो दंगाइयों के इस शहर से छुट्टी भी मिल गई। आपके सारे बैचमेट कब से एस.पी. हो गए हैं?..."

वेदप्रकाश ने गुस्से से पत्नी की ओर देखा। 'सारे बैचमेट एस.पी. हो गए हैं।' कहने से उसे पत्नी पर बहुत गुस्सा आ जाता था। पर पत्नी का सुन्दर-सलोना और कोमल रूप उसका गुस्सा शान्त कर देता था।

वेदप्रकाश ने देखा—पत्नी ने आज दो चोटियाँ कर रखी हैं। चेहरे पर एक बढ़ी हुई जिम्मेदारी की आभा है और मेकअप ने उसके चेहरे को अत्यन्त आकर्षक बना दिया है। उसने सोने के लगभग सारे गहने पहन लिये हैं और सन्तोष, सुख और प्रसन्नता की देवी बनी हुई है।

चालाक कॉन्स्टेबल मायाराम कब का ड्राइंगरूम से गायब हो चुका था।

"ऐसे क्या घूर-घूर कर देख रहे हैं? कभी देखा नहीं क्या?"

"देखा तो बहुत है, पर आज बिलकुल नई-नवेली दिख रही हो।"

"जाइए हटिए। हमेशा ठिठोली करते रहते हैं!"

"किसी कॉलेज के पास होती और मैं स्टूडेंट होता तो आज एक लड़का लड़की छेड़ने के जुर्म में पकड़ा जाता।"

"जरूर गड़बड़ी करते रहे हैं आप पढ़ाई के दिनों में।"

"तभी तो एस.पी. हो गया।"

कहते-कहते उछलकर पत्नी की दोनों चोटियाँ वेदप्रकाश ने पकड़ लीं।

"अरे-अरे! यह क्या करते हैं, एस.पी. साहब। लड़की छेड़ते हैं? मायाराम सुन रहा होगा। छोड़िए।"

"मायाराम!"

नये एस.पी. बदायूँ ने जितनी तेज आवाज में पुकारा था उसे मायाराम ने सुना जरूर था, मगर सुनकर भी अनसुनी कर गया था।

एकान्त का लाभ पाकर पत्नी वेदप्रकाश से लिपट तो गई, मगर बोली—

"छोड़िए, एस.पी. साहब। इस कॉलेज एरिया में कॉन्स्टेबल मायाराम ड्यूटी पर है।"

"बहुत बदमाश है साला।"

"बहुत लॉयल है, वफादार है...ऐसा क्यों कहते हैं?"

"क्या बताऊँ, क्यों कहता हूँ!"

"फिर तनाव में आ गए?"

"धीरे-धीरे सुधरूँगा, मेम साहब!"

वेदप्रकाश एस.एस.पी. साहब से मिलने गया। एस.एस.पी. ने बताया कि अगले ही दिन सुबह मुख्यमंत्री से मिलने और नये जिले का चार्ज लेने का निर्देश शासन से आया है।

दूसरे दिन सवेरे चलकर वेदप्रकाश ने मुख्यमंत्री से मिलकर उनके निर्देश के अनुसार नये जिले में जाकर शाम तक ही चार्ज ले लिया था।

रास्ते-भर मुख्यमंत्री के व्यवहार की याद आ रही थी। कितनी हिचक के साथ मिलने गया और किस तरह कन्धे पर हाथ रखकर तारीफ की—

"शहर में दंगा बहुत अच्छी तरह सँभाला था। अब इस जिले को सँभालिए। वहाँ भी साम्प्रदायिक तनाव है। आपसे सुधार की आशा है।"

"यस सर।"

फिर बैठाकर एक कप चाय भी पिलाई और खुद साथ पी। चलते समय भी हाथ मिलाया।

ये राजनेता भी बहुत व्यवहारकुशल होते हैं। कैसे हर अफसर की क्षमता को जान लेते हैं। तभी तो इतना बड़ा प्रदेश चला रहे हैं।"

कैसा होगा नया जिला? कैसे होंगे वहाँ के लोग? कैसा साम्प्रदायिक तनाव है?

तमाम प्रश्नों के उत्तर मिलने लगे थे और मिलनेवालों का ताँता लगा था। थोड़े ही दिनों बाद सामान के साथ परिवार भी आ गया था। जीवन व्यस्तता के बावजूद पूर्ण व्यवस्थित था। जिला भी ठीक-ठाक चल रहा था। शाम को अकसर डी.एम. के साथ लॉन टेनिस का आनन्द मिलता और खूब बढ़िया नींद आती। सवेरे सभी अखबारों में दो-चार समाचार प्रशंसा में छपे होते। 'एस.पी. ने थानाध्यक्ष को क्षेत्र की शान्ति-व्यवस्था सुधारने की चेतावनी दी', 'ढीले थानेदार को लाइन हाजिर किया', 'अपराधियों का जिले से पलायन', 'ठीक लक्ष्यों पर दनादन निशाना। राइफल क्लब की शूटिंग प्रतियोगिता में एस.पी. का करिश्मा'।

गोया एस.पी. वेदप्रकाश शर्मा को खुद यह ध्यान नहीं था कि उनमें कितने-कितने करिश्मे हैं। लेकिन पत्रकार बन्धुओं ने उनके सारे गुणों को जान लिया था। एस.पी. साहब को अपने एस.पी. सिटी के दिनों के अखबारों के समाचार याद आते और उनका मन वितृष्णा से भर जाता। 'इस जिले के पत्रकार बहुत अच्छे

हैं'—वह अकसर अपने भाषणों में कहते। 'इस जिले के लोग बहुत शान्त और सज्जन हैं।' वह प्राय: उद्घाटनों, समापनों और पारितोषिक-वितरण के लिए जाने पर अपने भाषणों में कहते।

जाड़े में रोटरी क्लबवालों ने गरीबों को कम्बल बँटवाए एस.पी. के हाथों। गंगा में थोड़ी-सी बाढ़ क्या आई, राहत सामग्री का वितरण कराने के लिए लॉयंस क्लब, रोटरी क्लब के अलावा जिले की अनेक स्वयंसेवी संस्थाएँ टूट पड़ीं। मुस्कराते हुए, हाथों में राहत सामग्री लिये किसी बाढ़-पीड़ित को देते हुए एस.पी. साहब के चित्र अखबारों में छपते। जिले-भर की शिक्षण संस्थाओं में सांस्कृतिक कार्यक्रमों का उद्घाटन करते हुए एस.पी. साहब प्राय: अखबारों में सचित्र विराजमान होते। महिलाओं का कल्याण करनेवाली संस्थाएँ पत्नी को बुला ले जातीं और खुले बाल कन्धों पर गिराए, मोहक मुसकान बिखेरती श्रीमती अंकिता शर्मा का चित्र लोग प्रशंसा के साथ बार-बार देखते। औरतें प्राय: कहतीं, "बहुत सुन्दर हैं!"

वह जनवरी महीने का धुंध-भरा सवेरा था। बदायूँ-बरेली मार्ग पर खंडेलवाल बस कम्पनी की खचाखच भरी बस चली जा रही थी। असल में बदायूँ से सवेरे-सवेरे इस बस से तमाम यात्री बरेली जाते थे और वहाँ से लखनऊ और दिल्ली या ऐसी ही कई जगहों की ट्रेनें पकड़ते थे।

ठंड से बचने के लिए और मस्ती बनाए रखने के लिए ड्राइवर ने बकौल स्वयं थोड़ी-सी पी ली थी। लेकिन उसे नशे का इतना सुरूर सवार था कि गाड़ी सड़क पर दौड़ती नहीं, आसमान में उड़ती लग रही थी। उसी में कंडक्टर ने गाने का कैसेट लगा दिया था—'ये गोटेदार लहँगा निकलूँ जब डाल के, छुरियाँ चल जाएँ मेरी मतवाली चाल पे।'

ड्राइवर अपनी गाड़ी की मतवाली चाल पर भी लट्टू था और कल्पना में आई नायिका की चाल पर भी वह गाने पर तबले की थाप देता-सा स्टियरिंग घुमा रहा था। अचानक उसकी गाड़ी किसी जंगली जानवर को रौंदती लड़खड़ाने लगी और उसने तुरन्त ब्रेक मारकर गाड़ी रोकी। सवारियों का सौभाग्य ही था कि गाड़ी बगल के गड्ढे में नहीं गिरी और सड़क पर खड़े पेड़ से टकराकर रुक गई।

"मर गई। मर गई, बुढ़िया मर गई। डुकरिया चली गई।"

गाड़ी रुकते ही सारे लोग गाड़ी से कूदे और दौड़कर उधर पहुँच गए, जिधर

एक बुढ़िया का अभी-अभी शव बन गया जीवन खून, मांस, हड्डी और चर्बी के रूपों में सड़क पर छितराया था।

ड्राइवर को आश्चर्य हुआ कि उसने तो किसी जानवर को गाड़ी के नीचे आता देखा था, मगर उसने बुढ़िया का रूप कैसे धारण कर लिया?

सवारियों को लगता है, तमाशा देखने में ज्यादा ही मजा आने लगा था। ड्राइवर चाहता था कि तुरन्त सभी लोग गाड़ी पर बैठ जाएँ और वह उसे ले भागे। मगर जब लोग नीचे उतरकर दुनिया-भर का बतंगड़ बनाने लगे तो आपस में ही तर्क-वितर्क और दावे-प्रतिदावे भी होने लगे। किसी का मानना था कि—ड्राइवर चाहता तो बचा सकता था। किसी का कहना था कि बचाने के चक्कर में कई यात्रियों की जान जाती। कोई कह रहा था कि अगर औरत इतनी बूढ़ी न रहती तो अस्पताल ले जाने पर बच जाती। इस पर किसी ने यह कह दिया कि तू तो खुद अच्छा-खासा नौजवान है। गाड़ी के नीचे आकर बचकर दिखा दे तो मैं तेरी टाँगों के नीचे से निकल जाऊँ। इसके बाद इन दोनों में आपस में द्वंद्व युद्ध की नौबत आ गई थी और दोनों के समर्थक दो गिरोहों में बँटने लगे थे।

हल्ला-गुल्ला सुनकर सत्तारूढ़ पार्टी के एक नवयुवक ब्लॉक अध्यक्ष ने चिल्लाकर गाँव से चार-पाँच और युवकों को बुला लिया और दौड़कर मौके पर आ पहुँचा। उसने देखा कि गाँव की जाटव जाति की बुढ़िया रामबेटी का शव सड़क पर पड़ा है। उस नेता ने तुरन्त ड्राइवर को अपने साथियों के साथ घेर लिया और बुढ़िया की मौत का जिम्मेदार ठहराकर थाने चलने को कहा। ड्राइवर ने अपना लाइसेंस दिखाकर कहा कि मेरे ऊपर मुकदमा नहीं चलेगा। और फिर यह काम पुलिस को करना है, तुमको नहीं। मगर बात जब बढ़ती है तो बढ़ती ही जाती है। आखिर बुढ़िया के परिवार को मुआवजा देने को तैयार होने पर समझौता हुआ। उस समय पूरे पैसे न होने के कारण ड्राइवर और कंडक्टर ने दो दिनों बाद मुआवजे के दस हजार रुपये देने का वायदा किया और सवारियों ने भागकर अपनी-अपनी सीट पर बैठकर ड्राइवर से जल्दी चलने को कहा। ड्राइवर सवारियों की इस जल्दी से अब गुस्सा हो गया और बस को धीमी गति से लेकर चला गया।

दो दिन बीतने पर भी मुआवजा न देने पर खंडेलवाल बस सर्विस की दूसरी बस को उसी ब्लॉक अध्यक्ष के नेतृत्व में गाँव के लोगों ने रोक लिया और बिना मुआवजा दिये जाने न देने की धमकी देने लगे।

कंडक्टर के पास जितने पैसे थे, सब दे देने पर भी कुछ पैसे पूरे नहीं हुए।

ब्लॉक अध्यक्ष के साथ गाँव के लोग अब चक्काजाम की तैयारी में थे।

इसी समय बरेली की ओर से थाना बिनावर के थानाध्यक्ष के.पी. गौतम बड़े पुलिसिया रोब में कार से उतरे और गुस्से से गरजे—

"क्या भीड़ जुटा रखी है तुम लोगों ने यहाँ पर! जल्दी हटो, एस.पी. साहब के यहाँ पहुँचने में देर हो रही है।"

ब्लॉक अध्यक्ष ने उतनी ही ताकत से गरजकर जवाब दिया—

हम लोग तब तक नहीं हटेंगे, जब तक बुढ़िया का पूरा मुआवजा नहीं मिल जाएगा।"

"कैसा मुआवजा? कौन-सा मुआवजा? रमजान अली! तुम अभी-अभी ब्लॉक अध्यक्ष हुए हो और जनता को उकसाकर रास्ता जाम करवा रहे हो?...जबकि तुम्हारी ही पार्टी की सरकार है।"

"सरकार जाए भाड़ में। मैं गाँव की जनता का हित देखता हूँ। हमारे गाँव की एक हरिजन महिला को बस से कुचलकर मार डाला गया और आप बसवाले का पक्ष ले रहे हैं। आपको तो कम-से-कम इस मामले में...।"

'क्या मतलब?"

"मतलब साफ है, दारोगा जी! सभी जानते हैं कि आपको खंडेलवाल बस सर्विसवाले महीना देते हैं।'

"अच्छा! तेरी यह मजाल! तू भी ले लिया कर महीना।"

"महीना तो नहीं, लेकिन मुआवजा जरूर लेंगे। थानाध्यक्ष के.पी. गौतम..."

"मुर्दाबाद, मुर्दाबाद।"

भीड़ को उत्तेजित देखकर गौतम के होशोहवाश उड़ गए। जल्दी में उसने केवल दो कॉन्स्टेबलों को साथ लिया था। खुद एक रिवॉल्वर साथ लिया था। यही अच्छा था कि दोनों कॉन्स्टेबलों के पास बन्दूकें थीं। मगर भीड़ ने इन तीनों को घेर लिया था।

'के.पी. गौतम चोर है।'

भीड़ से नारा उठा।

गौतम ने अगल-बगल देखा। गाँव की ओर से लोग लाठी-डंडा लिये दौड़े आ रहे थे। अचानक भीड़ से हल्ला उठने लगा—

"मारो सालों को। देखते क्या हो?"

और फिर के.पी. गौतम की टोपी किसी ने पीछे से गिरा दी। दोनों कॉन्स्टेबलों

पर दो-चार चपतें भी पड़ चुकी थीं। थानाध्यक्ष का ही क्षेत्र यहाँ तक था। के.पी. गौतम ने चालाकी से काम लेना चाहा—

"आपको मुआवजा हम दिलाएँगे। लेकिन आप लोग कानून अपने हाथ में न लें। और पुलिस से बदतमीजी भी न करें।"

"करेंगे। करेंगे! आज तुमको छोड़ेंगे भी नहीं।"

धाँय! धाँय! धाँय!

थानाध्यक्ष और दोनों कॉन्स्टेबलों ने हवा में गोलियाँ चलाईं और भीड़ छँटने पर भीड़ पर बन्दूकों से निशाना भी साध लिया। के.पी. गौतम ने अपने रिवॉल्वर का निशाना ब्लॉक अध्यक्ष पर लगा लिया था।

भीड़ में भगदड़ मच गई थी। अपनी सेना के पैर उखड़ते देख अध्यक्ष ने भी रुख पलट दिया था।

"जाओ हरामजादे थानेदार! मगर हम तुमको छोड़ेंगे नहीं।"

समय बिलकुल नहीं था। एस.पी. साहब को सपरिवार छुट्टी पर घर जाना था। उनके लिए गाड़ी लेकर ही थानाध्यक्ष जा रहा था। इसलिए उसने भी तुरन्त कार में बैठकर चलना चाहा। समझदार ड्राइवर तुरन्त कार लेकर तेजी से भागा।

"भाग गया साला, कुत्ता! हरामी की औलाद! साले, फिर आना इधर।"

के.पी. गौतम ने सुना। उसको भागता मानकर बचे-खुचे गाँववालों ने भी जमकर गालियाँ दीं। उसकी आँखों से आँसू निकल आए। उसे ध्यान आया कि जब वह झुककर अपनी टोपी उठा रहा था तो किसी ने उसे पीछे से कोंच दिया था। अगर उसने समझदारी से काम न लिया होता तो खुद भी मरता, सिपाही भी मरते और दस-बीस गाँववाले भी। वह भगवान का लाख-लाख शुक्र मना रहा था और रो भी रहा था।

दोनों सिपाही भी मौत के मुँह से निकले-से सहमे थे। उन्होंने थानाध्यक्ष की आँखों के आँसू देखे तो उन्हें आग लग गई।

जिले-भर में वायरलेस सेट पर थाना बिनावर के क्षेत्र में भीड़ इकट्ठी होने और अब चले जाने की सूचना प्रसारित हो रही थी।

एस.पी. साहब ने अपने छोटे भाई सत्यप्रकाश के विवाह में जाने के लिए छुट्टी ली थी। सत्यप्रकाश भी सब-इपस्पेक्टर हो गया था और चंडीगढ़ में ही नियुक्त हो गया था। चूँकि वरिष्ठतम सी.ओ. को चार्ज दे चुके थे, इसलिए एस.पी. वेदप्रकाश ने उन्हें ही फोन पर इस मामले को ठीक से देखने की हिदायत दी। परन्तु एफ.आई.

आर. दर्ज करवाने और जरूरत के मुताबिक अरेस्ट भी करने को कहा। अरेस्ट बहुत सोच-समझकर करने की बात भी कही, क्योंकि सत्तारूढ़ पार्टी के ब्लॉक अध्यक्ष का मामला था।

सी.ओ. ने पूरा ध्यान रखने को कहा और आश्वस्त किया तो एस.पी. ने प्रस्थान किया।

चंडीगढ़ के मकान में अपने इकलौते बेटे माँगेराम, दोनों पोतों वेदप्रकाश और सत्यप्रकाश के अलावा अपनी पुत्रवधू और पौत्रवधू के बीच मेवालाल का बूढ़ा चेहरा ऐसे खिल गया था जैसे भादों में सवेरे का कमल। बात-बात पर अपने बेटे, पोतों और बहुओं की बड़ाई करते मेवालाल अपने को अपने रिश्तेदारों से थोड़ा ऊँचा सिद्ध करते-करते बहुत ऊँचा सिद्ध करने पर तुल आए। रिश्तेदारों ने भी पहले तो उनसे अपने को जोड़कर खुद को भी ऊँचा समझना शुरू किया, लेकिन बाद में अपने घर के बच्चों की नालायकी की ओर इशारा पाकर उनके मन में एक जलन उभरने लगी। अब तक किसी दफ्तर में चौकीदार, क्लर्क, चपरासी या छोटे-मोटे वरिष्ठ लिपिक तक पहुँचने के कारण अपने बच्चों से खुश बड़े-बूढ़े मन-ही मन मेवालाल के भाग्य से रश्क करने लगे। मेवालाल अकसर रिश्तेदारों को उठने-बैठने और खाने-पीने के तरीके भी समझाने लगते।

तिलक के एक दिन पहले घर में गाना-बजाना हो रहा था, तो रिश्ते की ही दो लड़कियों ने लोकगीत के साथ उछल-उछलकर नाचना शुरू कर दिया। मेवालाल ने तुरन्त फटकार लगानी शुरू कर दी—

"अरे काए को घोड़ी जैसी उछल रही रे, लौंडियों? अगर तेरे को कोई शहराती गाना न आवे है तो चुपचाप बैठ। धमा-चौकड़ी मत कर।"

मगर तभी उधर वेदप्रकाश आ गए। उन्होंने लड़कियों का पक्ष लिया—

"नाचने-गाने दीजिए न दादाजी। उनके मन में जो आए सो करन देव।"

लड़कियाँ खुश हो गईं। बड़े आदमी का दिल भी बड़ा होता है, लड़कियों ने सोचा। मगर मेवालाल इतना फॉर्म में आ गए कि किसी की बात ही मानने को तैयार न थे—

"तू चुप कर रे, एस.पी. के बच्चे! कल को मेरे सामने पैदा हुआ और चला शऊर सिखाने मेरे को!"

वेदप्रकाश दूसरी ओर चले गए। लड़कियों ने नाचना-गाना बन्द कर दिया। उनको दुखी देखकर लड़कियों के घर के बड़े-बूढ़ों ने कानाफूसी कर तय किया कि कल सवेरे ही घर लौट जाएँगे। जाते समय मेवालाल खुश ही हुए कि चलो, छुट्टी मिली इन जाहिलों से।

शहर के कई अफसर बुलाए गए थे और खासकर पुलिस विभाग के सब-इंस्पेक्टर और उनसे ऊपर के अधिकारी। चंडीगढ़ के डिप्टी कमिश्नर पुलिस तक ने आने का वायदा किया था। इसलिए छोटे-मोटे रिश्तेदारों के जाने की खास परवाह भी मेवालाल ने नहीं की। वेदप्रकाश और सत्यप्रकाश ने इन रिश्तेदारों को जरूर मनाया, मगर रिश्तेदारों ने छोटा मानकर उनको कोई महत्त्व ही नहीं दिया।

दरवाजे पर तिलक की धूमधाम थी। तमाम लोग आ-जा रहे थे। कुछ लोग जलपान कर रहे थे और कुछ व्यवस्था करा रहे थे। लाउडस्पीकर पर फिल्मी गानों की धुन तैर रही थी। किशोर और किशोरियाँ तो लगभग नाचते-से इधर-उधर दौड़ रहे थे और वेदप्रकाश चंडीगढ़ के डिप्टी कमिश्नर अखिलेश सिंह से इस शहर की लॉ एंड ऑर्डर की सिचुएशन डिस्कस कर रहे थे, तभी बरेली से मायाराम शर्मा का फोन आया। फोन माँगेराम ने अटेंड किया था और पहले तो बात करने से मना कर दिया था; मगर मायाराम के यह कहने पर कि यहाँ पर हालत बहुत खराब है और साहब से बात जरूरी है, उन्होंने वेदप्रकाश को फोन की सूचना दी।

वेदप्रकाश ने डिप्टी कमिश्नर से क्षमा माँगते हुए फोन पकड़ा—

"हलो! मैं वेदप्रकाश बोल रहा हूँ।"

"जय हिन्द सर! मैं आपका खिदमतगार कॉ..."

"अरे भाई! काम की बात करो। ऐसी क्या आफत आ पड़ी थी?"

"सरकार, यहाँ हालत बहुत खराब है। आपका ट्रांसफर सी.आई.डी. में हो गया है ऐसी अफवाह उड़ गई है। अभी ऑर्डर नहीं आया है। आपके जानेवाले दिन बिनावर के दारोगा से जो गाँववालों का झगड़ा हुआ था, उस मामले ने तूल पकड़ लिया है। सरकार, तुरन्त आइए, नहीं सब कुछ गड़बड़ा जाएगा। जिले के सारे नेता आपके खिलाफ हो गए हैं।"

"क्या...क्या कह रहे हो?"

कॉन्स्टेबल मायाराम शर्मा अब रोने लगा था। वह हिचकियाँ लेते बोला—

"हुजूर तुरन्त आइए नहीं सब कुछ चौपट हो जाएगा। यहाँ तो यह भी अफवाह है कि आपको सस्पेंड किया जा रहा है।"

"..."

"अच्छा सरकार, बिल बढ़ रहा है मैं बन्द करूँ?।"

वेदप्रकाश के पैरों तले से जमीन खिसक गई थी। यह नौकरी मुझे नहीं सूट कर रही क्या? आखिर और भी तो लोग हैं पर बिना किसी गड़बड़ी के मेरे ही खिलाफ यह सब कैसे हो रहा है?—वेदप्रकाश सोच में पड़ गए।

उन्होंने तुरन्त पास के पी.सी.ओ. पर जाकर डी.एम. को फोन मिलाया। मगर डी.एम. की तो आवाज ही बदल गई थी। उसने ऐसे बातें कीं, जिनसे लगा कि वह खुद एस.पी. को सारे मामले का दोषी मानते हैं। बार-बार पूछने पर थोड़ा बताया कि उस दिन उनके चले जाने पर रात को पुलिस ने पी.ए.सी. के साथ बकायन गाँव पर छापा मारा था। गाँव में लूटपाट, हत्या और बलात्कार भी हुआ था। इस मामले में पुलिस को क्षेत्र के सी.ओ. और एस.पी. द्वारा शह देने की बात सभी लोग कर रहे हैं। बार-बार पूछने पर यह भी बताया कि फिलहाल उनका ट्रांसफर नहीं हुआ है।

वेदप्रकाश ने सारी बातें अपने पिता को बताई और तुरन्त बदायूँ के लिए प्रस्थान कर दिया।

बदायूँ आने पर उन्हें सारा माहौल ही बदला लगा। अखबारवाले, जनता, अधिकारी और नेता—कोई भी उनसे रुख ही नहीं मिला रहा था। प्रशासन में लोग इतनी जल्दी मुँह मोड़ लेते हैं, यह वेदप्रकाश ने आज पहली बार देखा। यह हालत तो एस.पी. सिटी रहते तमाम विरोध के बावजूद नहीं हुई थी। कुछ दिनों के लिए जिले से बाहर रहने का भी यह परिणाम है क्या?

सी.ओ. सदर को बुलाया उसने विस्तार से बताया कि जिस दिन सवेरे वह चंडीगढ़ गए थे, उसी रात को बकायन गाँव पर पुलिसवालों ने छापा मारा था। सब-इंस्पेक्टर गौतम ने गाँव के लोगों पर भारी जुल्म ढाया था।

वेदप्रकाश को आश्चर्य हो रहा था कि सी.ओ. खुद कह रहा था कि पुलिस ने जुल्म ढाया था। उन्होंने पूछा—

"घटना की तफ्तीश पूरी हो चुकी क्या?"

"अभी नहीं, सर! मगर सारे लोगों के बीच सही बात फैल चुकी है।"

"घटना के सही होने का जब तुम्हीं बार-बार बखान करोगे तो आखिर दूसरे क्यों नहीं कहेंगे।"..."राजनीतिकि दलों का क्या हाल है?"

"सारे दल इस मामले में एक हैं कि पुलिस ने जुल्म ढाया है।...सभी पुलिस को सजा दिलाना चाहते हैं।"

"ठीक है, तुम जा सकते हो।"

उठकर तीन-चौथाई चुस्ती के साथ 'जय हिन्द' कर सी.ओ. चला गया।

इसकी यह मजाल।

—वेदप्रकाश चिन्ता में डूब गए।

तभी सी.ओ. बिनावर का फोन आया।

"जय हिन्द, सर! मैं आपके पास आकर बहुत-सी बातें बताना चाहता हूँ, सर! कब आ जाऊँ?"

"तुरन्त...आ जाओ।"

सी.ओ. बिनावर से सारी बातें साफ पता चलीं।

थाना बिनावर में पहले थानाध्यक्ष के रूप में एक सब-इंस्पेक्टर तैनात था। पूरे इलाके में उसका दबदबा था और उसका लाभ उठाकर उसने बहुत पैसे कमाए थे। रेंज के डी.आई.जी. ने उसकी शोहरत से तंग आकर दूसरे जिले में ट्रांसफर कर दिया। मगर पट्ठे ने चार्ज नहीं दिया और अपनी जाति के एक कैबिनेट मंत्री के पास जाकर रोया-धोया। मंत्री ने डी.आई.जी. को फोन कर उसे बिनावर ही रोक देने को कहा। मगर डी.आई.जी. भी नहीं माना और ट्रांसफर निरस्त नहीं किया। इस पर मंत्री ने आई.जी. से कहा और आई.जी. ने डी.आई.जी. से कहा। पर डी.आई.जी. ने इसे अपनी इज्जत का प्रश्न बना लिया। प्रशासन में जब कोई अफसर किसी मामले को इस तरह इज्जत का सवाल बना लेता है और कोई मंत्री भी अड़ जाता है तो हमेशा हेठी अधिकारी की ही होती है। वही हुआ। डी.आई.जी. का ही ट्रांसफर सरकार ने कर दिया।

डी.आई.जी. भी हठी था। चार्ज दे तो दिया, लेकिन अपनी जगह आए डी.आई.जी. से अपनी इज्जत रखने का बार-बार अनुरोध किया। नये डी.आई.जी. ने भी आखिर इसे अपनी इज्जत का सवाल बना लिया। अब शासन ने सीधे उस दारोगा को थानाध्यक्ष बिनावर बनाने का आदेश भेज दिया। पुलिस विभाग में यह स्थिति पहले नहीं आई थी। मगर अब आ ही गई थी तो लोग झेल रहे थे। वह दारोगा सीधे चार्ज लेने थाने पहुँचा तो के.पी. गौतम ने मना कर दिया। इस मामले की जानकारी वेदप्रकाश को भी हुई थी और वह पुराने थानाध्यक्ष को चार्ज दिलाकर यह मामला समाप्त करना चाहते थे, पर डी.आई.जी. के कारण वह भी शान्त हो गए। इधर क्षेत्रीय

राजनीतिक लोग पुराने थानाध्यक्ष और नये थानाध्यक्ष के साथ दो दलों में बँट गए।

बकायन गाँव के मामले की खबर पुलिस रेड के दूसरे दिन भी छाई थी—

'बकायन गाँव पर पुलिस अत्याचार का आरोप।'

'28 जनवरी, बदायूँ। ग्राम बकायन के अमुक पार्टी के ब्लॉक अध्यक्ष ने आरोप लगाया है कि 26/27 जनवरी की रात बिनावर थाने के कुछ पुलिस कर्मचारी आधी रात को गाँव में आए और ब्लॉक अध्यक्ष अमुक पार्टी के घर में घुसकर उन्हें मारा-पीटा। इनका कहना है कि पुलिस ने घर की महिलाओं के साथ अभद्र व्यवहार किया और सामान लूटकर ले गए। जिले के उसी पार्टी के अध्यक्ष ने घटना की जाँच करने और दोषी पुलिसकर्मियों के विरुद्ध कार्यवाही की माँग की है।'

इस समाचार को पढ़कर भूतपूर्व थानाध्यक्ष ने क्षेत्र के एक प्रचलित अखबार के संवाददाता से सम्पर्क किया। उसकी आपस में पहले से ही पटती थी और अब और पटने लगी। पत्रकार ने गाँव में तीन दिनों तक घूम-घूमकर लोगों के बयान सुने और उन पर हुए अत्याचारों के बदले उन्हें मुआवजा दिलाने का आश्वासन भी दिया। तीन ही दिनों में पूरा गाँव भीषण पुलिस अत्याचार का आरोप लगाने लगा।

चौथे दिन सवेरे एक अखबार का पहला पृष्ठ पीड़ित गाँववासियों और उनके तोड़े और जलाए गए घरों के चित्रों के साथ गाँववालों की दुख-भरी दास्तानों से भरा था। कुछ लोग पहले ही घर छोड़ भागे थे, कुछ बाद में भाग गए।

अखबार की खबर ने पूरे प्रदेश में आग लगा दी। देश-भर के नेता, विचारक, समाजसेवी और प्रशासक बदायूँ जिले के बकायन गाँव आने लगे।

खराब हालात देखकर प्रशासन पर कमजोर पकड़वाले जिला मजिस्ट्रेट ने क्षेत्र के केन्द्रीय संचार राज्यमंत्री का पल्ला पकड़ लिया। केन्द्रीय सरकार दूसरी पार्टी की थी, अत: राज्य सरकार की चूलें हिलने लगीं। सत्तारूढ़ पार्टी अल्पमत के बावजूद कुछ दलों के समर्थन से प्रदेश में सरकार चला रही थी।

अफवाहों का बाजार गरम हो गया। कुछ लोग इसमें एस.पी., सी.ओ. और दारोगा का हाथ कहते हुए सदी का भीषणतम पुलिस अत्याचार बताने लगे। ऐसे लोग बोलते समय रुआँसे हो जाते, कसमें खाते और अपनी आँखों से सब कुछ देख आने का दावा करते।

तभी कॉन्स्टेबल मायाराम शर्मा ने फोन पर चंडीगढ़ से आपको बुलवा लिया। उधर अपनी कुर्सी बचाने के लिए डी.एम. ने संचार राज्यमंत्री को पकड़ लिया है और एस.पी., सी.ओ. तथा एस.डी.एम. को दोषी बताना शुरू कर दिया है।

सी.ओ. ने यह भी बताया कि आज बकायन में शाम चार बजे संचार राज्यमंत्री जी की सभा है। लोगों ने सूचना दी है कि संचार राज्यमंत्री ने सी.ओ. और एस.पी. को निलम्बित करने की माँग क्षेत्रीय जनता से कराने की योजना बनाई है। सी.ओ. ने बताया कि वह अकेला पड़ रहा था, मगर उसने भी अपने आदमी लगा रखे हैं। पर अब साहब के आ जाने से उसे बल मिल गया है।

एस.पी. वेदप्रकाश ने एक लम्बी साँस छोड़ी और सी.ओ. के कन्धे पर हाथ रखकर कहा—

"घबराओ मत। डटे रहो। हम सब देख लेंगे।"

बकायन गाँव में भीड़ टूट पड़ी थी। सभी दलों के समर्थक आज इस सभा में कुछ बहुत महत्त्वपूर्ण हो जाने की आशा-आशंका में थे। इसीलिए सामान्य लोगों को भारी संख्या में अपने साथ ले आए थे। भीतर-भीतर फैली अफवाहों और नेताओं, दलालों तथा चापलूसों ने भाग-दौड़कर अपने को दो हिस्सों में बाँट लिया था। बड़े-बड़े व्यापारियों और उद्योगपतियों को भी इस खेमेबन्दी में शामिल कर लिया गया था। आधे लोगों की निगाह में अब तो बुढ़िया की मौत का कोई महत्त्व नहीं रह गया था। महत्त्व केवल केन्द्रीय सरकार के दल और उसके समर्थकों के द्वारा बताई जानेवाली उस घटना का था, जिसके अनुसार प्रदेश सरकार ने इतना बर्बर कांड सुनियोजित षड्यंत्र के तहत कराया था। इसके लिए राज्य सरकार को जाना ही चाहिए था। शेष आधे लोगों की निगाह में भी बुढ़िया की मौत का कोई खास महत्त्व न था। वह तो यूँ भी दो-चार बरस की मेहमान थी। लेकिन जिले के डी.एम. का तबादला जरूरी था, क्योंकि वह जातिवादी और केन्द्रीय संचार राज्यमंत्री का चापलूस था। उसकी तुलना में एस.पी. महान, तटस्थ, न्यायप्रिय और ईमानदार था। उसे राज्य सरकार भी बनाए रखना चाहती थी, और ये लोग भी साफ था कि जनता में दो दल थे और ऊपर राज्य सरकार में तथा केन्द्रीय सरकार में भी दो अलग-अलग दल सत्तारूढ़ थे। अखबारवाले भी दो दलों में बँट गए थे, क्योंकि कुछ लोग डी.एम. को बुरा मानकर भी केन्द्रीय सरकार को सही मानते थे तथा संचार राज्यमंत्री की गतिविधियों को जरूरी समझते थे। बाकी लोगों की निगाह में एस.पी. तथा राज्य सरकार का पक्ष सही था।

भीतर से दो दलों में बँटी हुई यह भीड़ एक साथ ही आ रही है। बच्चों में

जिज्ञासा है, युवकों में अभूतपूर्व उत्साह है, स्त्रियों में क्रोध है, बूढ़ों में विषाद है, नेताओं में आक्रोश है, प्रशासन के अधिकारियों में भीतर से घबराहट है, मगर ऊपर से दृढ़ता का झंडा लहरा रहा है। पत्रकारों में कर्तव्य की भावना है। किसानों में खेती का काम न हो पाने के पछतावे के बावजूद इस पवित्र काम में शरीक होकर अन्याय का विरोध करने का निश्चय है। केन्द्रीय सरकार के सत्तारूढ़ दल से जुड़े नेताओं में इसी जनसभा के बाद राज्य सरकार के गिर जाने की आशा है। राज्य सरकार के दल के नेता इस आशंका से दुखी हैं कि इस सभा में राज्य की सरकार ही भंग नहीं होगी, किन्तु इससे केन्द्र का सत्तारूढ़ दल जनता के बीच हवा-पानी न बना ले। मगर सभी लोग अपने-अपने कर्तव्य का ध्यान रखते हुए आ रहे हैं।

मैदान खचाखच भर गया है। मंच पर चढ़कर जो नेता अभी बोल रहा है वह रो-रोकर कहता है कि इस जिले में तो क्या, इस प्रदेश में और इस देश में इससे बड़ी दर्दनाक वारदात नहीं हुई है। इसके लिए एस.पी., सी.ओ. और पूरा पुलिस प्रशासन जिम्मेदार है। इसके लिए हम सब भी जिम्मेदार हैं, क्योंकि हम इतने अत्याचारी अफसरों को अपने जिले में रहने दे रहे हैं।

अब मंच पर क्षेत्र की समाज-सेविका श्रीमती कालिन्दी देवी आई हैं। उन्होंने अपना भाषण शुरू किया है—

"बहनो और भाइयो! पूरी दुनिया में औरतों पर हमेशा अत्याचार हुए हैं और पुरुषों ने हमेशा औरतों को सता-सताकर मारा है। इस बात का उदाहरण यह बस दुर्घटना भी है, जिसमें एक आदमी ने बस से एक बूढ़ी औरत को रौंद दिया है।"

अब तक भीड़ में एक ओर से तेज रेला आ गया...और तमाम गाड़ियाँ भी हॉर्न बजाती चली आ रही हैं। माइक से घोषणा हुई—

"भाइयो! हमारे बीच माननीय संचार राज्यमंत्री जी पधार चुके हैं। आप लोग जल्दी से अपनी-अपनी जगहों पर बैठ जाइए।...अरे! अरे! आप लोग उधर न भागिए, मंत्री जी खुद आपकी ओर...आपके सामने आ रहे हैं।...भाइयो, अभी तो तीन दिनों बाद प्रधानमंत्री जी भी आनेवाले हैं। आप लोग बैठ जाइए। बैठिए...बैठ जाइए।"

भीड़ में से थोड़े-थोड़े लोग उठकर उधर ही पहुँच जाना चाहते हैं, जिधर से मंत्री जी आ रहे हैं। बीच-बीच में खड़े पुलिसवाले लोग डाँट-डाँटकर उन्हें बैठा देते हैं। कुछ लोगों की बाँह पकड़कर नीचे दबाकर बैठाना पड़ता है। मगर अचानक भीड़ में भगदड़ मच गई और लोग पुलिसवालों की लाठियाँ सहकर भी मंत्री जी की ही ओर लपकने लगे। माइक से घोषणा हुई—

"अगर आप लोग अपनी जगह न बैठ गए तो लाठीचार्ज करना पड़ सकता है। देखिए, अब आप लोग बैठ जाइए। आपसे प्रार्थना है...आप लोग बैठ जाइए।"

पता नहीं लाठीचार्ज का भय था कि प्रार्थना पर रहम, लोग अपनी-अपनी जगह बैठने लगे।

मंच पर अब तक मंत्री जी, केन्द्र में सत्तारूढ़ दल के जिलाध्यक्ष और महिला अध्यक्षा, क्षेत्रीय सांसद, सत्तारूढ़ दल के जिले के तीन विधायक और वही ब्लॉक अध्यक्ष, जो बकायन की घटना का सूत्रधार था, विराजमान थे।

पहले से बोलनेवालों को मनाकर, डाँटकर या हाथ पकड़कर बलपूर्वक, पात्रता के अनुसार चुने गए तरीके से मंच से उतार दिया गया था। पर वे सब भी अड़ियल थे। मंच के पीछे की ओर जिधर डी.एम. अपने ए.डी.एम. के साथ कुर्सी पर बैठे थे, वे सब भी अगल-बगल मँडराने लगे।

एस.पी. अपने सी.ओ. के साथ मंच के पीछे ही दूसरे छोर पर कुर्सी पर बैठे थे। उनके अगल-बगल दो बन्दूकधारी सिपाही सावधान मुद्रा में खड़े थे। बीच-बीच में कई सब-इंस्पेक्टर और थानाध्यक्ष एस.पी. साहब की 'जय हिन्द' करके आते-जाते थे। यही लोग प्राय: डी.एम. की ओर भी जाकर 'जय हिन्द' ठोंकते और अपनी ड्यूटी में लग जाते थे।

मंत्री जी से पहले मंच पर बैठे सारे लोगों ने भाषण दिया और देश की अच्छी हालत के साथ प्रदेश की बुरी हालत पर आँसू बहाते हुए राज्य सरकार को जमकर कोसा तथा बकायन गाँव में हुए भीषण अत्याचार के लिए केन्द्र सरकार से माँग की कि राज्य सरकार को बरखास्त कर दिया जाए। उन्होंने यह भी कहा कि अगर राज्य में केन्द्र के दल की सरकार रही होती तो ऐसा अनर्थ न होता।

भीड़ ने कभी तालियाँ पीटीं, कभी 'शर्म-शर्म' के नारे लगाए, कभी वक्ता को 'जिन्दाबाद' कहा, कभी 'पुलिस प्रशासन मुर्दाबाद' के नारे से पुलिस की रात-दिन की मेहनत पर पानी फिराया और कभी 'लाठी-गोली की सरकार—नहीं चलेगी, नहीं चलेगी' की भविष्यवाणी से वक्ताओं के उत्साह के साथ सम्मान को बढ़ाया। इससे एस. पी. और उसके विभाग के लोगों की धड़कनें तेज हो गईं।

इसी समय भीड़ के बीचोबीच से नारा लगा—'जिला प्रशासन मुर्दाबाद-मुर्दाबाद जिलाधिकारी...मुर्दाबाद।'

'हिटलरशाही...नहीं चलेगी।'

'तानाशाही नहीं चलेगी।'

अगले ही क्षण भीड़ से नारा उछला—

‘पुलिस प्रशासन मुर्दाबाद...मुर्दाबाद-मुर्दाबाद।’

‘मुर्दाबाद-मुर्दाबाद पुलिस अधीक्षक मुर्दाबाद...।’

‘जो रक्षक भक्षक बन बैठे,
उनको दस-दस जूते मारो।’

‘जिला प्रशासन मुर्दाबाद’ के बाद जिलाधिकारी को मुर्दाबाद कहते ही एस.पी. वेदप्रकाश शर्मा ने अपने अधीनस्थों को तुरन्त आदेश दिया कि जनता को समझा-बुझाकर इस नारेबाजी को रोका जाए, क्योंकि उन्हें अन्देशा था कि अगले ही झोंके में उनके विरुद्ध भी नारेबाजी होगी; किन्तु पुलिसवाले जब तक बिना मन से लोगों को समझाते, नारेबाजी का बुखार तेजी से बढ़ता गया।

इस नारेबाजी से सहसा जिलाधिकारी का चेहरा फक्क हो गया था और एस.पी. तो किसी बड़ी अनहोनी से काँप गए थे। उन्हें लगा कि डी.एम. के खिलाफ नारेबाजी की योजना उनके अधीनस्थ सी.ओ. ने ही बनाई होगी। उन्होंने तुरन्त सी.ओ. बिनावर को अपने पास बुलवाया और कड़क उठे—

“यह सब क्या बेहूदगी है?”

“मैं कुछ नहीं जानता, सर।”

“तुम नहीं जानते तो जान जाओगे।...अगर तुरन्त नारेबाजी बन्द न हुई तो...।”

सी.ओ. दौड़ा-दौड़ा गया और सबसे ज्यादा उत्तेजित भीड़ के उस हिस्से को समझाने-बुझाने का प्रयास करने लगा, जो डी.एम. के विरुद्ध चिल्ला रही थी। दूसरी ओर इस भीड़ के नियंत्रण की ड्यूटी पर लगे एस.डी.एम. और तहसीलदार भीड़ के उस हिस्से को समझाने-बुझाने में लगे थे, जिधर से एस.पी. के विरुद्ध नारेबाजी हो रही थी।

मंच पर केन्द्रीय संचारमंत्री और उनके दल के लोग इस सभा के भंग हो जाने की आशंका से हक्का-बक्का थे।

इसी समय डी.एम. ने मंत्री जी के कान में कुछ कहा, जिसे किसी ने भी नहीं सुना; पर सभी ने यह मान लिया कि डी.एम. द्वारा मंत्री जी को एस.पी. के विरुद्ध भड़काया जा रहा है।

समझाने-बुझाने से नारेबाजी न तो कम हुई और न ही लोगों के गुस्से में कमी आई। उलटे आवाज की तेजी और बढ़ती गई तथा नारेबाजी का रोग पूरी भीड़ में फैल गया।

अचानक बकायन गाँव के लोगों ने पुलिसवालों पर पथराव शुरू कर दिया और जिलाधिकारी के विरोधियों ने उन पर कुछ चप्पलें फेंक दीं।

इसी बीच भीड़ दो हिस्सों में बँट गई और लोग एक-दूसरे से गुत्थमगुत्था होने लगे। अगले ही क्षण ढेलेबाजी भी शुरू हो गई और पुलिस और मजिस्ट्रेटों पर लोग डंडों, घूँसों और ढेलों के साथ पिल पड़े। पुलिस और पी.ए.सी. के लोग अपने-अपने अस्त्र-शस्त्रों के साथ सतर्क हो गए और जनता को डाँटने-धमकाने लगे।

अब डी.एम. ने दौड़कर माइक सँभाला और अस्त-व्यस्त आवाज में बोले—

"मैं इस भीड़ को गैरकानूनी घोषित करता हूँ। आप सभी लोग तुरन्त यहाँ से चले जाइए। अगर अभी भी आप लोग नहीं गए तो आप पर बल-प्रयोग करना पड़ेगा। मैं आप लोगों को यह अन्तिम चेतावनी देता हूँ।"

मगर भीड़ नहीं मानी। हल्ला बढ़ता ही गया और लोग एक-दूसरे को ढकेलते रहे। डी.एम. ने फिर उसी तरह भीड़ को चेतावनी दी और बल-प्रयोग से दुर्घटना का भी उल्लेख किया। अचानक चार-पाँच जूते डी.एम. के ऊपर तड़ातड़ पड़ गए। एस.पी. वेदप्रकाश ने दौड़कर डी.एम. को अपने हाथों के घेरे में ले लिया, जिससे कुछ जूते और चप्पलें उन पर भी पड़ीं। डी.एम. जूतों की चोट से कम और अपमान की चोट से ज्यादा तिलमिला उठे। उधर भीड़ में लोगों ने एक-दूसरे को मारना-पीटना शुरू कर दिया और भीड़ में भगदड़ भी मच गई। अब भीड़ पूरी तरह अनियंत्रित हो गई थी और पुलिस के लोग बल प्रयोग के आदेश की प्रतीक्षा में थे। फिर भी डी.एम. अभी बल-प्रयोग को टालना चाहते थे। उन्होंने फिर चेतावनी दी, मगर सब बेकार हो गया। भीड़ में मार-पीट और भगदड़ बढ़ती गई। अब पुलिस और पी.ए.सी. का धैर्य टूट रहा था।

अचानक डी.एम. ने गर्जना की—

"फायर! दस राउंड फायर! फायर!..."

धाँय! धाँय! धाँय! धाँय...!

आर्म्ड पुलिस और पी.ए.सी. के जवानों ने अपनी बन्दूकों से गोलियाँ बरसानी शुरू कर दीं।

भीड़ में भारी भगदड़ मच गई थी। औरतें और बच्चे चिल्ला रहे थे और भागने की कोशिश में गिरे जा रहे थे। चारों ओर 'बचाओ-बचाओ' की आवाजें थीं। बिलख-बिलखकर, चीख-चीखकर अपनों को पुकारा जा रहा था। देवी-देवताओं और खुदा की दुहाई दी जा रही थी। जिनके पास असलहे नहीं थे, वे पुलिसवाले

लाठियों और बेंतों से लोगों को मार रहे थे और गिर जाने पर जूतों या बन्दूक के कुन्दों से कुचल देते थे।

कमरबन्द पी.ए.सी. के कुछ जवानों और एक दारोगा से घिरे एस.पी. वेदप्रकाश खुद भी कमरबन्द होकर भीड़ में पूरी ताकत के साथ कूद पड़े थे और लोगों को समझाने की कोशिश के साथ एक हाथ की लाठी से उनकी पिटाई भी कर देते थे, जो लोग किसी तरह शान्त नहीं हो रहे थे। उसी समय उनके ऊपर 'भद-भद' की आवाज के साथ चार-पाँच ईंटें आ पड़ीं, मगर सीने पर बँधे गार्डर और सिर के स्टील के टोप ने उन्हें बचा लिया।

अचानक भीड़ छँट गई थी। मैदान में घायल होकर गिरे लोगों की चिल्ल-पुकार के सिवाय कोई शोर-शराबा नहीं बचा था। लोगों के जूते, चप्पलें, झोले, झंडियाँ, डंडे, पत्थर, ढेले, ईंटें और खून के थक्के पूरे मैदान में बिखरे पड़े थे।

पी.ए.सी. के सशस्त्र जवानों से घिरे लकदक कुरता और पायजामा पहने संचार राज्यमंत्री के चेहरे पर हवाइयाँ उड़ रही थीं। उन्हें बार-बार लग रहा था कि उनके कपड़ों पर कुछ-न-कुछ जरूर गिर गया है और वह अपने कुरते के साथ पायजामा भी झाड़ने लगते थे। डी.एम. उनसे सटकर ऐसे खड़े थे मानो उन पर आनेवाले वार को वह बचा लेंगे तथा खुद डी.एम. पर पड़नेवाले वार से उन्हें मंत्री जी बचा लेंगे। एस.पी. वेदप्रकाश भी पास ही थे, मगर मंत्री जी उनसे रुख मिलाने को तैयार नहीं थे।

डी.एम. और एस.पी. ने बारी-बारी थानाध्यक्ष को एफ.आई.आर. दर्ज कराने और घायलों को तुरन्त अस्पताल पहुँचाने की हिदायत दी। उन्होंने यह भी कहा कि किसी भी बदमाश को बख्शा न जाए और एक-एक को आज रात तक ही बन्द कर दिया जाए।

वेदप्रकाश का ध्यान जब-जब डी.एम. की ओर जाता, वह देखते कि डी.एम. बिलकुल ही रुख नहीं मिला रहे। डी.एम. वहीं खड़े सी.एम.ओ. को बार-बार निर्देश दे रहे थे कि घायलों की अच्छी चिकित्सा की व्यवस्था की जाए।

सभास्थल से मंत्री जी अपने दल के लोगों के साथ बिना भाषण दिये लौट रहे थे। वह बहुत उदास थे और क्रोध से भी भरे थे। उन्होंने एस.पी. वेदप्रकाश को देख लेने को भी कहा था और सारे पुलिसवालों पर आँखें तरेरते गए थे। हालाँकि उनके जाते समय उनकी सुरक्षा में लगे पुलिस और पी.ए.सी. के जवान एस.पी. के आदेश से पूरी तरह सतर्क होकर अपनी जीपों में भरी बन्दूकें लिये उनके आगे-पीछे लगे थे। डी.एम. की कार भी पीछे-पीछे भागी चली जा रही थी।

मौके पर रुके एस.पी. ने ए.डी.एम. और एस.डी.एम. से बात करके सारी गलतफहमी दूर करनी चाही। बातचीत के तौर-तरीके से ही साफ था कि वस्तुत: कोई गलतफहमी नहीं थी। सभी जानते थे कि अपनी-अपनी कुर्सी बचाने के लिए इस समय कोई भी अपना ज्यादा लगाव न तो केन्द्र सरकार से दिखा सकता है और न राज्य सरकार से। राज्य की सरकार के गिरते ही नये चुनावों में केन्द्र की पार्टी ही प्रदेश में भी सत्तारूढ़ हो जाएगी, यह सभी जानते थे। ऐसे में कोई अधिकारी किसी अन्य अधिकारी से भी सम्बन्ध खराब नहीं करना चाहता था। पता नहीं कब किसी मामूली लंगी से ही चित्त हो जाना पड़े।

पुलिस और पी.ए.सी. के जवानों ने घायलों को अस्पताल पहुँचाने के लिए उन्हें उठाना शुरू किया। वेदप्रकाश अन्तिम घायल को उठाए जाते समय तक वहीं डटे रहे। प्रत्येक घायल को खुद सांत्वना देते और प्यार से छूकर, सहलाकर जल्दी ठीक होने की कामना करते रहे।

घायलों को सबसे ज्यादा शिकायत एस.पी. से ही थी। उन्हें लग रहा था कि पुलिस ने अकारण बल-प्रयोग किया है, इसी से उन्हें यह चोट आ गई, नहीं तो अच्छे-खासे तो इस सभा में आए थे। घायल औरतों को अपनी घर-गृहस्थी की चिन्ता सता रही थी। चोट से चिल्लाते-रोते बच्चे अभी भी इस आशा में थे कि शायद इस सभा में बँटनेवाली मिठाई अब बँटे। मगर वेदप्रकाश सभी के मन की न तो बात जानते थे, न वह सभी की इच्छाएँ पूरी कर सकते थे, फिर भी उनके इस व्यवहार ने सभी का गुस्सा कम कर दिया।

घायलों को अस्पताल भिजवाने, प्रथम सूचना रिपोर्ट दर्ज होने और घटनास्थल के आसपास फिर से किसी प्रकार की दुर्घटना न हो जाए, इसलिए पुलिस और पी.ए.सी. की तैनाती करने और उन्हें हिदायतें देने आदि-आदि कितने ही कामों के बाद एस.पी. वेदप्रकाश आधी रात को लौट सके। उन्होंने इस घटना की रिपोर्ट शासन को भेजने के लिए तैयार कराने के निर्देश अपने पेशकार और सी.ओ. सदर को पहले ही दे रखे थे। सी.ओ. ने बताया कि डी.एम. की रिपोर्ट शासन को पहले ही जा चुकी। डी.एम. की रिपोर्ट की प्रति बड़ी मुश्किल से अभी-अभी मिली है।

वेदप्रकाश ने रिपोर्ट की प्रति ली और उसे बार-बार पढ़ा। रिपोर्ट इतनी चालाकी से साथ बनाई गई थी कि यदि भविष्य में कोई न्यायिक जाँच आदि कराई जाए तो प्रशासन की कोई गलती न सिद्ध हो सके तथा जनता के बीच सहसा उपजी भीड़-भावना को ही इस दुर्घटना का जिम्मेदार माना जाए। फिर भी वेदप्रकाश ने

रिपोर्ट को थोड़ा-बहुत बदलकर बनवाने का प्रयास किया। कई प्रकार से रद्दोबदल करने के बाद अन्ततः वेदप्रकाश ने भी वहीं रिपोर्ट बनाई, जो डी.एम. ने बनाई थी।

रिपोर्ट बनाते समय पत्नी बार-बार आ जाती थी और वही एक वाक्य दोहराती थी—

"खाना तैयार है। खा लीजिए तो फिर काम करिएगा।"

वेदप्रकाश तनाव में उत्तर देते—

"अभी पहले शासन की रिपोर्ट तैयार हो जाए तो खाना खाऊँगा। तुम लोग खाकर सो जाओ।"

"हम लोग भी बाद में खा लेंगे। अरे, आप अभी खा लीजिए, तब काम करते रहिएगा।"

"मुझे भूख नहीं है।"

"क्यों नहीं है? सारा दिन तो दौड़ते रहे हैं बिना खाए-पिए, फिर भी भूख नहीं है?"

"कहा न कि मुझे काम करने दो।"

"खाना खा लीजिए तो काम करिएगा।"

"कह दिया न कि डिस्टर्ब न करो। मैं बिना काम पूरा हुए खा ही नहीं सकूँगा।"

"खा लेने से अच्छा रहेगा। आपकी कमजोरी भी दूर हो जाएगी और सारे लोग काम पूरा करके सो जाएँगे।...कल सवेरे भी तो कई काम होंगे।"

"कल की बात मत करो। मेरे काम में भी बार-बार डिस्टर्ब मत करो। जाओ...।"

पत्नी बुदबुदाती हुई चली—

"और भी लोग तो हैं।...लेकिन आप ही नहीं खाते।...पता नहीं कितना काम रहता है।"

वेदप्रकाश गुस्से से भर जाते। मगर अधीनस्थों के सामने पत्नी को कुछ कह नहीं पाते। फिर भी तीसरी बार उन्होंने कह ही दिया—

"सारे लोग एस.पी. नहीं हैं।"

"मैं भी कई एस.पी. और डी.आई.जी. लोगों की पत्नियों से मिली हूँ। कोई इतना काम में नहीं चिपकता।"

"उफ्फोह! अरे भाई, जाओ भी...।"

वेदप्रकाश झुँझला उठते। फिर सोचते कि खा-पी लेने की औपचारिकता निभा लेना ही ठीक था। मगर यह भी ध्यान आता कि यह औरत विचित्र है। अगर कम खाया और जल्दी-जल्दी निबटाना चाहा तो और भी मुश्किल होगी। रोना-धोना भी

चालू कर देगी। इस औरत के खाने के शिकंजे से बचना मुश्किल है। इधर सरकार को रिपोर्ट भेजने की जल्दी है, उधर ड़ी.एम. की बेरुखी है। मंत्री जी की धौंस ऊपर से। सबके बीच में जाल में मछली की तरह फँसा हुआ हूँ। मैं क्यों एस.पी. बना? इससे तो अच्छा रहता कि किसी थाने में सब-इंस्पेक्टर बनकर डंडे फटकारता और लोगों पर रोब जमाता मस्त रहता। फिर लगा कि अगर मैं एस.आई. होता और एस.पी. मेरे थाने में आता तो मैं किस तरह दौड़ रहा होता? किस तरह जी-हुजूरी में लगा होता? किस तरह एस.पी. मेरी ओर ध्यान तक न देता और मेरा अहम आहत होता? अन्ततः उन्होंने यह सोचा कि जो कुछ भी मैं हूँ, उसी में अपने लिए बेहतर की खोज करना ही सर्वोत्तम है।

रिपोर्ट तैयार कराकर भेजने, तमाम तरह की जरूरी डाक निबटाने, बीच-बीच में पत्नी के भोजन की गुहार झेलने और खुशामदी अधीनस्थों द्वारा लाए गए नाश्ते तथा चाय को दरवाजे के पास खड़ी पत्नी की आग्रहपूर्ण नजरों के कारण गुटकने के साथ काम करते-करते सुबह के चार बज गए।

जम्हाइयों के साथ अँगड़ाई लेते हुए वेदप्रकाश के कुर्सी से उठते ही पेशकार, सी.ओ., थानाध्यक्ष और कॉन्स्टेबल मायाराम शर्मा के बीच खुशी की लहर दौड़ गई। वेदप्रकाश भीतर की ओर चले ही थे कि उन्हें फिर रुक जाना पड़ा।

"जय हिन्द सर! सरकार, इन अखबारों ने तो गजब ही कर दिया है।"

कॉन्स्टेबल मायाराम ने शहर का सबसे प्रमुख अखबार आगे बढ़ाते हुए कहा। दूसरे अखबार भी उसके नीचे थे।

'निहत्थे और निरीह जनता पर पुलिस द्वारा गोलीबारी', 'जिला मजिस्ट्रेट और पुलिस अधीक्षक के आदेश पर पी.ए.सी. व पुलिस का नग्न तांडव,' 'दर्जनों की मृत्यु, सैकड़ों घायल', 'पुलिस अधीक्षक को बरखास्त कर हत्या का मुकदमा चलाने की माँग', 'एस.पी. की नादिरशाही ने माहौल बिगाड़ा', 'डी.एम., केन्द्रीय राज्यमंत्री और एस.पी. की अदूरदर्शिता से जिले की जनता पिसी', 'एस. पी. के निलम्बन की पूरी सम्भावना'—जैसे समाचारों के शीर्षक से हर अखबार भरा था।

वेदप्रकाश ठिठकी निगाहों से खड़े-खड़े ही सारे शीर्षक पढ़-पढ़कर अखबार हटाते जा रहे थे।

रात-भर जागने से सारा शरीर जकड़-सा गया था और तनाव, कमजोरी तथा अनहोनी के भय से मन डावाँडोल था। सहसा पत्नी की याद आई, मगर भीतर

की ओर कदम बढ़ते ही फोन की घंटी बज उठी। वेदप्रकाश ने खुद फोन उठाया, क्योंकि इतने सवेरे कोई विशेष फोन ही होना था।

"आज तो पूरा अखबार आपके ही कारनामे से रँगा है, एस.पी. साहब!"

"कौन?"

"मैं हूँ संचार राज्यमंत्री, भारत सरकार।"

"जय ऽ...ऽ...ऽ...हिन्द, सर।"

"जय हिन्द।"

"तुम बहुत कमीने अफसर हो, मिस्टर!"

"जी आप मंत्री जी ही बोल रहे हैं?"

"और कौन बोल रहा है। मेरे जिले की जनता को तुम्हारे अत्याचार ने तबाह कर दिया है, मिस्टर वेदप्रकाश।"

"जी...ऐसा तो कुछ नहीं है, सर।"

"ऐसा ही है, मिस्टर! अपना बोरिया-बिस्तर बाँधकर तैयार रहो।"

"देखिए, सर! बोरिया-बिस्तर तो मैं आपके कहे बिना भी आदेश मिलते ही बाँध लूँगा, लेकिन तब तक नहीं, जब तक मैं यहाँ एस.पी. हूँ।"

"यू शट अप! अब तुम एस.पी. नहीं रहे। तुम्हें अभी भी ट्रांसफर ऑर्डर नहीं मिला? या तुम चार्ज ही नहीं देना चाहते?"

गुस्से में थर-थर काँफते वेदप्रकाश ने टेलीफोन रख दिया।

एक क्षण ठिठके खड़े रहने के बाद फिर फोन आया। इस बार गुस्से से भरे वेदप्रकाश ने चीते की तरह उछलकर फोन उठाया। तय था कि फोन फिर संचार राज्यमंत्री ने ही किया होगा।

'हेलो! हेलो!! कौन बोल रहा है?"

"मैं हूँ वेदप्रकाश...शर्मा...एस.पी.।"

"कहो वेद? कैसे हो?"

"जय हिन्द, सर! सॉरी सर! समझ नहीं पाया था।"

"जय हिन्द! बधाइयाँ, तुम आगरा के एस.एस.पी. बना दिये गए हो। बेहतर चार्ज है। आज ही ज्वाइन करना है।"

"यस सर!"

"ओ ऽऽ के।"

"जय हिन्द, सर।"

प्रमुख सचिव, गृह का फोन था। अगले ही क्षण सहमे-सहमे से पेशकार और मायाराम शर्मा हाथ में एक कागज लिये खड़े थे।

"जय हिन्द, सर।"

"जय हिन्द...क्या है?"

"हुजूर आगरा के एस.एस.पी. हो गए, सरकार।"

दोनों ने एक जबान से कहा और वेदप्रकाश का चेहरा पढ़ते हुए कागज आगे बढ़ाया।

वेदप्रकाश ने पहले तो एक लम्बी उसाँस खींची, मगर अगले ही क्षण हलकी मुसकान बिखेर दी।

"हाँ! और हम अभी एक घंटे बाद ही आगरा के लिए चल देंगे।...गाड़ी तैयार करो और सी.ओ. सदर और डी.एम. साहब से बात कराओ।"

"बेहतर है, हुजूर।"

वेदप्रकाश को एकदम कड़क दो सलामियाँ ठोंकी गई थीं। वेदप्रकाश ने घर के भीतर प्रवेश किया तो देखा कि पत्नी सोफे पर बैठे-बैठे सो रही है और किचन में तैयार खाने की प्रतीक्षा अभी भी उसके चेहरे पर झलक रही है।

"अंकिता! अंकिता!!"

"क्या है?"

चौंककर पत्नी ने आँखें खोलीं और छूटते ही पूछा—

"खाना लगवाऊँ?...मुझे नींद आ गई थी।"

"देवी जी! एस.एस.पी. आगरा का जय हिन्द स्वीकार कीजिए।"

"क्यों जले पर नमक छिड़कते हैं?"

"भई, आप इतनी नमकीन हैं कि जरा-सा जलने से ही नमक भड़ाक्-भड़ाक् फूटने लगता है।"

पत्नी वेदप्रकाश की आँखों की चमक और बोलने के लहजे से समझ गई कि वेदप्रकाश के कहने में मजाक नहीं, सच्चाई है। पूछा—

"सच में...! कैसे...? ताज्जुब है...! मैं तो डर रही थी कि..."

"ताज्जुब तो मुझे भी है। मैं तो सस्पेंशन तक की बात...।"

वेदप्रकाश ने मायाराम को देखा और बात टाल दी।

"जय हिन्द, सरकार।"

"क्या है भाई, अभी भी चैन नहीं लेने दे रहे!"

"सरकार, किन्हीं पंडित जी का फोन है। कहते हैं, बहुत जरूरी है। आप जब एस.पी. सिटी थे, तभी से आपसे दोस्ती है। आपके बारे में बहुत जरूरी बात बताना चाहते हैं।"

"ठीक है।"

वेदप्रकाश ने फोन पर 'हलो' किया और उधर से आवाज आई—

"हलो, एस.पी. साहब। कल रात देर तक कहाँ थे? मैं फोन मिला-मिलाकर हार गया। अरे, मैं लखनऊ से ही बोल रहा हूँ। संचार राज्यमंत्री आपको सस्पेंड करवाने पर तुला था। मैं मुख्यमंत्री जी के साथ बैठा सारी बातें सुन रहा था। बहुमत घटते जाने से मुख्यमंत्री जी डरते हैं। वह तो मैं अड़ गया, नहीं तो आप सस्पेंड हो चुके होते। मैंने कहा कि जाँच बिना आप कुछ नहीं करेंगे। जाँच में संचार राज्यमंत्री का ही दोष सिद्ध होगा। मैंने अपने तीनों एम.एल.ए. खींच लेने की धमकी दी, तब जाकर आपको आगरा का एस.एस.पी. बनाने को तैयार हुए। उधर संचार राज्यमंत्री बड़ी मुश्किल से आपके ट्रांसफर पर माना। ऑर्डर मिल गया कि नहीं?"

"हाँ, मिल गया है।...धन्यवाद...।"

"धन्यवाद कैसा, एस.एस.पी. साहब? अरे, आप डाइरेक्ट आई.पी.एस. हैं। कोई साला आपका क्या बिगाड़ लेगा!...और हाँ! आगरा में मेरे तीन-चार दोस्त हैं। जाटव लोग हैं, एस.एस.पी. साहब! जरा उनका खयाल रखिएगा।

मैंने सभी को फोन कर दिया है। आपको कोई तकलीफ नहीं होगी...फिर सब आपकी बिरादरी के भी हैं।...अरे, मैं आपके चंडीगढ़ भी हो आया हूँ। आपके बाबा से बात की है। आपके खिलाफ ब्राह्मण होकर भी आरक्षण का लाभ लेने की शिकायत खत्म कराने के चक्कर में मुझे चंडीगढ़ जाना पड़ा था। वो तो अच्छा ही हुआ कि आप ब्राह्मण जाति के नहीं हैं। आप पर चंडीगढ़ में आलीशान कोठी बनवाने की भी शिकायत है, जबकि वह मामूली-सा मकान है और उसे आपके थानेदार पिताजी ने बनवाया है। कैसे-कैसे लोग हैं, एस.एस.पी. साहब? खैर, जाँच चल रही है, मगर आपका कुछ नहीं होगा।...इस मुख्यमंत्री के रहते और भी...। आप निश्चिन्त रहिए एस.पी., अरे! एस.एस.पी. साहब!...हलो! हलो!"

"मैं सारी रात जगा हूँ और अभी तुरन्त आगरा भी जा रहा हूँ। आज ही चार्ज लेना है।"

"ठीक है, ठीक है, एस.एस.पी. साहब। तो बाद में आगरा से बात होगी।"

"जी हाँ, नमस्कार।"

रखे जाते फोन के चोंगे से मद्धिम आवाज में सुनाई दिया—

'नमस्कार।'

गाड़ी तैयार थी और वेदप्रकाश ने पत्नी की हठ के कारण जलपान की चीजें ठूँस-ठूँसकर किसी तरह अपने पेट में पहुँचा दी थीं। नहीं तो रास्ते-भर पत्नी की चिन्ता से दुखी रहना पड़ता और रास्ते-भर सुनाई पड़ता—

"बिना कुछ खाए-पिए क्यों जा रहे हैं? इतनी लम्बी यात्रा खाली पेट मत कीजिए।'

सामान बाँधकर अटैची और एक होल्डॉल में रख दिया गया था। पंडित जी ने ठीक सात बजकर तीस मिनट पर चलने का मुहूर्त बताया था। पत्नी ने टी.वी. चला रखा था।

समाचार शुरू हो गए। बदायूँ जिले में कल हुई दुर्घटना के जिम्मेदार एस.पी. वेदप्रकाश की जगह आर.पी. सिंह को एस.पी. बदायूँ बनाने का समाचार था। केन्द्र सरकार द्वारा प्रदेश सरकार को शान्ति-व्यवस्था सुधारने के लिए पत्र लिखे जाने और वेदप्रकाश को वेटिंग में डालने का भी समाचार था।

यह समाचार कुछ चौंकानेवाला था। सुनते ही वेदप्रकाश और अंकिता दोनों स्तब्ध रह गए। आखिर सच क्या है?

वेदप्रकाश ने प्रमुख गृह सचिव से पूछा था उत्तर मिला—

"आई.एम. सॉरी, वेद! वेरी सॉरी! असल में तुम्हारा आगरा का ट्रांसफर कैंसिल हो गया है। अभी तुम्हें मिला नहीं? पहुँच ही रहा होगा। ओ ऽऽ के।"

वेदप्रकाश लौटकर ड्राइंगरूम में सोफे में धँस गए थे।

टी.वी. पर इस समय दो देशों की टीमों के बीच फुटबॉल के मैच का प्रसारण हो रहा था। वेदप्रकाश ने उड़ती निगाहों से देखा कि एक खिलाड़ी ने विरोधी टीम के खिलाड़ियों को चकमा देते हुए बॉल इतनी सफाई से 'किक' कर दी थी कि गोलकीपर की सारी कला बेकार हो गई थी और बॉल सीधे नेट में जा पड़ी थी।

# मेहमान

"गऊ मारे हत्तिया...र"

गाय मारनेवाले हत्यारे का यह वाक्य पूर्वी छोर के गोइंड़ खेत की छाती को चीरता गाँव के पूर्वी और दक्षिणी टोलों में एक काली, मनहूस छाया फैलाता किसी बड़े गिद्ध की तरह मँडराने लगा।

दो-तीन बार दुहराए जाने तक इस वाक्य ने अपनी ओर दो-चार बच्चों को खींच लिया। जल्दी ही बीसों बच्चे और थोड़ी ही देर में अनेक स्त्री-पुरुष भी पहुँच आए जो भीतर-भीतर पापी का मुँह देखने के पाप से बचने के प्रयास के साथ उसे देखने को व्याकुल थे।

एक कंकड़ी से गोला खींचकर उसी के बीच में बैठा वह नवयुवक गन्दे सफेद गमछे से अपना चेहरा ढँके था। उसकी आवाज भी पहचानी नहीं लग रही थी। लोगों के मन में जिज्ञासा का समुद्र हिलोरने लगा।

छोब्री पासी ने प्रश्न किया—

"कौन हौ भइया?"

आवाज़ में रुलाई के साथ गाने का पुट देते हुए उत्तर मिला—

"मैकू नाम है मेरा।"

"मैकू? कहो मैकू तो...किस गाँव के हो...कौन भाई हो?

"मेउहर गाँव का हूँ। रामचरन चमार का बेटवा।"

"अच्छा! अच्छा!! अब समझ में आया।'

"कैसे यह दोख मत्थे पड़ गया?"

"कुछ नहीं, खाली एक सिटकिनी मारी थी। गाय थी। भूसे में दाना मिलाने के समय बार-बार मुँह मार रही थी। एक ही सिटकिनी मारी और तुरन्त चल बसी।"

"ऐ हाँ गोइयाँ! हिल्ले रोजी बहाने मौत।"

—अपनी लकुटी का सहारा लिये टुघरती आई, हाँफती रग्घी फूफू ने कहा।

"ऐ हाँ बुआ! बिलकुल सही कहा तुमने। हर किसी के मरने के पीछे कोई-न-कोई हिल्ला रहता है और रोजी भी किसी-न-किसी के बहाने से मिलती है।"

सूत्र वाक्यों के निषिद्ध क्षेत्र में कभी भी हिम्मत न करनेवाले सिपाही लोहार ने अपना यह भाष्यवाक्य आजमाया था।

सभी के चेहरों पर अनुकूलता और सहमति देखकर वे आश्वस्त भी हुए थे।

जहाँ मजमा लगा है, उस खेत का नाम खेतौरी है। इसी खेतौरी के उत्तर कुम्हारों की बस्ती लगी है और पश्चिम में गदही भौजी के पति गदहा भाई ने अपने मकान के सामने एक ऊँची मेड़ बना दी है, जिससे पशु और मनुष्य भी गदहा भाई के घर की ओर नहीं जा सकें। मसखरे कहते हैं कि चूँकि गदही भौजी और गदहा भाई खुद मनुष्य और पशु दोनों का प्रतिनिधित्व करते हैं, इसलिए इन दोनों को उधर नहीं आने देते। हालाँकि गदहा भाई के ठीक बगल में उनके छोटे भाई छेदी का भी मकान है।

इसी खेतौरी में गमछे से मुँह ढँके और उत्तर देते समय घूँघट-सा बनाकर थोड़ा मुँह खोलकर खाली आँखें मिलाकर बोलते और फिर मुँह ढँक लेते मैकू भिक्षा वसूल रहा था।

चैत के महीने में सभी के पास अन्न रहता है। इसलिए अपने गुड़, बीड़ी और पान-तम्बाकू की इच्छा में थोडी कमी करते हुए लोगों ने धर्म के इस काम में खुल कर योगदान किया और थोड़ी ही देर में अनाज का छोटा-सा ढेर मैकू के बगल में खड़ा था।

मगर मैकू की इच्छा में अब और भी बढ़ोत्तरी होती जा रही थी। उसने और अनाज के लोभ में अपना घूँघट फिर थोड़ा खोला और सभी उपस्थितों की ओर एक निगाह डालने के लिए चक्कर लगाते हुए पुकार लगाई—

"गऊ मारे हत्तियार।"

मगर चक्कर पूरा होने के पहले ही उसे चक्कर आ गया। उसकी आँखें ठगी रह गईं। उसके पैर अपनी जगह रुक गए। उसकी फैलाई चादर पर चमेलिया अनाज के साथ अपना शारीरिक अमृत भी उड़ेल दे रही थी।

मैकू की ठगी-ठगी निगाहें घूँघट के भीतर से निकलकर बाहर आकर लड़की के शरीर की मिठाई की मक्खियाँ बन गईं।

अगले ही क्षण मैकू स्तब्ध होकर घूँघट का कछुआ बन गया। उसके मन ने कहा, "किसी बाँभन-ठाकुर की बिटिया है।"

गाँव के लोग यह अच्छी तरह जानते हैं कि चमेलिया का विवाह जब वह दो साल की थी तभी हो गया था। उन दिनों उसके बप्पा इस दुनिया में थे। शरीर से छोटे, मगर इतने नहीं कि गैंठे कहे जाएँ और पतले तथा छरहरे थे कामता। होश सँभालने के बाद से ही गाँव के किसानों के 'गोरू' चराने का काम करने लगे थे। किन्तु सच पूछा जाए तो होश तब सँभाला था, जब दोपहर को मालिक का खेत जोतना बन्द होते ही उसके दिये बटाई के खेत में जुताई करने, पाटा फेरने में लगने लगे। दस-बीस मिनट देर होने पर मालिक को मना लेते और शाम तक एक का डेढ़ काम कर देते तो मालिक का मन मुस्कराता होता। कामता भी मालिक के मन को पढ़कर उसकी छाती की थोड़ी-सी पसीजन वसूलते—

"मालिक थोड़ा-सा सरसों और बेर्रा का बीज मिल जाता तो..."

"हाँ हाँ बेटवा! कल ही ले जाना।"

"कल क्यों मालिक! अगर हुकुम हो तो मैं आज ही बखारी से निकाल दूँ। अपने लिए भी वो मालकिन को बीज बनवाना है।"

"बेटा! तुम्हारे कितना जाँगर है? थके नहीं क्या?...तुम जानो चलो निकाल दो।"

"चमार का बेटा थकेगा तो फिर खाएगा क्या?" बुदबुदाते हुए कामता अनाज निकालकर उसे बाहर ठीक से रखते। मालकिन उन्हें प्यार की निगाहों से टुकुर-टुकुर देखती रहतीं। चलते समय इनके हाथ पर चार-पाँच मोटी रोटियाँ, उनके ऊपर थोड़ा-सा भात और उसमें गड्ढा बनाकर डाली दाल जब मालकिन कामता के हाथों पर छू जाने के डर से ऊपर से छोड़तीं तो कामता का हाथ उनके बोझ से नहीं, एहसान से नीचे दब जाता।

अगली भोर जब मालिक सोकर उठे तो वह कामता को बुलाने दौड़े गए। रमदेइया ने 'आऽऽ आऽ' कर जम्हाई लेते हुए बताया कि वह तो दो घंटा पहले ही चले गए।

मालिक लौटकर फिर सो रहे। सबेरे आँखें खुलीं तो दौड़कर गोंड़ा, जहाँ बैल बँधते हैं, की ओर गए। बैल नदारद थे। कहीं बैलों को कामता ने चुराकर बेच तो नहीं दिया, उनके मन में आशंका जगी। दौड़े-दौड़े चौपाल में आए तो देखा कि हल

और जुएँ भी नहीं हैं। साला अपना खेत रात में मेरे बैलों से तो नहीं जोत रहा था?

मालिक दौड़ते हुए खेत की ओर गए।

बढ़इया पाँच बीघे का गाटा था। इसका आधा हिस्सा कामता ने जोत दिया था। बाप रे! इस आदमी पर शैतान सवार है क्या? यह तो बैलों को भी मार डालेगा।

"कामता बेटवा! क्यों बैलों की जान लिये ले रहे हो?"

'उँ ऊँ?' कामता ने अपने इतने बड़े काम को इस प्रकार गलत आँके जाते देखा तो ठिठककर हल रोक दिया और मालिक को एकटक देखने लगे।

मगर मालिक के चेहरे पर एहसान की लालिमा थी। वे कृतज्ञता से गद्गद थे। उन्होंने जो कुछ कहा था उसके बाद गला भर्रा आया तो थूक घोंटकर उसे साफ करने लगे।

श्रम देवता जिस पर चढ़ते हैं, वह बागबाग हो उठता है। उसके भीतर उल्लास की, फुर्ती की बिजली दौड़ने लगती है। वह मदमत्त हाथी की तरह झूमता आलस, भूख, प्यास, थकान और कमजोरी के श्वानों की भौंक की परवाह किये बिना चलता रहता है। उसके शारीरिक रोग भी विजयी व्यक्ति के शत्रु की तरह शान्त हो जाते हैं। वह उस वामन की भाँति बढ़ जाता है, जो तीन ही पगों में तीनों लोकों को नाप लेता है। गर्मी में प्रकृति इस देवता की पूजा इसी की उपज पसीने की ठंड के उपहार से और जाड़े में इसी की उपज शारीरिक ऊर्जा से करती नहीं थकती। इस देवता द्वारा बहाई गई पसीने की निर्झरिणी जब बहती है तो सामने आए साधनों के अभाव के पर्वत अपने-आप कट-छँट जाते हैं और लक्ष्मी देवी तो इसके आकर्षण के प्रभाव से दुनिया की किसी भी विघ्न-बाधा की परवाह नहीं करतीं। यही श्रम देवता कामता पर आज सवार थे।

हल रुकते ही बैल बैठ गए थे। उनके द्वारा खाया भूसा पचकर गोबर के रूप में बाहर आकर खेत में बिखरा था।

मालिक और कामता के बीच अच्छे सम्बन्ध पूरे वातावरण में महक रहे थे। यह भोर रोज ही की तरह हुई थी, पर कितनी सुहानी थी?

ओस की बूँदें घासों की पत्तियों के ऊपर आशा की किरणों की चमक के साथ टँकी थीं। उनमें सूर्य देव का बिम्ब आत्मविश्वास की तरह आकर बैठ गया था। चिड़ियों द्वारा किसी सजग संगीतकार की भाँति पृष्ठभूमि का संगीत दिया जा रहा था। बटेरों, बयों, गौरैयों, बेहनों, कबूतरों के झुंड कुछ ज्यादा ही फुर्र-फुर्र करते उड़ रहे थे। दूर धान के खेतों में सारसों के जोड़े 'कुर्रर कुर्रर' कर रहे थे। तालाबों

के किनारे चकई और चकवे आनन्द में परम विह्वल होकर लगातार चीख रहे थे। उनके पानी में एकाध बची हुई कुमुदिनी पूरे जोर से खिली हुई थी। चमरघेंच (काले बड़े सारस) लम्बी चोचों और बड़ी टाँगों के साथ आकाश को नापते नहीं अघाते थे। नीलकंठ और कठफोड़वा छोटे-छोटे कीड़ों का शिकार करने के पहले उनसे खेल रहे थे। नीलगायों के झुंड चौकड़ी भरते कामता और मालिक की बगल से निकल जा रहे थे। और हवा मालिक को रोमांचित कर रही थी तो कामता की थकान का हरण।

"अब तो दिन-भर का काम हो गया। अब जाओ आराम करो।" —मालिक ही बोले थे।

कामता ने थोड़ी देर तक मालिक की ओर कुछ कहने की इच्छा से देखा तो मालिक ने ही कहा—

"बोलो बेटवा! बोलो। क्या बात है?"

"मालिक अगर इजाजत हो तो..."

"हाँ! हाँ! बोलो बेटवा क्या चाहिए?"

"मालिक मैं आज दोपहर में अपना अधिया (बटाई) वाला खेत जोतना चाहता हूँ।"

"बच्चा। बैलों की हालत तो तुम देख ही रहे हो।"

"मालिक दोपहर तक चर के बिलकुल दुरुस्त हो जाएँगे।"

"जो तुम्हारी इच्छा बेटा! मगर बहुत थके हैं। साँझ को जोतो तो और अच्छा।"

"जो आपका हुकुम हो मालिक।"

मालिक अब अपने घर की ओर लौट गए। कामता ने खुद थोड़ी देर बैठकर सुस्ताना चाहा पर उन्हें नींद आ गई। वह उसी जुते खेत में चुभते ढेलों के ऊपर-नीचे लेटकर नींद की सुकोमल गोद में खो गए। वहाँ न कुछ ऊबड़-खाबड़ था और न कोई चुभन थी।

कामता की नींद शायद न खुलती, अगर उन्हें किरपाल बाबा ने डाँट-डपट कर न उठाया होता। दिन खूब चढ़ चुका था और बैल किरपाल बाबा की जोंधरी चर रहे थे।

लाल-लाल आँखों से दुनिया को पहचानने की कोशिश-सी करते कामता ने अँगड़ाई ली और 'बरदा बरदा' कहते बैलों की ओर दौड़े।

बैलों को हाँक कामता ने बड़की रखेल पहुँचाया। 'रखेल' अर्थात बगीचा

जिसमें घास रखाई जाती है। खेतों, परतियों या अँतरियों (खेतों के बीच पड़ी बंजर जमीनों) में तो कोई भी जानवर चरा सकता है, पर रखेल में केवल उसके मालिक के ही जानवर चरते हैं। रखेल में बड़ी-बड़ी घासें बैलों को चरने के लिए पर्याप्त थीं। अब वहाँ फिर से कामता महुए की छाँह में सो रहे। सोने के पहले उन्हें रखेल में घूमनेवाले काले साँप की याद बार-बार आई थी, पर थकान ने नींद का रूप ले लिया और नींद साँप-वाँप के भय की ऐसी-की-तैसी कर देती है।

दोपहर ढलते रमदेइया सिर पर छोटी-सी गोंड़री के ऊपर छोटी-सी गागर में पानी रखकर उसे बिना पकड़े ही गले को सीधा कर सँभाले हाथ में रोटियों की पोटली लिये आई। रोटियाँ आज अरहर की थीं। साथ में लहसुन और नमक की चटनी तथा सनई की पत्ती का साग था।

"उठोगे भी कि बोंच (मगर) की तरह पड़े ही रहोगे?"

...यह रमदेइया द्वारा कामता के लिए प्यार में बोला गया वाक्य था।

कामता ने फिर से आँखें खोलीं तो उनके दोनों नेत्र ललाई में शंकर के तीसरे नेत्र से होड़ ले रहे थे। उन्होंने रमदेइया की ओर उसके प्रेम-भरे वाक्य के बदले में प्रेम-भरी निगाह दौड़ाई तो वह और भी लाल हो गई।

"तब तो अधरत्ता में ही घर से भाग आए थे।..."

"और अभी फिर मैं काम पर जा रहा हूँ।"

कहते-कहते कामता फिर बैलों की ओर दौड़ पड़े।

अब तक बैलों की थकान कम हो चुकी थी। उन्होंने जमकर घास का भक्षण किया था और लम्बी साँसें लेते हुए पैर फैलाकर अधलेटे आराम फरमा रहे थे।

कभी-कभी उनकी तेज साँसों के कारण घासों में छिपे तमाम भुनगे उड़-उड़ कर इधर-उधर भागने लगते थे, जिन्हें उनके आसपास की चिड़ियाँ तुरन्त अपने पेट में पहुँचा देती थीं।

रमदेइया ने पीछे से दौड़ते हुए कामता को रोककर खाना खिलाना चाहा, पर कामता काम के सामने रमदेइया के खाने की उपेक्षा कर देते थे। इस पर रमदेइया को रुलाई आ जाती थी।

रमदेइया इतने अभावग्रस्त घर को चला रही थी, पर खाना बनाने में वह अपने हाथों का ऐसा रस डाल देती थी कि उसे खानेवाला कोई भी भूख से थोड़ा ज्यादा ही खा जाता था। कामता तो अक्सर खाने के बाद उसके मुँह पर डकार देते थे और वह अपनी इस व्याजस्तुति पर गालों के क्षेत्र में गुलाब हो जाती थी।

नारी केवल हाड़-मांस का एक पुतला ही नहीं है। वह संवेदनों के मामले में पुरुष की पूरक ही नहीं, उससे आगे भी है। जो क्षेत्र पुरुष के लिए उपेक्षा और तिरस्कार के हो सकते हैं, नारी उन्हीं में अद्भुत रस पैदा कर देती है। पशुओं को पालना, भोजन बनाना, बच्चों को नहलाना-धुलाना, चूल्हा-बर्तन करना, घर साफ करना, चीजों को सजा-सँवार कर रखना और ऐसे ही अनेक कार्य हैं, जिनसे पुरुष को प्राय: अरुचि होती है। पर नारी इन्हीं में अपने कौशल के प्रयोग द्वारा नारीत्व को धन्य करती इनमें रस-संचार करती रहती है और ऐसा करते हुए रमदेइया कामता की गृहस्थी के जुए में एक ओर अपना कन्धा दिये थी।

रमदेइया निराशा के चरम के बाद आशा के छोर की ओर आने लगी थी। उसने कामता को मनाने के लिए उन्हें अपनी कसम दिलानी शुरू कर दी। लेकिन आज इसका भी कोई असर न हुआ और कामता ने बैलों को हाँककर अपने बटाई के खेतों में पहुँचा दिया।

अब तो रमदेइया के भी मन में गुदगुदी उभरने लगी। उसने पूछा—

"क्या मालिक का खेत नहीं जोतना?"

"मालिक का खेत जोतूँगा तो तुम्हारा कौन जोतेगा? तुम्हारा भाई?"

"धत् त।"

"सही-सही बताओ।"

अरे भाई! इतना सबेरे तुम्हें छोड़कर मर-माटी में क्यों दौड़ा आया था? देखती नहीं हो कि मालिक का दो दिनों का काम मैंने आज सबेरे ही कर दिया है।... उन्होंने हल-बैल भी दे दिये हैं।

गृहस्थ जीवन में कभी-कभी आशा का एक ही बिरवा सहसा पति और पत्नी दोनों में एक साथ अपनी जड़ें फेंकता हुआ उग आता है। यही पौधा बड़ा होकर लहराने भी लगता है। उसके फूलों की बहार से पति और पत्नी—दोनों के हृदय की कोयल कूक उठती और इस बगिया के बर्तन-भाँड़े भी उषाकाल के पक्षियों की भाँति गाने लगते हैं।

रमदेइया के हाथ की गागर छूटकर गिर गई **थी** और 'हुक् हुक् हुक्' करते पानी की धारा का गाना दोनों आनन्द से सुन रहे थे।

कामता ने रमदेइया को और रमदेइया ने कामता को देखा। मानो दो ग्रह एक-

दूसरे के आकर्षण से परस्पर खिंचकर तेजी से टकराने को चल पड़े हैं। पर अगले ही क्षण किसी अदृश्य शक्ति ने उन्हें अपनी ही जगह रोक दिया।

"अब क्या पिऊँगा? पानी तो सारा गिरा दिया?"

"जा रही हूँ तलरी (छोटा तालाब) से भर लाने।"

"सँभल के जाना...।"

"क्यों..."

—रमदेइया ने आँखों की बढ़ी हुई चमक के साथ कामता को घूरा।

"बड़का कूकुर उठा ले जाएगा।"

"ले जाएगा तुम्हारी बहिनी को। उसमें इतनी दम नहीं है कि मेरी ओर आ भी सके।"

"ठीक है तो तुम जानो।"

—कहते-कहते कामता ने बैलों को जोत लिया था और अब 'हरा' कहकर ललकारने लगे थे।

रमदेइया कामता से इसी तरह हार जाती थी। उसे बातों में और प्यार में फँसा कर कामता ने कितना बड़ा पाप उससे करा दिया। दोपहर ढल चुकी थी और न खुद खाया था न रमदेइया को ही खाने दिया था।

रमदेइया बिना कामता के खाए कभी कुछ भी नहीं खाती थी।

अब कामता ने रमदेइया को फिर प्यार का अस्त्र मारा। "जाओ पानी तो लाओ। पानी आते ही मैं खाना शुरू कर दूँगा।"

मजबूर रमदेइया तेजी से तलरी की ओर बढ़ चली। कामता ने हाथ-मुँह धोया और रोटियाँ खाने लगे। यह क्या? रमदेइया ने लपककर बैलों को ललकारा और हल जोतने लगी।

वह कामता के लाख मना करने पर भी नहीं मानी और कामता से जल्दी खाकर आकर जोतने का अनुरोध करती रही।

आखिर कामता ने जल्दी-जल्दी भोजन से निपटकर फिर से हल की मुठिया पकड़ ली।

कामता के इस श्रम ने उसी रबी में रंग दिखाया और चैत के महीने में लक्ष्मी देवी कामता के घर में आ गईं। उन्हें कामता ने अपने सिर पर रखकर मालिक के दिये हुए टोपरा (धूपी हुई बड़ी डलिया) में ढोया। रमदेइया ने भी डलिया-डलिया उन्हें घर पहुँचाया। उस साल वह बिरादरी के एक लड़के की शादी के बाद की

बधाई में खूब लोचें ले-लेकर नाची-गाई—

*रामा लखन सिया जानकी आज मैंने सपने माँ देखी।*
*चारिउँ ओर चार खम्भा गड़े हैं*
*बीचे माँ राम जी की पालकी आज मैंने सपने माँ देखी।*

श्रम देवता ने ही कामता को सद्बुद्धि दी थी और उन्होंने रमदेइया को सख्त हिदायत की थी कि अनाज के बदले कोई भी खरीद-फरोख्त न की जाए।

जहाँ गाँव के लोग अपने-अपने घर के दानों को लुटाकर सुखिया बने थे वहीं कामता अपना पेट काट-काट कर दुखिया कबीर बने थे। उन्होंने अन्न का एक-एक कण आँखों की पलकों से पकड़े रखा।

अगले ही साल इन्द्र भगवान किसानों से रूठ गए। कामता का घर गल्ले से भरा था और दूसरे गरीबों का घर भूखे सदस्यों के हल्ले से। इस अकाल ने जहाँ तेजी से लोगों की भूख बढ़ाई वहीं कामता के गल्ले का दाम। कामता ने बनिया को खूब चक्कर लगवाए और आखिर नागपंचमी के दिन लोगों ने उधर सूखे तालाब में गुड़िया पीटी और कामता ने इधर अच्छी-खासी रकम।

पूरा गाँव जानता था कि कामता इस अकाल में मालिक के यहाँ काम करने नहीं केवल उनकी इज्जत ढकी रखने और उन्हें अपने घर का गल्ला पहुँचाने जाया करते थे।

मालिक के बैल चारे में खाली भूसा खा-खा कर ठठरी हो रहे थे और घर के सदस्य अपने घर के पुश्तैनी नौकर का दिया खाकर हीन-भावना के दुख से सूख रहे थे।

आखिर इस सूखे को देखकर एक दिन इन्द्र भगवान भी द्रवित हो गए और उन्होंने पहले भारी-भरकम उसाँसें भरीं और फिर आँसुओं की धाराएँ चालू कर दीं।

दो-तीन दिनों में ही चारों ओर घास-फूस की हरियाली छा गई और किसानों के मन में भी अनन्त इच्छाओं की पूर्ति की चिन्ताएँ।

कामता पूरे गाँव की इच्छा के केन्द्र बने थे। मुखिया और किरपाल बाबा के अलावा शेष सभी लोग उन्हें गाँव का सबसे धनी आदमी समझने लगे थे।

इधर इन्द्र बाबा के आँसुओं ने मालिक पर कहर ढाया और उनकी रही-सही आशाओं के साथ उनके घर को भी मिट्टी में मिला दिया।

इस घनघोर विपत्ति ने कामता को मालिक और मालिक को कामता बना दिया।

आखिर मालिक ने कामता को बड़ी ही सस्ती दरों पर अपने खेत रेहन करने शुरू कर दिये। एक बीघा, दो बीघा, तीन बीघा, चार बीघा और अन्त में पाँच बीघा।

अब न तो कामता के पास धन बचा था न मालिक की ही आगे हिम्मत थी। और फिर खेतों में सनई के फूल, सन के फल, ककड़ी, खीरा, पेंहटा, चौलाई, लौकी, तुरई, ननुआ, कुहड़ा, भिंडी—जैसे अनेक खाद्य-पदार्थ आ गए थे।

कामता मालिक को और मालिक कामता को एहसान से देखते नहीं अघाते थे।

उन्हीं दिनों जब पूरे गाँव में झूठ-मूठ ही हल्ला था कि कामता को किरपाल बाबा के अँतरौली खेत में गड़ी हुई एक कुंडुरी (मिट्टी का छोटा घड़ा) चाँदी मिल गई है तब सचमुच रमदेइया के पेट में गड़े हुए कन्यारत्न की प्राप्ति उन्हें हो गई।

कामता और रमदेइया का गन्दगी से भरे घर का संसार चमेली के फूलों की चमक और भीनी महक से भर गया।

कामता ने चाहा तो था लड़की का नाम 'लछमिनिया' रखना, पर पता नहीं कैसे 'चमेलिया' पड़ गया।

दो बरस की होते-होते चमेलिया के माता-पिता के धन के लोभी भौरों की तरह मँडराने लगे।

कामता ने अभी भी मालिक के यहाँ काम नहीं छोड़ा था। पहले की ही तरह समय निकालकर अपने रेहन में मिले खेतों की जुताई करते और मालिक के घर मजदूरी भी करते।

मालिक के ही दबाव पर उन्होंने धनपरा गाँव के मिठाई चमार के दो बरस के बेटे से चमेलिया की सगाई मान ली।

हालाँकि अब तक बारह-तेरह साल बीत चुके हैं, पर गाँव के पासियों-चमारों के मन में कामता का वह पुहुलुक आज भी बजता रहता है, जो मोटे बाँस की बहुत बड़ी मुरली का पुलिंग संस्करण था।

गाँव के ही नहीं, आसपास के भी बिरादरी के चमार उस दिन इकट्ठा हुए थे और सभी ने जमकर खाया-पिया था। महुए की शराब दो घड़ा पहले ही उतार कर रखी गई थी। और लेने को मना-मना कर सभी को इतनी ज्यादा पिलाई गई कि किसी को होश नहीं रहा। मगर गौहानी गाँव के राधे चमार को पूरी एक गगरी पिला दी जाए तब भी वह होश नहीं खोता था। सारे काम का दारोमदार उसी के सर पर

था। कामता ने तो जब पी ली तो 'मालिक मालिक' करके चिल्ला-चिल्ला कर रोने लगे। उन्होंने सबसे बार-बार बताया कि वह किसी साले से नहीं बताते कि मालिक ने उन्हें पाँच बीघा खेत रेहन कर दिया है और अब तो वह कभी भी न छुड़ाने की हालत में हैं। इस समय वह अपने ही वाक्य में अपने लिए और पूर्वजों के साथ अपने घर के सभी सदस्यों के लिए गालियों का प्रयोग करते हुए अपने को परम अभागा कह रहे थे और अपने मालिक को महान।

बारातियों के साथ जब कामता चले तो उनके चमरौधों से 'किर्र किर्र' की आवाज आ रही थी। उनके पैर जमीन पर पड़ तो जाते थे पर पहले आसमान की ओर ही बढ़ते थे। बाईं ओर की धोती कुछ ज्यादा उठी थी तो दाईं ओर की कुछ ज्यादा नीचे थी। उनके मुँह से शब्द बाद में निकलते थे और शराब की गन्ध पहले।

मालिक के दरवाजे पूरी बारात जब पहुँची तो मालिक तुरन्त भीतर चले गए। बहुत बुलाने पर भी जब वे बाहर नहीं आए तो कामता ने चिल्ला-चिल्ला कर अपने सिर पर दो पुहुलुक जमाए। उनके सिर की रक्षा उनके सिर पर बँधे दो सेर के साफे ने की और मालिक ने भी बाहर निकलकर उनकी इज्जत की रक्षा की।

बड़ी मुश्किल से रोते-पीटते और पुहुलुक बजाते, बीच-बीच में गाते और कभी-कभी जमीन पर गिरकर उठते और फिर गिरते कामता पूरी बारात के साथ 'नौ दिन चले अढ़ाई कोस' की गति से धनपरा की ओर चल पड़े थे।

मालिक ने बेनी पासी के हाथों दौरी में एक केला सिल्क की साड़ी, दो रुपये और थोड़ा-सा अनाज रख कर दइया (दहेज) भिजवाकर बेटी की शादी में अपना दायित्व निभाया था।

धनपरा में लड़का और लड़की को उनके बापों ने अपनी-अपनी गोद में लेकर सात फेरे तो बाद में कराए थे, पहले दोनों ने एक-दूसरे की आवभगत लाठियों के प्रहार से जमकर की थी।

इस मांगलिक अवसर को ठीक से मनानें के लिए अपने-अपने सिर पर चूल्हा कटाए दोनों पक्षों के समधियों ने दो दिनों तक कभी रोकर, कभी गाकर, कभी गालियाँ देकर, कभी गले मिलकर, कभी आसपास वालों की माताओं-बहनों और बेटियों से अपने अनुचित सम्बन्धों की घोषणा कर और कभी सम्मिलित रूप से उनकी ठुकाई करके मधुर सम्बन्धों की विचित्र कड़ुवाहट भरी शुरुआत की थी।

दोनों समधियों के बालि-रूप से भयभीत गाँव 'भागहुँ तुरत तजहुँ यहु सैला' की हालत में आ गया था।

मगर धैर्यवान ग्रामवासियों ने न गाँव छोड़ा और न उनके ऊपर कोई प्रहार ही हुआ था। हाँ! जो शब्दों के प्रहार लोगों के ऊपर हुए थे, उन्हें लोगों ने कुछ कटुता से और कुछ मधुरता से नकार दिया था। गाँव के बालकों को इस आयोजन से एक भयमिश्रित मनोरंजन करने का अद्भुत अवसर मिला था।

सगाई-संग्राम के इस तीन-दिवसीय महोत्सव में किसी की उँगली टूटी तो किसी का सिर फूटा। किसी की आँख ने धूल का स्वाद चखा तो किसी की टाँगों का नाम तब सार्थक हो गया जब उसे उन्हीं के बल पर टाँगकर लम्बी दूरी तक घसीटा गया।

इस धमाचौकड़ी के कारण जो शब्द उपजे, वे लोगों के बीच पानी में तेल की तरह तेजी से फैल गए। दुल्हा-दुल्हन, समधी-समधिन, साला-साली, देवर-भाभी, सास-ननद और जाने क्या-क्या शब्द बरसाती जीव-जन्तुओं की तरह इधर-उधर फैल-तैर रहे थे। अन्ततः दोनों गाँवों के सभी जातियों के लोग इन सम्बन्धों में भरपूर भीगकर आनन्द विह्वल थे।

दो साल की चमेलिया की माँग में जब भी उसकी माँ सिन्दूर डालती, तो वह रो-रो कर घर भर देती और अपने बालों को नोच-नाच कर घोंसले की शक्ल दे देती।

कामता के घर में अब अक्सर धनपरा से आए रिश्तेदारों का जमावड़ा लगा रहता। वह उन्हें घर पर छोड़कर काम पर नहीं जा पाते और रमदेइया भी इनका स्वागत-सत्कार करने में लगी रहती।

हाड़-तोड़ मेहनत द्वारा सुधरी घर की हालत के बिगड़ने के आसार देख कामता चिन्तित रहने लगे, पर रिश्तेदारों का दोजख भरने को मजबूर थे। बिरादरी में बनी इज्जत का भी उन्हें बार-बार ध्यान आ जाता था।

सम्बन्धों की वह मधुर चाशनी ज्यों-ज्यों पककर गाढ़ी होती गई, त्यों-त्यों कामता घर-गृहस्थी सहित उसमें डूबते गए।

उनकी इस हालत पर मालिक ने उन्हें समझाने-बुझाने का प्रयास किया तो उन्होंने यह बात साफ-साफ कह दी कि कामता का खाते-पीते गुजर-बसर मालिक से नहीं देखा जाता।

इस बात पर मालिक को बहुत दुख हुआ। उन्होंने अपने खेत छुड़ाने के प्रयास में गाँव के उन लोगों के सामने अपनी पगड़ी रख दी जिनके दरवाजे पर कभी पाँव भी न रखते थे।

मगर गाँव में किसी के भी पास इतनी ज्यादा पूँजी नहीं थी और मुखिया तथा किरपाल बाबा तो चाहते ही थे कि मालिक के खेत उन्हीं के नौकर के गिरवी रहें, जिससे वह कभी अपना सिर उठाने की हालत में न आ सकें।

जब आसपास के गाँवों में भी कोई लेनदार न मिला तो झख मारकर मालिक ने कामता से ही खेतों को लिखा लेने का प्रस्ताव रखा।

कामता ने बचत के पैसों से खरीदे रमदेइया के गहने बेच दिये और रबी की खेती में जुट गए।

ईश्वर ने फिर कामता की सुनी और इस बार की फसल से पाँच बीघा खेत हमेशा के लिए कामता का हो गया।

अब कामता ने अपने काम में और ज्यादा मन लगाना शुरू कर दिया और रमदेइया भी पूरी ताकत से उनका साथ निभाने लगी।

कामता ने अब एक बैल खरीदा और एक गाय। मकान भी बनवाया। थोड़े से गहने भी रमदेइया के शरीर की शोभा बढ़ाने लगे।

पैरों में गोड़हरा, बाँहों में बहुँटा, क्लाइयों में चुर्रा, कमर में करधनी-जैसे गहने तो चाँदी के थे ही, नाक में बुलाक और कानों में कर्णफूल सोने के थे।

रमदेइया को बाँभन-ठाकुर की औरतें फूटी आँखों न पसन्द करतीं। वे बार-बार यह भी कहतीं कि मालिक का सारा धन हजम करके धन्नासेठ बन बैठी है।

उधर कामता हाड़तोड़ मेहनत में जुटे रहते थे। उन्होंने दरवाजे पर एक नीम का पेड़ लगा लिया था। नरहर तालाब के भीटे पर पाँच पेड़ आम, दस पेड़ महुआ और एक पेड़ जामुन का लगाकर उन्हें इतना ज्यादा झाँखर (झंखाड़) से घेर दिया कि दसों साल तक पेड़ों को उसने घेरे रखा। परिणामस्वरूप उनके हितैषियों ने लाख चाहा पर एक भी पेड़ वे तोड़ नहीं सके और पेड़ तैयार होकर फल देने लगे।

जिस बसन्त में कामता ने अपने आम के पेड़ों में बौरों के दर्शन किये थे वह हमेशा-हमेशा के लिए उनके हृदय में बस गया था। यों ही वह अपने आम के पोरवा देखने गए थे। सहसा उन्हें अपनी आँखों पर विश्वास ही नहीं हुआ। लगा जैसे अपने बेटे की बाल्यावस्था के सुकुमार मुख पर थोड़ी-थोड़ी मूँछें रेखिया आई हैं। उसी समय दूसरे आम के ऊपर से कोयल बोली थी—'कु ऊ ऊ उ...' लगा कामता की आँखें बाहर निकल आएँगी। दूसरा पोरवा बौरों से लदा हुआ था और उसमें छिपी कोयल अपना संगीत बिखेर रही थी।

अपने हाथ के लगाए पेड़ का बौराना ही शायद असली बौराना है, क्योंकि

यह दृश्य हमारे श्रम का वह परिणाम है, जिसके परम मोहक रूप को हम देख रहे होते हैं। यों, अपने हाथ के रोपे पेड़ का रग-रग बढ़ना, उसकी एक-एक पत्ती का फूटना, पत्तियों का लाल से हरी होना, शुरू-शुरू में पेड़ के थोड़ा बड़े होने पर डालें फोड़ने लग जाना—ये सभी तो पेड़ लगानेवाले के आत्मिक सुख में किसी डबाडब भरे तालाब पर बयार की तरह चलकर लहरें उठाने लगते हैं।

आदमी फूल नहीं सकता और न फल सकता है, किन्तु अपने लगाए पेड़ का फूलना और फलना स्वयं फूलने और फलने के आनन्द से कम नहीं है। कामता अपने लोढ़उवा पेड़ के नीचे गिरी अमिया (टिकोरे) बीनकर ला रहे थे। लग रहा था उन्होंने अपनी हथेली में एक-एक सोने का सुमेरु पर्वत ही रख लिया था। रमदेइया ने तो इस अमिया के दर्शन किये तो वह प्रसन्नता की उलटवाँसी पर उतर आई। उसने अपनी खुशी दबाते हुए कामता को डाँट पिलाई—

"क्यों पहला फल तोड़ लाए? न देवी-देवता को चढ़ाया, न किसी बाँभन-पुरोहित को दिया।"

कामता भी कम न थे। रमदेइया को खूब खिझा लेने के बाद ही बताया कि ये तो अपने-आप पेड़ों से गिरकर जमीन पर पड़े हुए थे। उठा ले आने में कौन-सी गलती की है?

अब रमदेइया परास्त होकर खुश थी। परास्त होने के बाद की खुशी में रमदेइया की आँखें उसकी मुस्कान के सहारे एक-एक इंच बढ़ जातीं और कामता अपने भाग्य पर मुग्ध रह जाते।

उन अमियों से पहले तो चमेलिया खेलती। एकाध दाँतों से दबाकर फोड़ती और इधर-उधर फेंक देती। रमदेइया दो-चार घूँसे जमाकर उसे स्वर्ग भेज देने की धमकी देती और फिर अमियों को दाल में डालकर खाने में अद्‌भुत स्वाद पैदा कर देती।

बैसाख महीना आते-आते सारा दिन गाँव के बच्चे, पशु और अनेक पक्षी अपनी-अपनी ताक में आमों, महुओं और जामुन के नीचे-ऊपर चक्कर लगाया करते। शाम होते ही चमगादड़, हारिल आदि रात को सक्रिय रहनेवाले पक्षी भी वहीं इकट्‌ठे रहते और अपना हिस्सा लेते।

गर्मी-भर रमदेइया चमेलिया को साथ लेकर पेड़ों के नीचे पहले महुआ बीनती। फिर आमों की रखवाली के लिए परेशान रहती। इसी समय जामुन भी पहले नौजवानी की लालिमा से भर जाती और बाद में काले-काले गुच्छों से सज-सँवर उठती। जरा-सी हवा चलती तो 'टप्प-टप्प' फलों की बरसात होने लगती। फलों के गिरते

ही चमेलिया अपनी भौंकी लिये उनकी ओर दौड़ती, पर दूसरी ओर से लड़के इतनी तेजी से दौड़ते और चिलझपट्टा मारते कि चमेलिया रो-रो कर आसमान सिर पर उठा लेती। रमदेइया इस सबसे बहुत खीझती और कभी चमेलिया को पीट देती तो कभी ज़ामुन झपटनेवाले बच्चे को। कभी-कभी जब वह कामता से गाँव के बच्चों की शिकायत करती तो कामता अपने श्रम के फलों पर गाँव के बच्चों को टूटता सुनकर मन-ही-मन मुस्कराते। कामता की यह हरकत रमदेइया को जला देती और वह दो-दो दिन तक खाना नहीं बनाती। उस समय आम, जामुन और महुए के पके फलों का ही सहारा पूरे परिवार के लिए रहता। कामता भी अनाज की बचत से प्रसन्न ही होते।

समय बीतते देर नहीं लगती यह इस गाँव का हर आदमी कहता है। जब सात साल बीत गए और रमदेइया ने कामता को याद दिलाया कि चमेलिया नौ साल की हो गई है तो कामता को होश आया। उन्होंने चमेलिया के लिए दो छोटी जनानी धोतियाँ ला दीं, जिनमें लिपटकर चमेलिया महिला का भावी संस्करण बन गई। उसे इस रूप में देखते ही रमदेइया नें उसकी माँग में सिन्दूर डालने के लिए पुरानी अभियानमुद्रा अपनाई, किन्तु उसकी खुशी का ओर-छोर न रहा, जब स्वयं चमेलिया ने ही सिंधोरा अपने हाथ में लेकर अपनी माँग में सिंदूर भरना शुरू कर दिया।

चमेलिया के इस हाव-भाव से तो रमदेइया दंग ही रह गई। कहाँ वह माँग में सिन्दूर डालते ही बाल नोचती थी और कहाँ आज अपने ही हाथ से सिंदूर लगाने लगी।

अब तो चमेलिया नामक लड़की को औरत बनाने के अनेक उपकरण अपने-आप तेजी से उसकी ओर खिंच-खिंच कर आने लगे। माथे पर की गोल टिकुली, हाथों में लाख की मोटी चूड़ियाँ और काँच की पतली चूड़ियाँ, कमर में करधनी और पाँवों में लच्छा तथा माथे पर बिंदिया, जो सोने की थी और जो ऊँची जाति की औरतों को बिच्छू का डंक मारती थी, अपने सौन्दर्य से कम और चमेलिया के शारीरिक रंग से ज्यादा चमकने लगे।

चमेलिया के सहसा इस प्रकार रंग बदलने के कारण कुछ लोगों ने धनपरा में उसकी ससुराल के लोगों को सलाह दी कि तुरन्त गौना करा ले आएँ। इस पर अगहन माह में एक दिन कामता के दरवाज़े पर फिर पुहुलुक बजा और नई धोती, कुर्ता, साफा में ऐंठे-अकड़े बाराती नामक जन्तुओं ने उसके घर इकट्ठी की

गई शराब और खाद्य-पदार्थों पर धावा बोल दिया। कामता ने भी दिल खोलकर अपनी ओर से फिर सभी के पेट में ये चीजें उनकी इच्छा और पाचन-शक्ति से ज्यादा झोंककर अपनी इज्जत में इजाफा कर लिया। कुछ ने इतनी ज्यादा पी कि उनकी खाने की शक्ति पीने में ही परिवर्तित होकर लुप्त हो गई। कुछ ने पीने के बाद भी इतना खाया कि यही खाद्य-पदार्थ उनके पेट से द्रवित होकर जल्दी-जल्दी बाहर निकलने के लिए उदान और अपान वायुओं का एक साथ सहारा लेने लगे। ऐसे निढाल बरातियों को देख-देखकर कामता ने अपने परिश्रम से प्राप्त धन की सार्थता अनुभव की और ये दिन दिखाने के लिए बार-बार अपने देवी-देवताओं को सराहा।

अब चमेलिया की बिदाई का समय आ गया था। नौ साल की ही उम्र में नकली सिल्क की साड़ी में लिपटकर टिकुली, सिन्दूर, तर्की (कर्णफूल) और ऐसे ही उपरणों से शृंगार किये चमेलिया विशुद्ध बालिका होकर भी 'गौनहाई' महिला का दर्जा पा गई थी। कामता चाहते थे कि उनकी बेटी पैदल ससुराल न जाए। आखिर भगवान ने इतना सब कुछ दिया है, तो वह कब काम आएगा? पर शरीर से वैसी होकर भी चमेलिया बाँभन-ठाकुर के घर तो जन्मी नहीं थी, इसलिए कामता की योजना सफल नहीं हो सकी। उन्होंने गाँव के चार चमारों को डोली की मजदूरी दे दी और जब वे उसे लेकर कामता के दरवाजे पर आए, तो ठाकुरों का पूरा टोला कामता के घर पर आ डटा।

"कहो कामता! बहुत ठकुरा गए हो क्या?" —यह देसभलाई का वाक्य था। देसभलाई सदा चाहते थे कि जो कुछ जैसा चल रहा है, वैसा ही चलता रहे और गाँव के लोग शान्ति के साथ पड़े खाए-पिए पागुर करते रहें। यहाँ पर कोई भी अनावश्यक प्रथा-भंग का अपराध करके कोई समस्या न खड़ी करें।

"मालिक! मैं अपनी बिटिया बिदा कर रहा हूँ। मेरी बिरादरी उसे खुशी-खुशी अपने कन्धों पर दुल्हन बनाकर डोली में ले जा रही है। इसमें मैं कहाँ से ठकुरा गया!"

"अरे तुम अपनी महारानी को गाँव की रस्म-रिवाज तोड़कर डोली से भेजोगे, तो गाँव की बाँभन-ठाकुर की लड़कियाँ कैसे बिदा होंगी?"

"सरकार! डोली भी है और चमारों के कन्धे भी हैं। और सबके ऊपर उनकी ताकत भी है। फिर क्या भलमनई (भले मनुष्यों) की बेटियों की डोलियाँ मेरी बेटी हमेशा के लिए थोड़े ही उठाए लिये जा रही है?"

"मार सारे का बहुत बढ़ गया है मन सारे का।"

—कहते हुए महिपाल सिंह ने कामता को लाठियों-लाठियों गुड़िया की तरह पीट डाला।

रोते-कलपते और अपनी इज्जत को गाँव की इज्जत कहते कामता ने अपनी जान बचाई और अपनी बिदाई के दुख के साथ अपने बाप की पिटाई के दुहरे दुख के कारण "हाय मोरी मइया। हाय मोरे बप्पा!" कह-कह कर बिलखती चमेलिया गाँव से बाहर की ओर चल दी।

रोते-कलपते चमेलिया को देखने आँसुओं की वर्षा करती सभी जातियों की लड़कियाँ और महिलाएँ अपने-अपने घरों से बाहर आईं। अपनी जाति की औरतें और लड़कियाँ उसके साथ जाने को मन मसोसकर रह गईं क्योंकि उसके आगे-आगे भारी मन से पुहुलुक बजाते उसकी ससुराल के लोग थे।

रामसुख बाबा के दरवाजे पर आकर चमेलिया ठिठकी। बाबा की लड़कियाँ सन्नो और मन्नो जोर से रँभाती हुई बाहर दौड़ी आईं। दोनों पढ़ी-लिखी लड़कियाँ थीं और बीस-बाईस साल की उम्र में अविवाहित थीं। गाँव-भर की निगाह में यह पाप रामसुख बाबा ने अपने गले मढ़ रखा था और जवान बेटियों की शादी नहीं कर रहे थे।

वस्तुत: अपनी धुन के पक्के और अपनी पुरानी 'जमींदारी' पर फिदा रामसुख बाबा ऊँचे ओहदों पर तैनात लड़कों से ही लड़कियों का विवाह करना चाहते थे। इसके लिए वह दहेज भी नहीं देना चाहते थे। दोनों लड़कियों से पहले तीन लड़कियों का विवाह वह इसी तरह रात-दिन ढूँढ़-ढाँढ़ कर बहुत अच्छी जगह कर चुके थे। अब इन दोनों लड़कियों के लिए लड़का ढूँढ़ने गए हुए थे।

दोनों लड़कियों ने चमेलिया को गोद में भर लिया था और ऐसे रो रही थीं मानो उसका अपहरण हुआ जा रहा है। चमेलिया अपने घर अच्छी हालत के बावजूद इन दोनों लड़कियों से घुल-मिल गई थी और मजदूरी के बहाने इनके घर में आकर काम कम करती तथा गप्पें अधिक लड़ाती थी। आज सब कुछ छूट रहा था, इसलिए उसका कलेजा मुँह को आ रहा था।

इस गदर के दृश्य को देखने गाँव की तमाम औरतें इकट्ठी हो गई थीं और बरात के लोग भी फीके मन से पुहुलुक फूँक-फूँक कर रुक जाते थे।

अचानक रामसुख बाबा प्रकट हो गए। वह लड़का तलाश कर शहर से लौटे थे। सारा दृश्य देखकर समझ गए कि चमेलिया बिदा हो रही है। उन्होंने सन्नो-मन्नो को डाँटा—

"कुछ बिदाई-सिदाई भी दी है कि बस नौटंकी ही कर रही हो?"

सन्नो सन्न रह गई और मन्नो को मन की बात मिल गई। वह रोते-रोते घर की ओर दौड़ी। घर से अम्मा, जिन्हें पूरा गाँव 'बड़की दादी' कहता था, के फेंटे में लपेटे पाँच-पाँच के नोट लिये आ गई और सन्न-मन्नो ने एक-एक नोट चमेलिया के हाथों में जबरन पकड़ाना चाहा। चमेलिया को पैसों में जरा भी रुचि न थी इसलिए उसने जब नोटें किसी तरह न पकड़ीं, तो दोनों लड़कियों नें उसकी साड़ी के छोर में बाँध दिया।

अब चमेलिया लपककर रामसुख बाबा के पैरों में लिपटकर रोने लगी। बाबा 'फफक फफक' लाल सुर्ख हो रहे थे। थोड़ी देर बाद उससे अपने पैर छुड़ाते हुए कहा, "जाओ बिटिया, जाओ" और चमेलिया और भी तेज चिल्लाती हुई चल दी।

अचानक रामसुख बाबा चमेलिया की ओर दौड़े और लगा कि उसे वह एकाध धौल जमा देंगे। वह चिल्लाए—

"मन में रोओ। मन में रोओ।"

अब चमेलिया की सटाखी-पटाखी गुम हो गई और वह केवल सिसकियों में सिमट गई।

इस तरह चमेलिया का गाँव छूटा था। मगर ईश्वर को पता नहीं क्या मंजूर था। थोड़े ही दिनों बाद हैजे की बीमारी सारे गाँवों में फैल गई और चमेलिया का पति उसका पहला शिकार हुआ।

कामता सारे धन के बावजूद कंगाल हो गए।

अपनी दस साल की बेटी के विधवा होने का उतना दुख कामता को नहीं था, जितना दूसरों द्वारा उसे विधवा कहे जाने का था। वह खूब समझते थे कि अब यह बेटी अपनी सहेलियों के बीच अक्सर 'राँड़' कहलाकर ताना सहने को मजबूर होगी। इसलिए उन्होंने जल्दी ही चमेलिया के दूसरे विवाह का निर्णय कर लिया।

शादी-विवाह के दिनों में बर्तनों के दामों में आग लग जाती है। इसलिए कामता ने तय किया इसी समय थोड़े-से बर्तन खरीदकर रख लिये जाएँ। शादी-विवाह की लेन-देन लड़की के बाप के सिर पर भूत की तरह सवार रहती है। इसलिए रमदेइया के लाख मना करने पर भी कामता सराय अकिल के बाजार चले गए।

रामधन ठठेर की दुकान पर बर्तनों का रूप देखकर कामता मुग्ध हो गए।

उन्होंने जितने बर्तन चाहे, सभी रामधन ने तुरन्त दिये। मगर अन्त में पैसे कम पड़ गए। रामधन खूब जानता था कि कामता एकबाली आदमी हैं और भगवान की उन पर दया है। आखिर उसने सारे बर्तन तौल दिये और एक का सवा दाम लगाकर कामता को गुड़ के साथ पानी पिलाकर बिदा कर दिया।

सराय अकिल से बाहर आते-आते कामता के पेट में मरोड़ उठने लगी। उन्होंने नहर के किनारे जाकर जब तक धोती खोली मुँह से भी उल्टी होने लगी।

इतनी जल्दी शरीर में ऐसी कमजोरी आएगी, यह कामता ने स्वप्न में भी नहीं सोचा था। अपना ही शरीर लेकर चलना मुश्किल था, ऊपर से बर्तनों का बोझ। कामता ने बगल के इछंना गाँव में जाकर सारे बर्तन रख देने का निर्णय किया।

वहाँ पर किरपाल बाबा की बेटी मालती की ससुराल थी। मालती ने जब अपने गाँव के भाई कामता को देखा तो परम प्रसन्न हुई, किन्तु उसने अगले ही क्षण कामता भाई की खराब हालत को भी समझ लिया। उसने बर्तन रखने के बाद कामता भाई को रुक जाने का प्रस्ताव रखा। कामता भाई छोटी बहन के यहाँ किसी भी प्रकार रुकने को तैयार न हुए।

मालती ने समझाया कि अगर तुम हमारा नहीं खा-पी सकते तो गाँव के चमारों के यहाँ ही रुक जाओ।

मरता क्या न करता? आखिर में कामता को गाँव के चमार अपने घर की ओर ले गए। मालती के पति राम बहादुर दूबे ने चमारों को ललकारा—

"हमारे बड़े साले हैं। इनको अगर कुछ हो गया तो तुम लोगों का भला नहीं।"

"अरे मालिक! हम अपनी बिरादरी की नाक थोड़े ही कटाएँगे?"

चमारों ने कामता की लाख सेवा करनी चाही, किन्तु उन्होंने छोटी बहन के गाँव का पानी पीने से साफ इनकार कर दिया।

कुछ लोग दौड़कर बगल के गाँव से पानी लेने गए मगर वे जब तक लौटें, कामता के आग्रह पर उन्हें खाट पर लिटाकर अर्का गाँव की ओर चमारों की टोली चल दी। आगे-आगे राम बहादुर दूबे पाँच सेर की लाठी लिये हाथी की तरह झूमते चल रहे थे।

इछना गाँव की सीमा समाप्त हो गई तो नहर की पटरी पर अर्धमूर्च्छित कामता की खाट रखी गई।

बार-बार बुलाने पर कामता ने आँखें खोलीं। उन्होंने इशारे से पूछा कि कहाँ हैं? लोगों ने बताया कि म्योहर गाँव की नहर है। इस पर उन्होंने पूरी ताकत लगा

कर अपना सर उठाया और आश्वस्त हो गए कि म्योहर की ही नहर है।

"पानी पीओगे न?"

"हाँ! पानी! पा...नी..."

मुँह में लोटा लगाते ही कामता 'गटर गटर' पूरा लोटा खाली कर गए।

उन्होंने चारों ओर सन्तोष की निगाहें दौड़ाईं और कमजोरी से टूटती जबान से किसी तरह कोशिश करते हुए गाँव की छोटी बहन के पति से कहा—

"मेहमान! मेरे बर्तन पहुँचवा देना।"

"कामता भाई! बर्तन तुम ही ले जाओगे अपने कन्धे पर...

ठीक हो जाने के बाद...।"

"अब तो भगवान के ही यहाँ भेंट होगी।"

"नहीं भइया ऐसा मत कहो।..."

"ओ वा...क्"

कामता ने सारा पानी उल्टी कर दिया था। उनके टट्टी भी छूट गई थी।

राम बहादुर ने ललकारा—

"अरे नालायको! क्या देख रहे हो भागो अर्का।"

खाट पर लेटकर कामता ने एक मोहक स्वप्न देखा। चमेलिया दुल्हन बनी है और अबकी अपने पैरों पर सात फेरे लगाने को आगे-आगे चल रही है। राम बहादुर दूबे अपनी लाठी लिये अकड़े हैं और बिरादरी के चार कहार डोली कन्धों पर रखे बहँगी का सहारा लेते चले जा रहे हैं।

सारे बाराती पुहुलुक फूँक रहे हैं और वातावरण में फुहुलुक का मादक स्वर फैलता जा रहा है।

इस स्वप्न की तन्द्रा ने जाने कब कामता के प्राणों को वातावरण में फैलाकर उसी में मिला दिया।

एक आदमी तुरन्त आगे-आगे दौड़कर रमदेइया को सूचना देने चला।

कामता की मृत्यु के बाद रमदेइया किसी वृक्ष की तरह जड़ से उखड़कर गिरी। फिर भी उसी ने सारे क्रिया-कर्म किये और अकेली जान समाज में आ खड़ी हुई।

चमेलिया की ससुराल के लोग सबसे पहले उसके दुश्मन हो गए, क्योंकि रिश्तेदारी के कारण वे रमदेइया की सम्पत्ति पर कब्जा करने के पहले हकदार थे।

रमदेइया ने घूँघट निकालकर उसी की ओट देते हुए घर आए समधी से हालचाल पूछने के बाद स्पष्ट कह दिया था कि अब मालिक भी नहीं रहे और उसका दामाद भी नहीं रहा। इसलिए अब रिश्तेदारी का कोई मतलब नहीं।

समधी ने आश्चर्यचकित होकर पूछा—

"अरे समधिन! क्या समधी के न रहने से या मेरे बेटे के मर जाने से नतहाई खतम हो गई?"

"हाँ, हाँ, खतम हो गई सारी नतहाई।" —रमदेइया ने फुफकारते हुए समधी की ओर घूँघट का पल्ला खींचकर बढ़ाते हुए उत्तर दिया।

"अरे मेरे दूसरा बेटा भी है। वह बहू से चार ही साल छोटा है, उसी से सगाई कर दो समधिन। रिश्तेदारी बनी रह जाएगी।"

"अकिल पर पाथर पड़ गया है क्या तुम्हारे समधी! जिस घर में मेरी बेटी बाल-विधवा हो गई उसी में मैं भला फिर कैसे झोंकने लगी?"

"तौ तुमने अपनी बिटिया को पहिले भी हमरे घर में झोंका ही था? हमारी पतोहू बनाकर नहीं भेजा? अरे वाह रे मोरी समधिन।"

रामदेइया ने समधी के इन व्यंग्य-भरे वाक्यों का एक ही साफ उत्तर दिया। वह यह कि अपनी भलाई चाहते हैं तो तुरन्त दरवाजे पर से रफूचक्कर हो जाएँ।

"जिस घर में दुनिया-भर की मान-मनौवल होती थी, जिस घर में उठते-बैठते समधी आँखें बिछाए रहते थे, उसी घर में हमारी ये इज्जत? अरे का सचमुच कलजुग आ गया है क्या हो? हरे राम! हरे राम!!"

"अब यहाँ से अपने घर की ओर जाओ, समधी हो। इधर दुबारा पाँव नहीं रखना। अब तो मैं चमेली की खोपड़ी पर सेन्दुर (सिन्दूर) तब तक दुबारा न पड़ने दूँगी, जब तक वह सोलह साल की नहीं हो जाती। समझे कि नहीं? और...अब अब अपने घर जाओ। समधी-वमधी का रिश्ता भी उन्हीं की डील तक था। अब हमेशा के लिए 'राम राम'।

"जा रहे हैं भइया! जा रहे हैं। बिलकुल जा रहे हैं।"

समधी जी कोसते, मन मसोसते गाँव के भीतर लोगों को सुनाते और शायद कोई रोके, इस आशा में ठुमकते अपने मोटे हूरे वाली लाठी से अपने हृदय की कँपकँपी धरती में उड़ेलते भारी मन से लौटे जा रहे थे।

उधर रमदेइया अपने करमों को कोसती, चमेलिया के भाग्य को गालियाँ देती अपने रोजमर्रा के कामों में लग गई थी।

पूरे गाँव के लोगों के धिक्कार को सुन-सह गई थी रमदेइया, पर चमेलिया की दूसरी सगाई उसे किसी शर्त पर मंजूर नहीं हुई।

और अब वही चमेलिया पन्द्रह बरिस की तपिश में तपकर बारिश में निखर कर, सर्दी में निथरकर, असली चमेली बनी पूरे गाँव में महक बिखेर रही थी या बदबू यह तो बड़े-बूढ़ों के दिलों से या फिर नौजवानों के अरमानो से ही पूछा जा सकता है।

सारी जिन्दगी यौन-वर्जनाओं और यौन-आकर्षणों के खेल को केवल दूर से देख-देखकर अनुभव की भारी गठरी से दबी जा रही रग्घी फूफू ने तुरन्त मैकू की आँखों को पढ़ लिया। वह जान गईं कि मैकू के मन में एक चोर सहसा जन्मा है और लोगों के द्वारा देख लिये जाने के डर से तुरन्त भीतर कहीं जा दुबका है।

सहसा रग्घी फूफू के भीतर एक विचार कौंध गया। चमेलिया पन्द्रह साल की हो चुकी है और अब उसकी सगाई होनी ही है तो हो जानी चाहिए। मगर रग्धी फुफू यह बात अपने ही भीतर दबा गईं। उन्होंने केवल रमदेइया की ओर एक निगाह दौड़ा ली। फिर वहाँ कुछ न पाकर शान्त भाव से अपने मन को धीरज रखने के लिए मनाने लग गईं।

"बच्चा तुम्हारी बिरादरी का है, थोड़ा कुछ खाने-पीने का इन्तजाम करो चमेली बिटिया।"

"नाहीं मइया! हम बिना नहाए-धोए और पूजा-पाठ किये कुछ न खाएँगे।"

मैकू के इस कथन से तो रग्घी फूफू और भी गल गईं। "बेटवा है तो बड़ा धरम-करम वाला, मगर हत्तियारी कहाँ से इसके गले पड़ गई...विधि का विधान... अउर का?"

—खुद प्रश्न कर मन ही में रग्घी फूफू ने उत्तर दिया।

"तो चल के बगल के कुएँ पर स्नान करके, पूजा-पाठ करके तब थोड़ा-सा कलेवा कर लो बेटवा।"

रग्घी फूफू तेजी से पसीजी जा रही थीं। मगर चमेलिया और रमदेइया को उनके ऊपर गुस्सा आ रहा था कि बुढ़िया हमारे ऊपर बोझ लादे बिना नहीं मानेगी।

"और कौन सार हत्तियार गाँव के इदारा (कुआँ) पर गोड़ धरेगा? हम काट नहीं डालेंगे?"

—ये चिरइया के प्रश्नोंवाले तीरों से भरे वाक्य थे।

"तो बेटा! जाओ पउसरा पर नहा आओ। वहीं से पूजा-पाठ भी करके आओ तो यही रमदेइया के घर में आ के थोड़ा-सा दो दाना मुँह में डाल लो।"

—चिरइया को मुँह चिढ़ाती-सी उफनती-दबती रग्घी फूफू ने थोड़ी कड़ाई दिखाई।

थोड़ा मुँह फुलाकर जबरन सिर पर एक मेहमान लाद देने का उलाहना रमदेइया ने रग्घी फूफू को दिया और चमेलिया को आँखें तरेर कर बिना कुछ कहे घर की ओर चलने का इशारा करती चल पड़ी।

मैकू ने सारा अनाज समेटा और गाँव के बाहर-बाहर चलकर दक्षिण की ओर से पश्चिम-दक्षिण छोर पर जानवरों के लिए इकट्ठा किये गए ठंडे पानी की हिलकोर से दो-दो सौ गज की दूरी तक तरी फैला रहे पौसरा की ओर चल पड़ा।

बड़े-बूढ़े जहाँ अपने कामों की ओर लपके, वहीं छोटे बच्चे मैकू के आगे-पीछे मक्खियों की तरह भिनभिनाते लड़ते-झगड़ते उसे बिना बताए ही सही रास्ते लिये जा रहे थे।

# आदमी की आयु

(गोरखपुर जनपद के बिरहा गायकों को समर्पित)

ब्रह्मा ने सृष्टि का निर्माण करने के बाद विभिन्न जीवों को आयु उचित मात्रा में बाँट दी थी। किसी को हजारों वर्ष तो किसी को एक क्षण का भी सतांश या सहस्त्रांश। केवल चार जीव अभी भी बच रहे थे। मनुष्य, बैल, कुत्ता और उल्लू। चूँकि बहुत देर से वितरण के कार्य में लगे थे, अत: थकान से चूर हो रहे थे। तंग आकर चारों जीवों को एक साथ बुलाया और शेष बचे एक सौ साठ वर्षों को चारों जीवों में बराबर-बराबर बाँटकर निबटा दिया।

इस बँटवारे से सबसे ज्यादा असन्तुष्ट मनुष्य था। उसने ब्रह्मा जी के दरबार में मुकदमा ठोंक दिया। ब्रह्मा जी ने सुनवाई शुरू की। मनुष्य ने कहा कि हे पितामह! आपने यह कैसा अन्याय मेरे साथ किया है? मैं पैदा होने के बाद अट्ठारह वर्षों में बड़ा होऊँगा। उसके बाद मेरे पास जीवन का सुख भोगने और कर्म करने के लिए मात्र बाईस वर्ष का समय बचेगा। यह आयु अत्यल्प है और इसे देकर आपने मेरे साथ न्याय नहीं किया। ब्रह्मा जी ने कहा कि मैंने शेष बचे काल का जो विभाजन कर दिया, उसी के आधार पर उन-उन योनियों के गुणों ने उस काल पर अपना अधिकार जमा लिया। तुम तो जानते ही हो वत्स! कि मेरा किया अन्तिम होता है। मनुष्य बेचारा गिड़गिड़ाने लगा। उसे जीवन के प्रति बड़ा मोह था और वह अधिक-से-अधिक जीना चाहता था। ब्रह्मा ने उसकी एक न सुनी। अब स्वयं बैल बोला, "भगवन! मैं जिस योनि में भेजा गया हूँ, उसमें मुझे जीवन-भर कठोर मेहनत करनी है और केवल अपने मालिक के लिए खटना है। मैं ऐसे कठोर जीवन को जीने के लिए विवश हूँ, अत: कृपा करके इसे कम कर दीजिए। आप मेरी आयु का आधा हिस्सा मनुष्य को दे दीजिए। वैसे भी मैं एक ही साल में बड़ा होकर काम पर लग

जाऊँगा।" ब्रह्मा जी ने विचार किया और उन्हें बैल की बात उचित लगी। उन्होंने कहा, 'एवमस्तु'।

अब भी मनुष्य सन्तुष्ट न था। उसने आशा भरी निगाह कुत्ते की ओर डाली। कुत्ता स्वयं ब्रह्मा जी से बोला, "हे सुरज्येष्ठ! आप तो जानते ही हैं कि मैं छह माह में ही बड़ा हो जाऊँगा और फिर सारा जीवन उपेक्षा और अनादर में ही बिताऊँगा। इसलिए कृपा करके मेरा भी आधा जीवन मनुष्य को दे दीजिए।"

ब्रह्मा ने कहा, "क्यों मनुष्य! तुम्हें स्वीकार है?" मनुष्य ने सहर्ष स्वीकार कर लिया।

अपनी सफलता से आशान्वित मनुष्य ने अब उल्लू की ओर निगाह दौड़ाई। उल्लू ने ब्रह्मा जी से बताया कि "महाराज मेरा जीवन तो आपने ऐसा बनाया है कि जब सभी जीवों को दिखाई देगा तब मुझे नहीं। जब सारे जीव कार्यरत रहेंगे तो मुझे एकान्त में बैठना पड़ेगा। ऐसे जीवन को काटना मेरे लिए दूभर हो जाएगा। इसलिए मेरी भी आयु आधी करके शेष को मनुष्य को ही दे दीजिए।"

मनुष्य परम प्रसन्न हो गया और ब्रह्मा जी की ओर आशा से टकटकी लगाकर देखने लगा। ब्रह्मा जी ने कुछ देर विचार किया और फिर कहा, 'एवमस्तु'।

अब आदमी के पास सौ वर्ष की आयु है और बैल, कुत्ता तथा उल्लू के पास बीस-बीस वर्ष। किन्तु मनुष्य की अपनी वास्तविक आयु केवल चालीस वर्ष की ही है। वह जन्म के बाद केवल चालीस वर्षों तक मनुष्य की भाँति शान से जीता है। इस अवस्था में वह अपने लिए कमाता है, अपने मन से काम करता है, अपने ढंग से रहता है और अपनी विचारधारा रखता है। उसमें एक सन्तोष रहता है। कुल मिलाकर उसमें चालीस वर्ष का होने तक वे गुण और प्रवृत्तियाँ रहती हैं, जिनके कारण वह मनुष्य कहा जा सकता है।

चालीस वर्षों का होते ही आदमी में बैल के सारे गुण आ जाते हैं। वह एक खूँटे से बँध चुका होता है। वह रात-दिन मेहनत करके दूसरों के लिए कमाने लगता है। वह घास-भूसा ही खा-पचा सकता है। वह छेड़-छाड़ करने पर बैल की तरह मरखना हो जाता है।

साठ साल का होते ही आदमी कुत्ते की तरह भौंकने लगता है। उसे घर के लोग भीतर से बाहर कर देते हैं। वह अछूत हो जाता है। उसके शरीर से दुर्गन्ध आने लगती है। वह घर की हर वस्तु की रखवाली करता है। बाहरी लोगों पर तो वह झपट कर टूट पड़ता है। उसका किसी चीज पर अधिकार नहीं रह जाता, पर

वह सभी चीजों की रक्षा (अपने मालिक के लिए) दूसरों से करने में लगा रहता है। घर के लोग जो कुछ बचा-खुचा दे देते हैं, वह खा-पीकर सन्तुष्ट हो जाता है। अपनों को देखते ही दुम हिलाने लगता है। भले ही लोग उसे कोई महत्त्व न दें। यदि कोई जरा-सा पुचकार देता है, तो तुरन्त वह उसकी खुशामद करने लगता है, अन्यथा एकान्त में पड़ा रहता है। उसके मन के विरुद्ध कुछ हुआ कि अपनों-परायों पर वह भौंकने लगता है।

और अस्सी वर्ष का होते ही आदमी उल्लू के जीवन में प्रवेश कर जाता है। उसे दिन-भर दूसरों से भय रहता है और एकान्त में बैठा रहता है। वह रात-भर जागता है और अँधेरे में पंख मारता दूर-दूर की कौड़ियाँ लाता है। वह सभी की निगाहों में खूँसट होता है। सभी उसे मूर्ख मानते हैं। उसे ठीक से दिखाई नहीं देता। अपनी पसन्द के विरुद्ध कुछ भी होने पर 'किच-किच' करता है। वह हमेशा अपने कान चौकन्ने रखता है। वह खाता नहीं सिर्फ चुगता है और उसके दाँत भी नहीं रह जाते।

अन्त में मनुष्य, बैल, कुत्ते और उल्लू की जिन्दगी जीकर यही आदमी और जीवों की तरह बद-से-बदतर जीवन जीने के लिए ललकता हुआ मर जाता है। मदमस्त नवयुवकों की पीढ़ी सुपुष्ट जंघों पर खड़ी, भुजदंड उठाकर, एक कान बन्द कर झूमते हुए बिरहा और चन्दैनी गाती रहती है।

# फूल कर कुप्पा

बहुत दिनों बाद उसे लगा था कि अपने परिवार के प्रति वह सचमुच कुछ ज्यादा ही लापरवाह हो चला है, जैसा कि पत्नी का अक्सर का उलाहना होता है। आज उसने नथुनों में कुछ ज्यादा हवा भरते हुए हाथ से बिछुड़ गए-से एक सुख को फिर पकड़ने का साहस दिखाना तय कर लिया था। उसे पत्नी के साथ के नये वैवाहिक जीवन के उन उल्लास-भरे दिनों की क्रमहीन, कौंध से भरी छोटी-छोटी बदलियों ने घेर लिया। मगर अगले ही क्षण न होने पर कई तरह की दु:सम्भावनाओं के डंक मारते छोटे-बड़े काम उसके इर्द-गिर्द चक्कर काटने लगे। अब वह एक ऐसे झूले पर पेंगें मार रहा था जहाँ जाने के उल्लास की उठान थी और न जाने की अनिवार्यता की गिरान। कामों से जुड़े लोगों से लाभ के शुक्लपक्ष की चाँदनी से मुँह मोड़कर उसने कृष्णपक्ष की क्रमश: घटती उजियारी की ओर अपने को मुखातिब किया। वाकई उसे अपनी पत्नी का चेहरा किसी चाँद-सा लगा। किसी चाँद-सा, क्योंकि अभी कुछेक सालों पहले ही उसके भीतर के आकाश में कई-कई चाँद उगा करते थे। सफेद ही नहीं, लाल, पीले, हरे, कुंकुभी और यहाँ तक कि काले भी। सभी की अपनी अलग-अलग चमक हुआ करती। उन चाँदों के बीच किसी बादल के टुकड़े पर सवार वह ऊपर जाता और जिस किसी को खोलता उसमें से पत्नी निकलती। खिलखिलाती। अब उसने अन्तिम रूप से निर्णय ले लिया था। मगर यह निर्णय भी पूरी तरह से ढुलमुल था।

यह तो संयोग अच्छा था कि चलते-चलते तक किसी काम ने आकर उसे एक छोटा-मोटा धक्का तक न दिया। अब वह निर्णय इसी संयोग की कृपा से सींकिया गामा बना हुआ था। बच्चे उल्लास की तलैया में छपक रहे थे। पत्नी उस निर्णय के सहसा लड़खड़ाकर न गिर पड़ने की प्रार्थना कर रही थी।

गाड़ी ने वह गुर्राहट भरी थी जिससे तय था कि अब वह चल ही देगी। सामने से आते एक मिलनेवाले को देख पत्नी को अपना बनाया घरौंदा अपनी नवीनताओं को प्राचीनता में बदल कर भरभराता दिखा। मगर गाड़ी न रोककर उसने घरौंदे को गिरने से न सिर्फ बचाया बल्कि पत्नी के अविश्वास को पुख्ता विश्वास में बदल दिया।

"आप अपने लिए एक सूट का कपड़ा आज जरूर ले लीजिए। कितने खराब दिखते हैं आप इन कपड़ों में" वह आकाश में जिन टखनों पर अपना सारा भार छोड़कर एक सीधी-सपाट मंडरान भर रहा था, वे बिलकुल टूट गए।

अर्-अर्-अर् की आवाज के साथ वह नीचे गिरने लगा था।

"हाँ पापा! नये सूट में बिलकुल गोविन्दा-जैसे स्मार्ट लगेंगे। उसे अपने पंजों में दबोच कर और भी ऊपर ले जाकर एक अभिनव विश्वास की हवा से भरकर बेटी ने छोड़ दिया था।

"पापा वो गुब्बारा।"—बच्चे चिल्लाए।

उसकी निगाह ने पकड़ा। सचमुच आसमान में एक बड़ा-सा, कई रंगों वाला गुब्बारा मन्द-मन्थर गति से उड़ रहा था, फूल कर कुप्पा।

# कानूनगो बुलाओ

आखिर कलेक्टर साहब ने रात का खाना खाने के बाद डिप्टी कलेक्टर और तहसीलदार की ओर इशारा करते हुए कह ही दिया, "कानूनगो बुलाओ।"

जिसका अन्देशा था फिर वही हुआ। सारे लोगों को साँप सूँघ गया। कलेक्टर साहब की आँखों में शराब के नशे से ज्यादा हिंसा का नशा था। वह ऐसे जिन्न से लग रहे थे, जिसकी सारी पूजा बेकार चली गई हो और सब कुछ पाकर भी किसी की बलि माँग रहा हो।

इस जिन्न को हिंसक होने से बचाने के लिए क्या-क्या नहीं किया गया था? सबेरे टोस्ट-मक्खन, काजू, किसमिस, बादाम, पिश्ता, अखरोट, चिलगोजा, सेब, केला, अंगूर, जलेबी, दही, दूध, मछली, कीमा कलेजी, शाही पराठे, चाय, कॉफी और जो भी याद आ सका सारी चीजें नाश्ते में रखी गईं। दोपहर को भी इसी तरह रोस्टेड चिकन, मुर्ग-मुसल्लम, कबाब, बिरियानी, दाल सादी, दाल मखनी, अरहर, उड़द, मूँग की अलग-अलग और सबकी मिली-जुली केवटी, रोटी रूमाली, तन्दूरी, मिस्सी, नान, पराठे, पुलाव और सादा चावल, चिप्स फ्राइड, पापड़ भुना, कई तरह की मौसमी-बेमौसमी सब्जियाँ, कई तरह के साग भी डाइनिंग टेबल पर लगाए गए थे।

सारी चीजों के बीच साहब का हाथ हरे-भरे खेत की नीलगाय था। वह कभी इस तरफ चल जाता तो कभी उस तरफ। तहसीलदार भीगी बिल्ली बना साहब का हाथ हिलते ही 'हुजूर हुजूर' करता चीजों को आगे या पास सरकाने में लगा रहता था। अक्सर वह चीजों का हुजूर से सम्बन्ध तो न करा पाता, मगर साहब की सेवा का भाव उसके पूरे शरीर से फौवारे की तरह फूट रहा था। अनुशासन के कारण दबा, थोड़ा पछताता-सा, सेवाभाव से थोड़ी तेजी के साथ बढ़ता, किन्तु अनावश्यक

उपस्थिति माने जाने की झिझक से रुकता—फिर पीछे थोड़ी दूर खड़ा रहकर गर्दन लम्बी कर ऊपर की ओर देखकर नीचे बिलकुल जमीन में धँस जाने की मुद्रा में आ जाता। वह बार-बार डिप्टी साहब की ओर देखता और उनके इशारे पर फिर शान्त होकर मन मसोसता-सा दिखता। डिप्टी साहब और गम्भीर मुद्रा में सजग थे और चोरी-सी करते हुए अपने लिए खाने की चीजें उसी तरह खींच रहे थे, जैसे पिजरे में बन्द शेर के सामने से उसका खाना निकाल रहे हों और शेर कहीं उन्हीं पर झपट्टा न मार बैठे।

"कुँव ऽऽ! तुम ठीक से नहीं खा रहा क्या? इंडियन फूड का मजा तुम तो और भी लेता है?"

"यस सर! यस सर! मैं खूब खा रहा हूँ।" कहते-कहते डिप्टी कलेक्टर कुँवर साहब की खाने की रफ्तार और धीमी हो गई और वह चेहरे पर सन्तोष और खुशी के भाव से नहाते हुए तहसीलदार को और चौकन्ना रहने का इशारा करने लगे।

डिप्टी साहब की यह खुशी बिजली की तरह तहसीलदार की भी नसों में दौड़ गई थी।

कलेक्टर साहब मानो एक ब्लैक होल थे, जिसमें सब कुछ समा जाता है। आसपास का सब कुछ वह मानो अपनी ताकत से अपनी ओर खींच ले रहे थे और सब कुछ गायब भी हो जा रहा था। असल में तो नाम कलेक्टर साहब का था पर चुम्बक से चिपककर जैसे हर लोहा चुम्बक हो जाता है ऐसे ही मातहत अफसर और छोटे कर्मचारी भी ब्लैक होल-से हो गए थे। आसपास के गाँवों से तरह-तरह की चीजें खिंची चली आई थीं। उन्हें जितना कलेक्टर और उनकी पत्नी ने खाया उससे सैकड़ों गुना मातहतों ने। फिर भी हाथी के पाँव में सभी के पाँव। नाम कलेक्टर साहब का ही हुआ।

बहरहाल जब कलेक्टर ने कानूनगों को बुलाया तो जिस कानूनगो की बारी थी उसे दूसरे अधिकारियों, कर्मचारियों ने ठीक उसी तरह देखा, जैसे पंचतंत्र की कहानी के शेर के पास अपनी बारी पर जानेवाले जानवर को दूसरे जानवर देखते थे। कलेक्टर की क्रूरता इस हद तक थी कि बड़े-बड़े मसखरे और खार खाए लोगों को भी कानूनगो से सहानुभूति हो रही थी। सभी जानते थे कि आधे घंटे बाद पूरे शरीर से लहूलुहान कानूनगो अधमरा और अचेत पड़ा होगा और खुद निढाल कलेक्टर नींद की गोद में जाने को शराब के नशे में कम और नींद से ज्यादा लड़खड़ाता भीतर की ओर जाते हुए कहेगा—

“ले जाओ ऽऽऽहर्रा ऽऽम जादे को ऽऽ” और फिर चार-पाँच लोग कानूनगो को उठाकर बाहर लाकर दवा-दारू में रात-भर दौड़ते रहेंगे। डिप्टी साहब सिविल सर्जन से कहकर दो-तीन डॉक्टर बुला लेंगे और वे कानूनगो की जान बचाने में जी-जान से रात-भर जुटे रहेंगे।

ऐसा क्यों हुआ था? किस कारण यह शेर आदमखोर हो गया था?

# चार लघु कथाएँ

## ईश्वर का न्याय

दोनों सम्प्रदायों के बीच जमकर टक्कर हुई। दोनों को जोरदार नेता भी मिले थे। एक अपनी जान पर खेलकर अपने सम्प्रदाय के लोगों का समर्थन करता तो दूसरा उठते-बैठते, सोते-जागते अपने सम्प्रदाय के लोगों को संघर्ष की प्रेरणा देता। आये दिन दोनों नेता अपनी-अपनी ताकत बढ़ा-बढ़ा कर भिड़ते और सर्वशक्तिमान से न्याय की गुहार करते। अपने कर्म को धर्म की रक्षा और सम्प्रदाय की सेवा कहते-कहते एक दिन दोनों ने दुनिया छोड़ दी।

मौत के बाद दोनों ने ईश्वर के दरबार में हाजिरी दी। दोनों ने ईश्वर को अपने धर्म-कर्म का लेखा-जोखा दिया और बदले में जन्नत की माँग की।

ईश्वर ने कहा, "अपने द्वारा बनाई हुई जन्नत में ही तुम दोनों जाओ।" और विरोधी सम्प्रदायों में पुनर्जन्म के लिए विदा किया।

## सर्वोत्तम

प्रकृति ने अपनी सर्वोत्तम रचना की मनुष्य। उसने अपनी सर्वोत्तम रचना की यंत्र। अब परिवेश धूल, धुआँ से भर गया।

प्रकृति की दोयम रचना पेड़, पत्ती, फूल और फल ने उसे अपने में बदल लिया।

अब वही प्रकृति की सर्वोत्तम रचना थी।

## अड़चन

"बेटे! मेरे पीछे-पीछे क्यों लगे रहते हो? काम में अड़चन होती है।"

"मेरे आगे-आगे क्यों रहती हो मम्मी! खेल में अड़चन होती है।"

## भाई-बहन

बहन : "तुम्हारी नौकरी लग गई है। तुम जल्दी ही चले जाओगे भैया!" —उसने आँखों में आँसू छलछलाते मगर हँसते हुए कहा।

भाई : "चली तो तुम भी जाओगी जल्दी ही। तुम्हारी शादी तय हो गई है मेरी प्यारी छोटी बहन!"

—मैंने भी हँसते ही कहा। क्योंकि मेरे आँसू बाहर नहीं निकल सकते थे।

# मंटू मर चुका है

बड़े त्याग, धैर्य और तप के बाद वह इस पद पर पहुँच सका था। उसे इस पद पर पहुँचते-पहुँचते कई बार घोर निराशा का सामना करना पड़ा था और कई बार तो उसने सोचा था कि उसमें सबसे बड़ी कमी यही थी, कि वह सारी कड़ुवाहट और दुत्कारों को पीकर मक्खन, भरपूर मक्खन नहीं उगल पाता। उस दिन उसने निश्चय कर लिया था कि अब वह यह भूल जाएगा कि वह है, वह था या वह कभी होगा। अपने अस्तित्व को पूरी तरह से भूलते ही वह अचानक छाछ से मक्खन में बदल गया था और अगले सोमवार से उसने ऑफिस में ज्वाइन कर लिया था। अपनी इस उपलब्धि के बाद तो उसने अपनी आँखें और कान अपने घर रखकर आना शुरू कर दिया था। जब साहब कहते कि "मंटू बाबू, आज पानी बरसेगा।" तो वह कहता "हाँ, सरकार, आज बहुत पानी बरसेगा, जरूर बरसेगा।" जब वह कहते "मंटू बाबू, आज दिन साफ है, धूप होगी।" तो वह भाव-विभोर हो जाता और कहता, "हाँ साहब, आज जमकर धूप होगी।" दोनों बातें कहने के बाद वह मौसम को साहब के कहने के अनुसार हो जाने की मनौती मनाता, देवताओं की प्रार्थना करता और जब सचमुच पानी बरसता तो सूखे धान-सा हरा हो जाता तथा यदि वस्तुतः मौसम साफ रहता तो वह भी आसमान-सा साफ चेहरा लिये चहकता, "साहब आपने जैसा कहा था, वैसा ही मौसम है, आपकी सूझ गजब की है।" लेकिन एकाध बार कम्बख़्त मौसम ने साहब की बात नहीं मानी थी। उस समय उसे लगा था कि मौसम को कितनी गालियाँ दे—'हरामी, पाजी, कुत्ते का पिल्ला।'

इधर कई दिनों से वह फिर एक भयानक संत्रास से गुजर रहा था। उसने जिस खुद को मारकर वह पद प्राप्त किया था, वह फिर से कटी झरबेरी की तरह उगने

लगा था। उसने साहब की कुल्हाड़ी से उसे बार-बार गोड़ा, काटा, किन्तु वह बार-बार फिर उग आता था, फिर उग आता था। उसे इसका कारण मालूम हुआ कि वह क्यों फिर हरियाने लगा था—साहब विदेश गए हुए थे।

आखिर उसने अपने इस पुनर्जन्म पर रोक लगाने का निर्णय लिया; साबुत कुल्हाड़े के वार से अपनापन खोद फेंकने के लिए और इस निर्णय को तुरन्त कैसे कार्यान्वित करे इसकी योजना बना डाली।

वह साहब के यहाँ पहुँचा तो उसके झोले में कुछ चीजें थीं। वह इन चीजों को खरीदते समय अपनी नई पौध से बार-बार लड़ा था। उसने देखा कि जब-जब वह इन चीजों को खरीदने लगता था, कहीं-न-कहीं से उसका अपनापन सामने आ खड़ा होता था। वह अपनेपन से बुरी तरह तंग आ गया था और खीझकर उसने यह फिर से कह दिया था कि मैं सबके लिए मर चुका—बीबी के लिए, बच्चों के लिए और मंटू के लिए भी। और इस एहसास के साथ उसने तुरन्त वे सब चीजें खरीद डाली थीं, जो साहब को बहुत प्रिय हैं। वह साहब के कुत्ते के लिए जब उम्दा 'डॉग-सोप' खरीदने लगा था तो उसके सामने अपनी बेटी की भोंड़ी सूरत आ गई थी। उसे लगा कि वह इस 'डॉग-सोप' को ही ले जाकर उसके मुँह पर दे मारे और कहे, "चुड़ैल, ले इसी से अपने ये झबरे बालों की बदबू धो ले।" पर दूसरे ही क्षण उसने ठीक ही सोचा था कि एक बार प्रयुक्त होकर वह साहब के कुत्ते के लिए योग्य नहीं रह जाएगा। और फिर इन चीजों के साथ वह झोले में अपने को बैठाकर ही चल दिया था मानो।

और अब वह साहब के द्वार पर खड़ा था। बँगले का फाटक उसने धीरे से खोला था, फिर अन्दर आकर उसे बन्द किया था और उस पर सिटकिनी चढ़ाते समय उस पर झल्ला उठा था—"कम्बख्त कितना बोलती है, ठीक हरदेई की तरह।" हरदेई उसकी पत्नी—नहीं, नहीं, मंटू की पत्नी, मंटू बाबू की नहीं, मंटू तो मर गया। फिर अचानक चौक पड़ा था, जब उसने देखा कि बगल में खड़ा एक नौकर पूछ रहा था, "किसको चाहते हो?"

वह यह सब अजीब महसूस कर रहा था कि नौकर ने उसे 'तुम' कहा, वह सब पी गया।

"साहब हैं साहब?" उसने कहा था।

"हाँ हैं।"

"कह दो मंटू बाबू आए हैं।"

"अच्छा तो आप ही मंटू बाबू हैं? आइए, आइए, बैठिए। अभी बताता हूँ साहब को।"

इस वाक्य को सुनकर उसका उबाल रुक गया था। 'तुम' की गरमी पर 'आप' की ठंडक ने उसे बिलकुल हल्का कर दिया था। वह बहुत खुश हो गया था और कह उठा था, "ये फायदा है तुम्हारी मौत का मंटू बेटे! कितने अदब से मंटू बाबू को उसने याद किया था।" और वह बरामदे की बेंच पर बैठकर साहब के बुलाने की प्रतीक्षा में लग गया था।

उस समय साहब की पत्नी के प्रसव का ध्यान आते ही उसके मन में न जाने कैसे स्त्री-जाति के प्रति बड़ी ममता और स्नेह उमड़ पड़े थे। उसे सभी स्त्रियाँ बहुत 'इम्पॉर्टेंट' लगने लगी थीं, और वह सभी स्त्रियों के मातृत्व के बारे में सोचने लगा था। उसने सोचा कि अगर उसका वश चले, तो वह हर माँ बननेवाली स्त्री को तब तक के लिए सारे कामकाज से मुक्त कर दे, जब तक कि वह स्वयं कामकाज करने को फिर से जिद न करने लगे। लेकिन अचानक उसे यह याद आ गया था कि हरदेई ने बंटू के जन्म के दिन तक खाना बनाया था, चूल्हा-चौका किया था और फिर चौथे दिन के बाद ही फिर इन सब कामों का भार उसने उठा लिया था। एक क्षण को उसे लगा था कि वह नीच है—बहुत ही नीच, किन्तु तभी अपने झोले की ओर देखते हुए उसने सोचा था कि उस झोले में बैठे मंटू ने ही यह विद्रोह किया है और उसने झोला रखते हुए मन में फिर कहा था, "मंटू मर चुका है, आज का 'मंटू बाबू' ही हरदेई को खिलाता-जिलाता है।"

# फरिश्ते

माँ का आँचल ही बच्चे का सबसे बड़ा धन था। जमीन में लोटनेवाले बच्चों के साथ खेलकर नंगे शरीर में धूल-ही-धूल लगाए जब-जब माँ के पास पहुँचता, माँ अपने सीने से लगा लेती और ऊपर से अपना आँचल डालकर ढँक लेती। आँचल में ढँक जाने के बाद इस दुनिया का सारा दुख-दर्द छूमन्तर हो जाता। पेट में कुलबुलाते भूख के कीड़े भी जाने क्यों, कैसे शान्त हो जाते? सब कुछ एक आँचल की छाँव में ही सुखद हो उठता। आँचल के बाहर की दुनिया उसे बड़ी कठोर लगती थी।

माँ मालिक के खेत में काम करने सवेरे-सवेरे घर के काम निबटाकर चल देती। रात के पकाए बासी खाने के लिए वह ललकता रहता। एक बार तो कारिन्दे ने उसके हठ करने पर काम का हर्जा देखते हुए उसकी माँ के आँचल से उसे जबरन खींचकर फेंक दिया था। फिर तो उसने रो-रो कर आसमान सिर पर उठा लिया था। उसकी एकमात्र थाती से उसे अलग कर कारिन्दे ने भी अपनी शान्ति खोई थी। वह तब तक बिलखता रहा, जब तक खुद कारिन्दे ने उसे उठाकर उसकी माँ को आँचल में फिर से ढँकने को नहीं दे दिया। बेदर्द माँ भी ठगी-ठगी, पथराई आँखों से उसे देखती, खेत की घासों पर खुरपे के वार-पर-वार करती चली जा रही थी। उस समय उसने अपने मन में प्रण किया था कि बड़ा होकर वह इस कारिन्दे को खुरपे से उसी तरह काट डालेगा, जैसे माँ उससे घासें काट रही थी। उसे थोड़ी देर बाद ही नींद आ गई थी और माँ के आँचल के नीचे वह अपने हाथों खुरपे से घास और फिर घास की जगह कारिन्दे का गला 'खच्-खच्' काट रहा था। माँ उसके मुँह को निहारने के लिए बार-बार अपना आँचल हटाकर देख लेती थी और कारिन्दा उसके हटे हुए आँचल के नीचे छाती के उभार को। उसके जागते रहते अगर कारिन्दा कभी उसकी माँ के आँचल की ओर देखता तब तो वह रोम-रोम

से जल उठता और जागते-जागते भी खुरपे से उसके गले पर खचाखच वार शुरू कर देता। वह ऐसा तब तक करता रहता जब तक किसी और बच्चे की पुकार उसे अपने साथ खेलने को बुला न लेती।

गाँव के बाहर खेतों में हरियाली ही हरियाली थी। चारों ओर दूर-दूर तक घने-घने पेड़ थे। वह अक्सर खेत की मेड़ों पर खड़ा हो जाता और दूर बहुत दूर तक नजरें दौड़ा-दौड़ा कर देखा करता। खेतों के हरे-हरे बिरवों के ऊपर हरे-हरे पेड़ खड़े होते। वे इतनी अच्छी कतार बनाकर काफी सलीके से खड़े होते कि उसे स्कूल के बच्चे याद आ जाते। वह अक्सर सोचता कि ये पेड़ और वे स्कूल के बच्चे हमेशा ऐसे ही खड़े रहते हैं और पता नहीं चलते-फिरते क्यों नहीं? बिना खाए-पिए हमेशा कतार बनाकर खड़े रहने के डर से वह स्कूल जाने की बजाय पेड़ बन जाना बेहतर मानता था। कम-से-कम खुली और साफ-सुथरी जगह तो मिलती है। ऊपर से मास्टर की डाँट से भी बचा जा सकता है। मास्टर से जितना डर उसे लगता था, उससे कुछ कम ही अपने गाँव के मरखने साँड़ से भी लगता था। काले-काले पाटे पर पता नहीं क्या आड़ा-तिरछा बनाकार किसी कौए की तरह खुद भी काँव-काँव करता और कतार बनाकर बैठे-खड़े बच्चों से भी कराता। क्या बिना कारण काँव-काँव बोलने-बुलवानेवाले आदमी को ही मास्टर कहते हैं—वह अक्सर यही सोचा करता और उसी समय उसकी छाती दहलाता साँड़ भी गरज उठता 'अम्बांऽऽ'।

उसे लगता सब उसके पीछे खड़े हैं साँड़, कौवा, कारिन्दा और मास्टर। नींद में उसे अक्सर यही सब घेर लेते और वह बेतहाशा भागता। उसे तब तक सुरक्षा न मिलती जब तक उसकी माँ आगे से दौड़ती आकर उसे अपनी छाती से लगाकर अपने आँचल से न ढँक लेती। उसे तो अब उजाला, हवा, पेड़-पौधे और धरती भी काटने दौड़ते थे। इतने कटखनों के बीच वह अपनी नन्ही जान लिये भागता फिरता। उसकी माँ कभी घर, कभी खेत और कभी कोठी पर काम करती रहती, फिर भी भागते-भागते उसे माँ का आँचल अन्त में बचा ही लेता।

उस दिन रात के धुँधलके में कुछ लोग आए थे। माँ के न चाहने पर भी वे लोग घर में आ घुसे थे। उसका तो दिल ही दहल उठा था। पता नहीं कितने चमकदार और महकते कपड़े उन लोगों ने पहन रखे थे। पड़ोस के गाँव की एक औरत ही उन सब लोगों को लेकर आई थी। माँ से उसने पहले भी कई बार बात कर रखी थी। बात-बात में वह बार-बार बताया करती थी कि जो लोग आ रहे हैं वे 'फरिश्ते' हैं। वह उन लोगों की अच्छाइयाँ बताते नहीं अघाती थी। उसने ही बताया था कि

उसके बच्चे को वही फरिश्ते ले गए थे। अब उसे पढ़ा-लिखा कर बाबू बना दिया है। लम्बी तनखा पाता है और उसी का भेजा हुआ पैसा है जो वह घर बैठे खाती है। इतना बड़ा आदमी बन गया है कि घर आते शर्माता है। इतने मामूली और गरीब घर में वह कैसे आए? फरिश्तों की ही दया है कि आज वह खुद भी खाता-पीता है और अपनी माँ का भी पेट पाल रहा है। इसीलिए वह मेहनत-मजदूरी नहीं करती। इतने बड़े बेटे की माँ होकर वह मजदूरी करेगी भला?

उस औरत की बातचीत खूब लम्बी होती है और जब खेलते-खेलते वह अपनी माँ के पास आ जाता है तो वह औरत भी उसे अपनी ओर खींच लेती है। मुँह पर चुम्मी जड़ते हुए कहती है—बड़ा प्यारा है राजा बेटा। यह भी मेरे बेटे की ही तरह बड़ा आदमी बन जाएगा। फरिश्तों के साथ जाएगा। दूध-भात खाएगा। मोटरगाड़ी पर चढ़ेगा। हवाई जहाज पर 'फुर्र-फुर्र चिड़िया की तरह उड़ेगा। मिठाई का जूठन छोड़ेगा। खूब नये-नये चमकदार कपड़े पहनेगा। गद्देवाली पलँग पर सोएगा और न जाने क्या-क्या बातें यह औरत करती है। और यह सब तभी होगा। जब बच्चा फरिश्तों के साथ चला जाएगा।

वह इस औरत की बातें सुनकर लालच में पड़ जाता। मुँह-ही-मुँह मिठाइयाँ चुभलाने लगता। आसमान में चिड़ियों की तरह फुर्र-फुर्र उड़ने लगता। चमकदार कपड़ों में अपनी आँखों की चमक बढ़ा लेता। मगर अपनी माँ से भिन्न औरत के मुँह से चूमा जाकर उसका मन फिर दहल उठता। वह भागकर अपनी माँ के पास जाता और अपने को उसकी गोद में झोंक देता। चीथड़े का आँचल उसे फिर निहाल कर देता। औरत फिर फरिश्तों के गुण गाने लगती।

धीरे-धीरे माँ के मन में फरिश्तों ने जड़ें जमानी शुरू कर दीं। आगे चलकर वह औरत अगर बात न करती तो माँ खुद फरिश्तों के बारे में पूछने लगती कि आखिर वे लोग इसी दुनिया के हैं, फिर भी इतने अच्छे कैसे हैं? बिना स्वार्थ के इस बच्चे का इतना भला क्यों करना चाहते हैं? कहीं ठग-वग तो नहीं हैं? कहीं कोई अनर्थ तो बच्चे के साथ नहीं कर देंगे। और वह औरत सारी शंकाओं का समाधान कर देती। वे लोग सात समुन्दर पार के रहनेवाले हैं। उनके पास बहुत धन है। उनके यहाँ आदमी की बहुत कमी है। वे आदमी की कीमत जानते हैं। उनके यहाँ अनाज खाए नहीं चुकता। कपड़ा-लत्ता, मोटर-गाड़ी, घर-मकान की कोई कमी नहीं। कमी है तो केवल आदमी की। उन्हें तो केवल आदमी की सेवा की भूख है। हीरा-जवाहरात तो उनके देश में फेंके पड़े हैं।

वह उस औरत की बात सुनते-सुनते माँ के आँचल के साथ ही फरिश्तों के भी बारे में सपने देखने लगा था। माँ नहीं जानती थी कि फरिश्ते उसके सपनों में आते और उसे अपने कोमल पंखों में दबाकर चन्द्रमा पर उड़ा ले जाते थे।

वहाँ हीरे-मोती बिखरे होते। मिठाइयों से भरे थाल सजे होते। वह राजकुमार जैसा सजा उन्हीं थालों से मिठाइयाँ खाता-बिखराता चमकदार कपड़ों में उड़ता-फिरता। वह नहीं जानता कि माँ के सपनों में वही सब चीजें होतीं और उसका लाड़ला मिठाइयाँ गिराता, इठलाता फिरता। धीरे-धीरे उसे माँ के आँचल के अलावा फरिश्तों के देश का कवच भी मिल गया था। वह औरत भी उसे अच्छी लगने लगी थी। फरिश्तों की चर्चा भी वह बड़े ध्यान से सुनने लगा था।

मगर उस दिन जो लोग आए थे वे फरिश्ते न होकर केवल आदमी थे इसीलिए माँ ने उन्हें घर में ले जाने में बड़ी आनाकानी की थी। पर बाहर से आए मेहमानो को घर में जाने से रोका भी तो नहीं जा सकता था।

वे लोग बड़े आराम से भीतर घुस गए थे और साथ लाई हुई चटाई बिछाकर बैठ गए थे। तुरन्त अपने साथ लाए मिठाई के डिब्बे उन्होंने खोले थे और बिना किसी संकोच के सभी को कई-कई मिठाइयाँ बाँटते गए थे। उस औरत ने अपने हाथों बच्चे को और उसकी माँ को मिठाइयाँ खिलाई थीं। वे खुद अपने साथ गिलासें लाए थे। उन्हीं से पहली बार माँ ने गिलास से पानी पीने का सुख भोगा था। मिठाई तो इतनी अच्छी थी कि मुँह में डालते ही गल जाती थी।

फरिश्तों का दिल इतना बड़ा था कि वे अभी भी और लेने का हठ कर रहे थे। माँ-बेटे दोनों नहीं-नहीं करके भी भरपेट मिठाई खा गए थे।

खाने-पीने के बाद माँ ने ही कुछ खाना-वाना बनाने की बात की थी। उस दरिद्र घर में खाने-पीने की बात करना फरिश्तों का अपमान ही था। पर फरिश्ते आखिर फरिश्ते ही निकले। उन्होंने अपनी ओर से पैसे देकर कल के खाने-पीने का इन्तजाम कर लेने को कहा था। बेटा चला जाएगा तो माँ का मन नहीं लगेगा। इसलिए कल से ही मेहनत-मजदूरी बन्द। कल से घर बैठकर खाना और आराम करना।

उन लोगों के आने के बाद से ही माँ अपने घर में परायी-सी हो गई थी। घर क्या झोंपड़ी थी। उस पर से भी उसका अधिकार आनेवालों ने छीन लिया था। घर के भीतर एक टूटी खाट और थोड़े से चीथड़ों के अलावा और कुछ न था। पर पूरे

घर में मेहमानो ने अपने सामान फैला दिये थे। माँ के जरा भी हिलते-डुलते ही उसे खाने-पीने की चीजें देने को दौड़ पड़ते थे। बच्चे ने तो माँ को छोड़कर मेहमानो की गोद में जगह बना ली थी।

थोड़ी ही देर बाद लोगों ने बच्चे का हाथ-मुँह धुलाना शुरू किया। ठंडक से बचाने के लिए झटपट पानी भी गरमा लिया गया और सारे शरीर का देखते-देखते कायाकल्प ही कर दिया गया। बार-बार आती नाक एक औरत बिना किसी हिचक के पोंछ रही थी। बच्चा नाक पोंछने का बिलकुल अभ्यस्त न था। वह तो उसे केवल सुड़कना ही जानता था। इतनी जल्दी-जल्दी नाक पोंछने से बच्चे की नाक के नीचे का भाग लाल हो गया था। उसके शरीर पर हल्का जैतून का तेल लगा दिया गया था। सिर पर तेल लगाकर कंघी कर देने के बाद बाल न कटे होना खटकता था। एक औरत ने कैंची निकाली और बड़ी सावधानी से उसके बाल छाँट दिये। गंगुवा तेली का राजा भोज संस्करण सामने खड़ा था। माँ ने बड़े ध्यान से देखने के बाद जाना था कि जो लड़का राजा बेटा बना गोद से गोद आ-जा रहा है, वह उसका वही बेटा है, जिसको वह हमेशा केवल कारिन्दे और ऐसे ही और लोगों के लात-घूँसों के लिए पैदा हुआ मानती थी। उसे विश्वास नहीं हो रहा था कि उसकी ही कोख से इतना सुन्दर लाल जन्मा था। मानो बाढ़ का पानी हट जाने के बाद साफ-सुधरा धरातल दिखाई देने लगा था। तिस पर भी एक औरत ने बच्चे को अपनी गोद में लेकर काजल भी लगा दिया। अब तो वह चाँद-सा खिला था। माँ बार-बार बच्चे के मुखड़े को देख लिया करती और उसी प्रकार घबड़ाहट में आश्वस्त हो उठती जैसे आदमियों द्वारा बछड़े को खिलाने पर कोई गाय।

अब उन लोगों ने बच्चे को साथ चलने के लिए राजी करना शुरू कर दिया था। बच्चा बार-बार 'हाँ' कह देता और फिर माँ की ओर देखकर 'नहीं' भी कर देता। वे लोग उसे मिठाई देने, अच्छे कपड़े पहनाने और हवाई जहाज पर उड़ाने का लालच देते और पूछते, 'चलेगा न राजा बेटा?' राजा बेटे ने अचानक एक शर्त रख दी कि उसके साथ माँ को भी ले जाया जाए। माँ तो इस बात को सुनकर ही सकते में आ गई। उसे स्वर्ग का खुला द्वार बन्द होते दिखा। लोगों ने माँ की ओर उसे भेदती हुई निगाह डाली और वह अपराध-भावना के मारे जमीन में गड़-सी गई।

पारखियों ने ज्यों ही निगाह जमाई, उन्हें मरुभूमि के भीतर की जलधारा दिखाई दे गई। उन्होंने जान लिया कि इस रत्न की धूल झाड़ने पर चमक आ सकती है। सूखी रोटियों के बावजूद मेहनत ने माँ के शरीर को न ढीला होने दिया था, न

बेड़ौल। चेहरे पर यौवन किसी सूखते पत्तोंवाले पेड़ में तोते-सा हरा-हरा छिपा था।

अब माँ ने कहा था, "नहीं, नहीं मुझे नहीं जाना है।"

"तब फिर मैं भी नहीं जाता।" बच्चे ने कहा था।

समझदार लोगों ने ताड़ लिया था कि माँ अपने न जाने की बात केवल अपनी हीन-भावना के कारण कह रही है। वैसे उसका मन तो जाने का ही है। मौके का फायदा उठाकर उन लोगों ने उसे भी ले चलने की अनमनी-सी स्वीकृति दे दी थी। इसी क्रम में माँ का भूगोल अच्छी तरह देख-परख लेने के बाद उसके इतिहास की भी छानबीन की गई थी। केवल एक बेटे की माँ और उम्र पचीस वर्ष। बच्चे के जन्म के बाद से ही विधवा। इतिहास काफी सम्भावनापूर्ण था और सामने ही धूल-धूसरित किन्तु हरा-भरा भूगोल था। खाली एक बरसात हो जाए तो पूरे मौसम में ही बदलाव आ जाए।

अब माँ को लगभग पकड़-धकड़कर नहलाना शुरू कर दिया गया था। इसने जिन्दगी-भर खुद दूसरों को नहलाया था, पर आज तो उसे दूसरा जीवन ही मिल गया था। जिस साबुन से उसे नहलाया गया था, उसे तो वह नथुनों के सामने ही लटकाकर घूमना चाहती थी। गरम पानी से बाल धोए गए तो साबुन के साथ एकाध पाव मैल बही होगी। सारे शरीर को बार-बार धोना पड़ा था। जुओं को मारने के लिए किसी दवा-सी चीज का प्रयोग किया गया था और फिर बार-बार बाल धोए गए थे। इसी के साथ हाथ-पाँव और मुँह रगड़कर धोए गए थे।

नहला-धुलाकर जब उसे पहनने के लिए पेटीकोट और ब्रा जैसी चीजें दी गईं तो वह घंटों उन्हें पहनने से कतराती रही। पेटीकोट जहाँ उसकी कमर को कसे था, वहीं ब्रा उसकी छाती को चिकोटी काट रहा था। उसे बार-बार रोमांच हो आ रहा था। भीतर से उठकर बाहर की ओर आनेवाली तरंगों से अब उसके चेहरे का संगीत और भी मुखर हो उठा था।

कैंची का अब उसके बालों पर भी प्रयोग किया गया था। सामने की ओर से बालों की दो लटें छोटी करके काट दी गई थीं। माँ ने शक्ति से बाल काटने का विरोध किया था, पर 'थोड़ा-सा और...बस जरा-सा और...' कह-कहकर उसे भेड़ की तरह मूड़ा गया था। कम-से-कम वह तो अपने को भेड़ ही मानने लगी थी, क्योंकि अपनी सारी अनिच्छा के बावजूद उसे अपने-आपको सौंप देना पड़ा था।

थोड़ी देर बाद ही उसे साड़ी और ब्लाउज पहनाकर बिलकुल दुल्हन बना दिया गया था। फिर माथे में उसके लाख मना करने पर भी एक बिन्दी जड़ दी

गई थी। और लो, उसके 'न-न' करते भी थोड़ी देर बाद दोनों कानों में एक-एक सोने की छोटी-छोटी बालियाँ भी आ चिपकी थीं। उसके बालों को जूड़ा बनाकर खोल दिया गया। फिर दो चोटियाँ बनाई गईं और उन्हें भी खोल दिया गया। बाद में बीच से कुछ बँधा और खुला छोड़कर कन्धों की ओर लाकर लहरा दिया गया। इसके बाद उसके होंठों पर कोई रंग-रोगन भी लगा दिये गए। मुँह पर भी कुछ रँगाई-पोताई कर दी गई।

अब वह शीशे के सामने थी। उसने शीशे में जो कुछ देखा था, उससे उसका दिल दहल उठा था। वह पसीने से नहा उठी थी। उसकी आँखों में छिपकर बैठा उसके वैधव्य का काला नाग उसके रूप को डँस-डँसकर काला किये दे रहा था। शृंगार करने की पाप-भावना उसके भीतर जहर बनकर बेहोशी की तरह फैलती जा रही थी। मेहमान औरतों में से एक ने धीरे से बुदबुदा दिया था—'छछुन्दर के सिर पर चमेली का तेल।'

अब तक के सारे जीवन की विस्फोटकता का ढेर उसके सामने था। विद्रोह की एक चिनगारी से ही उसने इन्हें जलाने का प्रयास किया।

थोड़ी देर बाद खेल की किसी विजयी टोली के नायक की तरह अपना इंकलाबी हाथ ऊपर उठाकर वह चिल्लाई—

"चलो, तुरन्त चलो यहाँ से। भाड़ में गया यह घर। क्या दिया है मुझे इस घर ने? जब से यहाँ आई हूँ, आज पहली बार पेट-भर खाने को मिला है। चलो... उठो भागो।"

उसके इस प्रस्ताव पर सभी लोगों ने सामान पलक झपकते समेट लिये थे। उसके आदेश के पालन में ही मानो सभी लोग तुरन्त भाग पड़े थे। वह फिर से आगे बढ़ी और उसने सभी को ललकारा।

"चलो। आगे बढ़ो।"

मगर झोंपड़ी के बाहर आते ही वह ठिठक गई थी। उसकी तन्द्रिल आँखों के सामने कन्धे पर हल लादे, सर पर चीथड़ा लपेटे, चिपके पेटोंवाला उसका पति आ खड़ा हुआ था। वह आश्चर्य से फटी-फटी आँखों से उसे देख रहा था। उसने उसका नाम नहीं लिया, बल्कि अपने बेटे की माँ कहकर पुकारा। माँ के नाम पर तो उसका रहा-सहा धीरज भी टूट गया और वह बिफर पड़ी।

'हाँ-हाँ जा रही हूँ तेरी मड़इया छोड़कर। अब क्या रोकने आया है? उस समय क्यों छोड़ भगा था? और फिर पहले तूने ही मुझे छोड़ा है...तूने। मैंने तुझे नहीं

छोड़ा...और अब इस भुतही झोंपड़ी में कौन रहेगा? मैं? ह हा हा हा हा हा मैं? और तेरी इस भुतही झोपड़ी में?...भाग जा, चला जा। मैं कहती हूँ जा और वहीं सो जहाँ पहले सो रहा था।

वह निढाल होकर गिर पड़ी थी। मेहमानो में से एक ने अपनी बाँहों में लेकर उसे गिरने से बचाते हुए जमीन पर लिटाया था। इसी बहाने उसके शरीर को मसोसा था और उसके अंगों को अपनी बर्छी जैसी निगाहों से बींधता रहा था।

थोड़ी देर बाद होश आने पर वह उठी थी। झोपड़ी की डेहरी को झुककर प्रणाम करके उसने पाँव आगे बढ़ाए थे। उसके आगे बढ़ते पाँवों को उसके माता-पिता के प्रश्नों ने रोक दिया था—

"कहाँ जा रही हो? तुम्हें हम इस घर में छोड़ गए थे। यहाँ से किसकी मर्जी से जा रही हो? क्यों जा रही हो?"

उसे गुस्सा आ रहा था कि अब तक कभी भी जिन्होंने उसकी कोई सहायता नहीं की और जो लोग अपना पेट पालने के लिए दो वक्त का खाना नहीं जुटा सकते, वही उसके सामने इस समय आ खड़े हुए हैं। उसने भी अपने को पूरी तरह कड़ा कर लिया था। पूरी कड़क के साथ उसने उत्तर दिया—

"जब आप लोगों से अपना पेट नहीं पाला जाता तो फिर इज्जत की बात कैसे सोचते हैं? क्या खाली पेटवालों की कोई इज्जत होती है?

"हमारे पास धन-दौलत भले न हो मगर हमारे पास इज्जत की ही दौलत होती है। हमारी बहू-बेटी ही हमारी इज्जत है।"

"मर गई तुम्हारी बेटी। भूखे पेट मैं नहीं जी सकती। और फिर मैंने तुम्हारी इज्जत के खिलाफ कुछ भी नहीं किया। जहाँ जा रही हूँ, वहाँ भी इज्जत बढ़ेगी ही। मैं रानी की तरह रहूँगी फरिश्तों के बीच।"

इससे पहले कि वह अपनी बात पूरी करती, उसकी स्मृति में उभरे उसके माता-पिता के बिम्ब गायब हो चुके थे।

अचानक लोग चौंक गए थे। आगे-आगे चल रही माँ ने सहसा जाने से इनकार कर दिया था। उसका कहना था कि खाली बेटे को ले जाओ। उसे नहीं जाना है। जिस ड्योढ़ी पर माँ-बाप बाँध गए थे, उसी पर सारा जीवन बिताएगी और इसी गाँव के लोगों के कन्धों पर लदकर अन्तिम बार इस दुनिया से जाएगी। लोगों ने उसे समझाना चाहा था कि कुछ दिनों तक बाहर रहने के बाद वह खुद इस जगह को पसन्द नहीं करेगी लेकिन वह हठ कर बैठी—

"क्या तुम लोग मुझे जबरदस्ती ले चलना चाहते हो?"

सवाल ही नहीं। हम लोग तो पहले ही तुम्हें नहीं ले चलना चाहते थे पर तुम्हीं ने साथ चलना चाहा था। आखिर अपने बच्चे को खुश देखने और उसके साथ आराम से जिन्दगी बिताने में तुम्हें क्या तकलीफ है? फिर इस गाँव में कौन तुम्हारा सगा बैठा है?

"सबेरे जब लोग जानेंगे कि मैं नहीं हूँ तो सभी सोचेंगे कि मैं किसी के साथ भाग गई हूँ। मेरे जाने के बाद मेरे चरित्र पर कलंक का टीका लग जाएगा। मैं यह बात सहने को तैयार नहीं।"

"तो तुमने बच्चे को कहाँ भेज दिया? क्यों भेज दिया? किसके साथ भेज दिया?" क्या ये बातें लोग तुमसे नहीं पूछेंगे? क्या तुमको लोग यहाँ अकेली चैन से रहने देंगे?

अब तक जो आदमी बोल रहा था उससे भिन्न ने मामला बिगड़ते देख इशारा किया और साथ की औरत बोली—

"भाई ठीक तुम्हारी ही हालत में मैं भी थी। दुनिया-भर की तकलीफ मैंने भोगी थी आज मैं अपने गाँव जाने को बिलकुल तैयार नहीं हूँ।"

उसने कुछ कहा नहीं। केवल प्रश्नवाचक निगाहों से पूछा कि क्या वह सच ही कह रही है। हालाँकि अँधेरे में उसकी आँखें दिख नहीं रही थीं, फिर भी औरत ने उसकी ओर देखकर ही समझ लिया था, अतः फिर बोली—

"हाँ! हाँ! मैं भी विधवा थी। मेरे भी एक लड़का है जो अब इन्हीं लोगों के साथ रहता है। राजसी ठाट से। कार है, बँगला है नौकर-चाकर हैं। मुझे क्या पागल कुत्ते ने काटा है जो लौटकर गाँव जाऊँ? और फिर गाँववाले कितने स्वार्थी हैं? जो इनके बीच बेसहारा हो, उसकी झोंपड़ी तक हड़प जाना चाहते हैं। मैं भी पहले अपने बच्चे के साथ नहीं गई थी, फिर मुझे इनके साथ जाने के लिए नाक रगड़नी पड़ी थी। ये लोग बार-बार तो आते नहीं।"

माँ की चुप्पी से लोगों ने जान लिया था कि अब वह अपने इरादे फिर बदल चुकी है। उसका दिल गाँव के लोगों के व्यवहार को याद कर सचमुच दहल गया था। उसे याद आया था कि पड़ोस के ही लोग किस तरह उसकी मड़ई को हड़पना चाहते हैं। उसने यह भी सोचा कि बच्चे के बारे में वह लोगों को क्या जवाब दिया करेगी? अकेले मेहनत-मजदूरी करके भी अपना ही पेट पालते इस गाँव में पड़े रहने से क्या फायदा होगा? और फिर क्या पता कि मजदूरी मिलेगी या लोग खाली ताने ही मारा करेंगे। इससे तो अच्छा साथ ही जाना है।

“तो फिर चलो।” —कहती हुई वह आगे-आगे चल पड़ी थी।

बच्चा अब माँ के पास आ गया था। वह लोगों से इतना प्रभावित था कि सोच रहा था कि कहीं माँ के न चलने पर उसे भी न छोड़ दिया जाए और इतने सुखों का मौका हाथ से निकल जाए। अगर अब माँ न भी जाना चाहती, तो वह लोगों के साथ भाग जाने को तैयार था। इतनी ही जल्दी फिर से मिठाई और अन्य खाद्य खाने की इच्छा उसके मन में उठने लगी थी। वह जानता था कि माँ की झोंपड़ी में यह चीजें कभी भी नहीं मिल सकतीं। और ये लोग भी अब दुबारा नहीं आने वाले।

सायं-सायं करती रात करुण किन्तु सुखद हल्के संगीत की तरह बज रही थी। वह चलने-फिरने वालों को जहाँ रोक रही थी, वहीं इन जानेवालों को और भी तेजी से चला रही थी। थोड़ी ही दूर आगे जाने पर एक छोटा-सा पुरवा पड़ा। उस पुरवे के सबसे खूँखार कुत्ते ने तो लोगों पर आक्रमण-सा ही कर दिया। पर माँ ने कुत्ते को नाम लेकर जो डपट पिलाई कि वह अपने दल-बल के साथ ‘कूँ-कूँ’ करता उसके पैरों की ओर लपक पड़ा। साथ के लोगों की जान में जान आई और वे हँस पड़े। हँसी हल्की और धीमी थी, जिससे घरों के भीतर सोए लोग सुन न लें।

पक्की सड़क तक पहुँचने में कोई एक घंटा लगा होगा। माँ के सुख का ओर-छोर न रहा जब उसने देखा कि सड़क पर एक कार उसकी प्रतीक्षा कर रही थी। अब उसे ध्यान आया कि कार तो उसके गाँव तक भी जा सकती थी। फिर उसने सोचा कि अच्छा ही हुआ जो कार वहाँ तक नहीं लाई गई। गाँव के लोग जान लेते।

बच्चा लगभग उछलकर कार के भीतर समा गया। कभी-कभी गाँव में गाड़ी आती थी तो ड्राइवर की आँखें बचाकर उसे हाथ से छूकर भी वह सन्तोष पा जाता था। मगर उसके भाग्य ने अभी से रंग दिखाना शुरू कर दिया था। वह गाड़ी पर बैठकर परम सुख का अनुभव कर रहा था।

लोगों ने माँ को बीच में बैठा लिया था और खुद पिछली सीट पर अगल-बगल बैठ गए थे। माँ ने बीच में बैठकर अपना सम्मान बढ़ा हुआ पाया, क्योंकि उसे कभी सभ्य समाज में बीच में बैठने का सुअवसर नहीं मिला था।

बच्चा कार की अगली सीट पर बैठा था और उसके साथ आगे ही वह औरत भी बैठ गई थी, जिसने इस बच्चे और उसकी माँ से सम्पर्क किया था और उन्हें साथ चलने को राजी किया था। कार बड़ी तेजी से दौड़ रही थी। ड्राइवर मानो पहले

से तैयार बैठा था, जो इतनी फुर्ती दिखा गया।

अब सुबह हो गई थी। रास्ते में एक छोटा-सा कस्बा पड़ा। जानकार महिला से पूछने पर पता चला कि यहाँ चाय पी जा सकती थी। गाड़ी रुकी। लोग बाहर निकले। चाय की दूकानवाले की खुशी का ठिकाना न रहा। सुबह-सुबह इतने ग्राहक।

"क्या तुरन्त चाय मिलेगी?"

"हाँ-हाँ साहेब! अभी फटाफट।"

"तो फिर जल्दी आठ कप तैयार करो।"

"जी सरकार।"

'सरकार' शब्द से अपने साथ के लोगों को सम्बोधित होते देखकर माँ ने अपने को भी सरकार-श्रेणी में शामिल कर लिया था। उसे लगा था कि अब वह दिन दूर नहीं जब उसका बेटा भी 'सरकार' कहाने लगेगा।

चायवाले ने चाय बनाते-बनाते सारे यात्रियों को बड़े गौर से एक-एक कर देखा। अब उसकी निगाह रह-रहकर माँ और बच्चे की ओर चली जाती थी। इन लोगों की चमड़ी के साथ मानो उनके कपड़े का तालमेल नहीं बैठ रहा था। या फिर वह इन दोनों को पहचान रहा था।

अब माँ भी चायवाले को बार-बार चोर निगाहों से देख लेती थी। उसे लगता कि कहीं चायवाला उसे दौड़ाकर पकड़ न ले। बच्चा अपनी जगह गहरी नींद में सो गया था। उसको आराम से लिटाने के लिए आगे के दोनों यात्री और ड्राइवर उतर गए थे। माँ ने बच्चे को ध्यान से देखा, उसकी नाक बह आई थी और वह जब-जब साँस बाहर फेंकता, नाक से एक छोटा गुब्बारा फूल आता था। उसने आगे आकर उसकी नाक अपनी साड़ी से पोंछ दी। अब तक वह बच्चे की नाक सदा आँचल से पोंछा करती थी पर आज वह अपनी साड़ी का दिखनेवाला हिस्सा गन्दा होने से बचाने के लिए उसने अपने पेटीकोट के साथ की साड़ी का निचला हिस्सा इस काम के लिए चुना था। साड़ी उठाने में पेटीकोट भी उठ गया था और कार के बाहर खड़ी होकर नाक पोंछने में वह अधनंगी हो गई थी। उसे ऐसा देखकर औरतों ने अपना मुँह सिकोड़ लिया था और आदमियों की आँखें चमक उठी थीं क्योंकि उसके पैर गोरे और गुदाज बने रहने में अद्‌भुत ढंग से सफल रह गए थे, जबकि उस पर समय की इतनी मार पड़ चुकी थी।

चाय देते समय चायवाला माँ को धमकियाता-सा घूर रहा था। मानो उसे लग रहा था कि वह भी उसी के तबके की है, मगर आज दलबदल के बल पर उसकी

सेवा लिये ले रही है या फिर इन लोगों की नौकरानी ही होगी। माँ ने चायवाले को हिकारत की निगाह से देखते हुए आँखों-ही-आँखों में कहा था कि मैं तुम जैसों की कोई परवाह नहीं करती। साथ के अन्य यात्रियों की आँखें भी दृष्टि-संवाद में पड़ गई थीं और उनके हस्तक्षेप ने तुरन्त ही माँ को बचा लिया था क्योंकि चायवाले से एक आदमी ने पूछ लिया था—

"कितने पैसे हुए?"

पैसे लेने के नाम पर चायवाला आत्मसमर्पण कर गया था और माँ की जान में जान आई थी।

बच्चा अभी सो रहा था और लोग चाय पी चुके थे। एक कुल्हड़ चाय बच गई थी। लोगों ने उसे चायवाले को ही देकर कहा—

"लो भाई! इसे तुम खुद ही पी जाओ। इतने सबेरे तुमने हमारे लिए चाय बनाने की तकलीफ उठाई है।"

"तकलीफ कैसी हजूर?" कहते हुए उस आदमी ने फिर से माँ की ओर ध्यान से देखा था और गाड़ी हल्की गुर्गुराहट से उसे डाँटती और उसके ऊपर धूल-धुआँ उड़ाती उससे कह गई थी कि पड़ा रह चुपचाप अपनी सड़ी मड़ई में।

ऊपरवाला जब देता है तो छप्पर फाड़कर देता है। इतनी दूर कार से चलने के बाद अब रेल की यात्रा का भी मजा मिलेगा। सामने रेलवे स्टेशन जो था। माँ की खुशी का ठिकाना न था।

थोड़ी ही देर बाद एक गाड़ी आ गई थी। टिकट तो मानो इन बड़े लोगों को लेना ही नहीं पड़ा था। सभी लोग लपककर डब्बे में भीतर जा घुसे थे। बाहर तो ठंड थी पर डब्बे के भीतर गर्मी थी। बिना धूप के भी डब्बे में गर्मी पाकर माँ अपने बेटे के साथ चमत्कृत थी। बेटा स्टेशन पहुँचते ही जाग गया था और अपनी माँ से जा चिपका था। साथ की औरत स्टेशन पर ही नमस्ते करती बोली थी—

"अच्छा बाबू! तो मैं चलूँ?"

एक आदमी ने उसे जरा दूसरी ओर ले जाकर सौ-सौ के नोटों की एक गड्डी पकड़ा दी थी और वह झुककर सलाम करती चली गई थी।

उस आदमी के भी भीतर आ जाने पर गाड़ी जरा-सी हिलती-सी लगी थी। खिड़की के शीशों पर पर्दे लगे थे इसलिए यह नहीं समझ में आया कि गाड़ी सचमुच चली कि नहीं?

'पैसे में इतनी ताकत है कि वह आदमी को इतनी तेज रफ्तार से दौड़ा देता

है?' माँ सोच रही थी कि अगर वह चलकर आती तो शायद चार-पाँच दिनों में इस स्टेशन पर पहुँचती।

"गाँववाले लोग क्या सोच रहे होंगे? आज सभी के मन में और भी घृणा हो गई होगी। अच्छा होता कि गाँव में ही रह गई होती।" —माँ के विचार रुकते न थे। कभी-कभी उसका मन होता कि वह गाड़ी से उतरकर भाग जाए। कभी-कभी उसे लगता कि अचानक आकर कोई गाँववाला पकड़ न ले।

गाड़ी बिना किसी आवाज के समय की तरह तेज गति से भाग रही थी। किसी बड़े स्टेशन पर जाकर गाड़ी रुक गई थी। साथ के लोग पहले ही तैयार थे। सभी बड़ी संजीदगी के साथ गाड़ी से उतर गए। गाड़ी के बाहर कुछ मैले-कुचैले लोगों को माँ ने बड़े ध्यान से देखा। फिर आँखें हटाकर कनखियों देखना शुरू कर दिया। बच्चा कुछ खाने की चीजें हाथ में लिये मस्त था।

स्टेशन से बाहर आकर फिर एक कार में लोग बैठ गए। शहर में कुछ दूर चलकर एक भीड़-भरे कार्यालय की ओर चलते समय बताया गया कि बच्चे को गोद लेने के बारे में पूछा जाए तो माँ को अपनी स्वीकृति दे देनी है। माँ ने हिचकिचाते हुए स्वीकृति दे दी।

कार्यालय में लगभग दो घंटे लग गए। माँ और बच्चा आसपास बैठे थे। थोड़ी-थोड़ी देर पर कुछ लोग आकर माँ और बच्चे का निरीक्षण कर जाते थे।

कागजात पूरे हो चुके थे। कागज टाइप करनेवाले को कुछ रुपये दिये गए। उसने खीस निपोरते हुए कहा, "हुजूर बस इतना? कुछ बख्शीश और मिल जाए।"

हजूर ने एक सौ का नोट और पकड़ा दिया 'हिऽ हिऽ हीऽ! साहब की जय हो। बड़े आदमी की बड़ी बात। हिऽ हिऽ हीऽ।

'हुजूर' नामक आदमी दूसरी ओर चला गया था। एक आदमी, जो काला कोट पहने था, उसे अलग करते हुए 'हुजूर' ने उससे पूछा—

"आपकी क्या सेवा की जाए?"

"जिऽ जो आपकी इच्छा। हमने तो अपना काम कर दिया।"

एक हजार के नोट उसके हाथ पर रख दिये गए थे। मेहनताना को बख्शीश का दर्जा देते हुए काले कोटवाले व्यक्ति ने रुपये को माथे लगाते हुए-सा अभिनय किया और तुरन्त कोट की जेब में डाल दिया।

माँ के पास जाकर उसी व्यक्ति ने कहा, "इस कागज पर दस्तखत...अँगूठा निशान लगा दो...दीजिए।" माँ ने अँगूठा निशान लगा दिया था।

काले कोटवाले सज्जन ने अँगूठा-निशान को प्रमाणित कर दिया था।

विजय की खुशी में झूमते हुए-से सभी लोग जल्दी-जल्दी कार्यालय में इधर-उधर दौड़ने लगे थे। थोड़ी देर बाद ही काम पूरा कर सारे लोग कागजात लेकर बाहर निकल आए थे।

सारे लोग फिर से कार पर बैठकर चल पड़े थे। एक बहुत बड़े सुन्दर होटल में अब सभी लोग पहुँच चुके थे। उस जगह को देखकर माँ और बच्चे की आँखें खुली-की-खुली रह गई थीं। उन्हें उसमें भीतर घुसते डर लग रहा था। साथ के मनोविज्ञान विशेषज्ञों ने उन्हें अगल-बगल से घेरकर भीतर प्रवेश की सुरक्षा दी थी। बने-ठने हँसमुख चेहरों ने कुछ कह-कहकर लोगों का स्वागत किया था। सामान के साथ लोग कमरे में पहुँच गए थे।

भीतर जाकर एक आदमी ने माँ और बच्चेवाले कमरे में रहने की इच्छा प्रकट की थी, पर माँ के विरोध पर वह दूसरे कमरे में चला गया था। जाने से पहले एक स्विच माँ और बच्चे को बता दी थी कि कोई जरूरत हो तो इसे दबा देने पर आदमी आ जाएगा।

थोड़ी ही देर में बच्चे ने स्विच दबा दी थी। एक आदमी भीतर दाखिल हुआ। माँ और बच्चा दोनों 'खिऽ खिऽ खीऽ खींऽ' कर हँस पड़े।

भीतर आए आदमी ने चेहरे पर तनाव लाकर पूछा, "यस प्लीज! कोई बात है क्या?"

माँ ने ही उत्तर दिया, "कोई नहीं। खाली बच्चे ने जानना चाहा था कि क्या सचमुच घंटी बजाने से कोई आदमी आ सकता है?"

माँ की भाषा गँवारू थी। वेटर की भाषा शहरी थी। उसने अंग्रेजी तो नहीं बोली थी क्योंकि औरत और बच्चे के चेहरे से गँवारूपन टपकता था, पर माँ की भाषा ने तुरन्त उसके चेहरे को रोबीला बना दिया था। अब वह अपने स्वर में आभिजात्य भरकर बोला था—

"ए छोकरे! अब बिना जरूरत घंटी न बजाना अच्छा।"

इसके बाद उसने माँ की ओर उस निगाह से देखना शुरू किया जिससे यह स्पष्ट हो रहा था कि वह औरत है और उसके पास कुछ ऐसी चीजें हैं जिनके कारण वह सभी को लुभानेवाली एक वस्तु मात्र है, जीव नहीं।

माँ पुरुषों की इस विकृत दृष्टि को खूब पहचानती थी और पुरुषों की ओर से आते ऐसे प्रखर तीरों पर अपनी निगाह के अस्त्र कब से फेंकती आई थी। उसके जरा-सा तनकर प्रहार के लिए तैयार होते ही बेटा कमरे से बाहर हो गया। उसके चेहरे पर जाते-जाते निराशा छाती गई थी। माँ के चेहरे पर सन्तोष का ज्वार उमड़ आया था। ऐसी कई लड़ाइयाँ जीतने के कारण माँ अपने को इस क्षेत्र की महारथी मानती थी।

वेटर के द्वारा लड़के को डाँटने का ध्यान आने पर माँ का पारा बेहद चढ़ गया। वह अपनी ओर उसके द्वारा घूरने को तो भूल गई पर इस विचित्र कपड़ों वाले शैतान के प्रति उसका मन घोर घृणा से भर गया। उसने तुरन्त साथ के लोगों को बुलाकर इस बात को बताना चाहा, पर वह दूसरे लोगों के कमरे नहीं जानती थी इसलिए उन लोगों को ढूँढ़ने के लिए फिर उसी शैतान की सहायता लेनी पड़ी।

घंटी बजाने पर अपेक्षाकृत, अधिक देर बाद वेटर आया। वह कुछ बोला नहीं बल्कि अपनी नाराजगी जाहिर करने की मुद्रा में खड़ा हो गया। माँ भी उससे पहले नहीं बोलना चाहती थी इसलिए उसने भी वेटर को केवल प्रश्नवाचक मुद्रा में घूरा कि वह क्यों आया है? अब वेटर ही बोला—

"घंटी क्यों बजाई गई?"

"मुझे मेरे साथ की औरत से मिला दो। मुझे उससे बात करनी है।"

माँ की इस भाषा में धमकी का पुट देखकर वेटर घबरा गया। उसने माँ का चेहरा पढ़ने की फिर कोशिश की। वहाँ अभी भी शिकायत का रौद्र रूप था। वेटर ने अब अपनी अवाज बदल दी, "अरे भाई! काहे को मेरी नौकरी लेती हो? जरा-सी भी फुरसत तो मिलती नहीं। लोग घंटी-पर-घंटी बजाए जाते हैं और चाहते हैं कि मैं तुरन्त हाजिर भी हो जाया करूँ। मैं भी बाल-बच्चों वाला आदमी हूँ। घर जाता हूँ तो बच्चों से एक मिनट बात नहीं कर पाता और खा-पीकर सो जाता हूँ।"

अब माँ को दया आ गई थी। उसने कहा, "फिर भी मुझे उसका कमरा तो पहचनवा दो, जिससे मैं उससे मिल लिया करूँ; तुम्हें परेशान भी नहीं करूँगी।" वेटर ने फिर से माँ का चेहरा पढ़ा। अब वह आश्वस्त था कि उसे क्षमा कर दिया गया है। 'आइए' कहकर वह माँ को साथ लेकर चला। माँ के चलते ही बेटा भी दौड़कर पीछे हो लिया। उसने माँ के तुरन्त लौटने की बात बिलकुल नहीं मानी थी। बेटर ने चलते ही कहा, "इसी उम्र का मेरा भी लड़का है। माँ को वह भी नहीं छोड़ता।...साला।"

अपनी भाषा को गँवारू बनाने के पहले उसने होटल के गौरव का ध्यान किया था। अगल-बगल किसी के न होने पर ही वह इस 'साला' शब्द पर उतरा था। उसे लगा था कि माँ उसकी इस भाषा से जरूर अपनापन महसूस करेगी।

साथ ही औरत के कमरे के दरवाजे के पास जाकर बेटर ने देखा कि बाहर लिखा हुआ है। 'प्लीज डू नॉट डिस्टर्ब।'

माँ की ओर मुखातिब होकर उसने कहा, "सॉरी! अभी आप इनसे नहीं मिल सकतीं।"

"क्यों नहीं मिल सकती?"

"देखती नहीं कि दरवाजे पर लिखा है...ओह...आप पढ़ नहीं सकती न। दरवाजे पर लिखा है कि अभी उनको परेशान न किया जाए।"

"मैं उनसे मिलना चाहती हूँ, परेशान करना नहीं।"

"आपसे मिलने में ही उन्हें परेशानी होगी।"

"तुम कैसे जानते हो जी? वह मुझसे मिलकर खुश होंगी। तुम दरवाजा खटखटाओ।"

"खटखटाओ नहीं, कहिए बेल बजाइए।...समझीं मेम साहब।"

बेटर के व्यंग्य में भी 'मेम साहब' शब्द ने माँ को उस मरहम का सुख भी दिया और दुख भी जो लगाते ही चुनचुनाहट पैदा करके किसी घाव को राहत देने लगता है। माँ को ध्यान आया कि उसने अपना आकार 'मेम साहब' सम्बोधन के उपयुक्त बढ़ा तो लिया ही है, भले ही पहली बार व्यंग्य में इसका प्रयोग किया गया है।

"तो यह स्विच दबाइए और भीतर घंटी बज जाएगी।" कहकर वेटर लगभग भागता हुआ-सा गायब हो गया था।

माँ ने घंटी बजाई। कोई उत्तर नहीं मिला। थोड़ी देर बाद फिर और बाद में तो लगातार काफी देर तक घंटी दबाए रखने के बाद कमरे का दरवाजा खुला।

भीतर कमरे में बिस्तर की सलवटों, आसपास के वातावरण और उस औरत के चेहरे को माँ ने ध्यान से देखा। उसकी अनुभवी आँखों ने सब कुछ पढ़ लिया। उसने कमरे में ध्यान से सभी तरफ देखा। कोई पुरुष वहाँ नहीं था। अब माँ की निगाह उस ओर लग गई थी जिसे वह अपने मन में टट्टी-पेशाब घर कहती थी जिसका नाम वह रट-रट कर भी भूल जाती थी।

औरत को यह बात बहुत बुरी लगी। उसने लगभग शिकायत करते हुए कहा, "क्या ढूँढ़ने आई हो? किसे खोज रही हो?"

"किसी को नहीं।"

"तो फिर बैठो और बताओ कि किसलिए इतनी देरतक घंटी-पर-घंटी बजाती रही हो?"

"यह जो आदमी मेरे कमरे में घंटी बजाने पर आता है, कुछ अच्छा नहीं लगता। दूसरे, अगर जरूरत पड़े तो तुम लोगों से कैसे, कहाँ मिलूँ, यह भी जानना जरूरी था। इसीलिए उसे साथ लेकर आई थी। अभी भी मैं यहाँ अकेली नहीं पहुँच सकूँगी, क्योंकि पूरी कतार के कमरे मुझे एक जैसे लगता है।"

"अच्छा, अच्छा। मैं फोन से तुम्हारी खोज-खबर लेती रहूँगी। कभी जरूरत हो तो तुम भी...खैर तुम तो फोन...अ...नहीं ही कर सकोगी...मैं ही कर लिया करूँगी।"

"खाना कब आएगा। बच्चा भूखा है।"

"बस कमरे में पहुँच ही रहा होगा। जाओ अपने कमरे में।"

माँ उठी थी और चलने-चलने को हुई थी कि उसे याद आया कि वह अकेले अपने कमरे में तो पहुँच ही नहीं पाएगी। उसने उस औरत से कमरे में पहुँचाने का आग्रह किया तो वह तैयार हो गई।

खाना लेकर वेटर आया। जल्दी-जल्दी माँ-बेटे ने खाना खाया। खाने के तौर-तरीके देखकर बीच-बीच में सामान लाते समय वेटर को हँसी आते-आते रुक जाती थी। वह माँ और बच्चे की जगह अपनी पत्नी और बेटे को रखकर देखने लगता। उसे निश्चय हो जाता कि यदि उसकी पत्नी और बच्चे इस होटल में आ जाएँ तो उनका भी यही हाल हो। इस विचार के साथ ही उसकी हँसी गायब हो जाती थी।

खाने के बाद हाथ धोने में तो माँ और बेटे ने 'टायलेट' नामक साफ स्थान को गाय-भैंस बाँधने की जगह बना दिया। कमरे की हालत तो पहले से ही बुरी कर रखी थी।

और अब बच्चे को टट्टी लग गई थी। जल्दी-जल्दी टट्टी करने की उचित जगह माँ ने 'टायलेट' में ढूँढ़ी। जगह मिलने की कोई सम्भावना ही नहीं लगी। आखिर बच्चे ने नहाने के लिए बने टब में ही अपनी निजात पा ली। माँ को ध्यान आया कि हो न हो, यही इस जगह पर टट्टी करने के लिए उचित स्थान है। फिर भी उसके मन में एक घबड़ाहट बनी रही।

अब टट्टी धोने के लिए बर्तन ढूँढ़ने और पानी निकालने में दुनिया की सारी दिक्कतें उठानी पड़ीं। नहाने के फव्वारे को खोलकर यह न समझ पाने के कारण कि इसे कैसे बन्द किया जाए, माँ और बेटे ने कपड़ों के साथ स्नान कर लिया।

जल्दी-जल्दी भागकर माँ ने फिर घंटी बजाई। वेटर आया। घुसते ही पूरा कमरा दुर्गन्ध से भरा और अस्त-व्यस्त देखकर वेटर हक्का-बक्का रह गया। अब उसने माँ को बिलकुल ही पराजित पा लिया था। इस मौके का लाभ उठाकर उसने माँ पर फिर वही उपभोक्ता निगाह डाली। विपरीत परिस्थिति के कारण माँ ने अपनी निगाहें झुका लीं। इस विजय मात्र से वेटर सन्तुष्ट हो गया और दौड़कर लौटने से पहले 'स्वीपर-स्वीपर' कहता पलट गया।

माँ के मन में अब इस पाँच-सितारा होटल के लिए प्रखर घृणा उभर आई थी। उसे यह नहीं मालूम था कि मानव-जाति रहने की सुविधाओं की दृष्टि से इस स्थान को सर्वोच्च श्रेणी का दर्जा देती है। उसे उल्टे इस कमरे की सजावट, महक और सुन्दर चीजों की तुलना में यह 'टाइलेट' नामक स्थान ऐसी चीज लगने लगा, जहाँ उसकी और उसके बेटे की कुछ व्यवस्थाओं की अनभिज्ञता का मखौल उड़ाया जा सकता था। वे आज तक जिस परिस्थिति में रह चुके थे, उससे सर्वथा अपरिचित ढंग की सुविधा उनके लिए घनघोर असुविधा और अपमान का कारण बनी हुई थी और माँ अपने बेटे के साथ इस सुविधा से अपने को न छुड़ा पाने के कारण हतप्रभ थी।

माँ ने अब बाहर का दरवाजा भीतर से बन्द कर लिया था और वह ढूँढ़-ढूँढ़ कर मग तथा सही टोंटी से पानी निकालकर नहाने के टब से गन्दगी बहाने के प्रयास करने लगी थी। भीगे कपड़ों में कमरे में आने-जाने से कालीन भी भीग गई थी। सारा कमरा और भी चौपट हो गया था।

थोड़ी देर बाद दरवाजा खोलने के लिए घंटी बजी। बाहर जाने से पहले ही लोगों ने दरवाजा खोलना सिखाया था, फिर भी दरवाजे को खोलने में माँ और बेटे ने मिलकर दस मिनट का समय लिया। तब तक लोग घबड़ाकर बार-बार घंटी बजाने और दरवाजा पीटने के कारण असभ्यता के समीप पहुँचने लगे थे। दरवाजा खुलने पर लोगों ने दोनों को सही-सलामत पाकर राहत की साँस ली किन्तु कमरे की हालत देखकर अपना सिर भी पीट लिया। होटल के प्रबन्ध से जुड़े लोगों ने साथ के लोगों को उलाहने की दृष्टि से घूरा। साथ के लोगों ने तुरन्त अंग्रेजी में उन्हें अपनी ओर से सारी भरपायी का आश्वासन दिया। फिर भी होटल के लोगों की नाक चढ़ी ही रही।

माँ ने अब कहा कि इस जगह से तुरन्त चलना चाहिए। लोगों ने अपनी सारी घृणा दबाकर उसे समझाया कि कोई चिन्ता की बात नहीं हम सब ठीक कर देंगे।

माँ ने अपने और बेटे की 'टाइलेट' की जगह की वैकल्पिक व्यवस्था की माँग की। होटल के लोगों ने इस व्यवस्था की सम्भावना से इनकार कर दिया। इस मामले पर पूरे होटल के प्रबन्ध-तन्त्र में विस्तार से चर्चा हुई और आखिर इस कठिन समस्या का समाधान एक सफाई कर्मचारी ने बड़ी आसानी से कर दिया।

साथ के लोगों ने माँ और बच्चे को पहनने के लिए कपड़ों की व्यवस्था कर दी थी।

होटल से चलते समय कर्मचारियों को भारी मात्रा में 'टिप्स' दी गईं। माँ और बच्चे के द्वारा की गई अव्यवस्था और अभद्रता के लिए अलग से अतिरिक्त रुपये दिये गए। इन रुपयों ने होटल के कर्मचारियों की सारी नाराजगी को प्रसन्नता में बदल दिया। उन्होंने माँ को भी 'मेम साहब' का मलहम लगा दिया। पता नहीं क्यों, माँ को यह बिलकुल अच्छा नहीं लगा। बेटा सभी कुछ को भूल-भालकर मस्त था कि उसे फिर से कार पर बैठने को मिल गया था। माँ की खुशी का ठिकाना न रहा। जब उसे पता लगा कि अब हवाई जहाज से उड़ने का समय आ गया है। उसी समय आसमान से किसी बड़ी चील-सा एक हवाई जहाज चक्कर मारता हुआ धरती की ओर तेजी से लपकने लगा। उसे लगा मानो वह खुद धरती है और सारी खुशियाँ एकाकार हो मँडराती हुई उसके वक्षस्थल पर उतरी आ रही हैं। उसने खुशी से अपना सीना एक हुलास-भरी उसाँस के साथ उछाल दिया। ठीक इसी वक्त बच्चा चिल्लाया—

"जहाज...जहाज...वो जहाज...एँ वो उतरा...ये...नीचे आया आ हा!"

"ठीक है बेटा! अभी तुम भी जहाज पर बैठोगे अच्छा।"

भीतर से सारी इच्छा के बावजूद बच्चे को मानो विश्वास ही नहीं होता था कि उसे जहाज पर बैठकर आसमान में उड़ने का मौका इतनी जल्दी मिल जाएगा। फिर भी वह खुशी के समुद्र की जितनी गहराई में गोते लगाने लगा था, उसमें उसके लिए साँस लेना कठिन था। माँ की हालत बच्चे जैसी ही थी। अब तो हवाई जहाज पर चढ़ने की खुशी में उसे अपनी गँवारू भाषा के शब्दों को बोलने में कठिनाई हो रही थी।

हवाई जहाज पर बैठ जाने के बाद माँ ने मान लिया कि दुनिया में कारिन्दे जमींदार, सूदखोर और जमीन हड़पनेवाले ही लोग नहीं हैं। इसी धरती पर ईश्वर की परम सुन्दर रचना मनुष्य फरिश्तों के रूप में भी है। आज इन फरिश्तों की कृपा से ही वह और उसका बेटा हवाई जहाज पर बैठ चुके हैं। नहीं तो कारिन्दा तो अनाज की एक बाली छू देने पर भी बच्चे को पीट डालने और उसकी इज्जत

लूटने पर उतारू हो जाता था। जिसकी इज्जत अनाज की एक बाली से कम आँकी जाती थी, आज उसी की इज्जत हवाई जहाज पर बैठने की हो गई थी। काश! जमींदार, कारिन्दा और सेठ लोग उसे यहाँ इस हवाई जहाज पर इन फरिश्तों के बीच सम्मानित होते देख लेते।

जहाज अब अपनी जगह से हिलता-डुलता चल पड़ा था। माँ और बेटे दोनों उसके तुरन्त न उड़ पड़ने पर बेताब थे। आसमान की ओर बढ़ने और जमीन छोड़ने में इतनी देर? इससे तो जल्दी हमारे भाग्य ने पलटा खा लिया था। अचानक हवाई जहाज ने जमीन छोड़ दी और अब अपने गड़े-बँधे पाँवों को माँ और बेटा उन्मुक्त महसूस कर रहे थे।

बगल की खिड़की से नीचे झाँककर माँ ने देखा—बहुत नीचे कुछ लोग अपने छोटे कदों के साथ जमीन से अब भी चिपके थे। माँ और बेटे दोनों को इन सभी लोगों पर तरस आ रहा था। ये दिन दिखानेवालों के लिए श्रद्धा उमड़ रही थी।

आसमान में उड़ने के आनन्द को अधिक-से-अधिक देर तक माँ और बेटा बनाए रखना चाहते थे। जब-जब उन्होंने जाना कि अब गंतव्य पर पहुँचने में समय और कम लगेगा, उनके चेहरों पर शिकन पड़ गई। आसमान में ही नाश्ता और खाना-पीना भी दिया गया। आसमान में उड़ते हुए भी आदमी खाने-पीने की व्यवस्था कर लेता है, यह देखकर माँ का मन भावविभोर हो गया।

जीवन के अभावों और विषमताओं के बारे में सोचते और फिर इस समय के सौभाग्य पर सोचते हुए अब आसमान में उड़ते-उड़ते इतनी देर हो गई थी कि माँ और बेटे धीरे-धीरे चाहने लगे कि हवाई जहाज से उतरकर जमीन पर चलने को मिले। दोनों बैठे-बैठे ही अधलेटे होकर सो चुके और चाय आदि पीने के बावजूद 'आ: आ:' करके बीच-बीच में जम्हाई भी ले लेते थे। साथ के लोग दाँतों से अपनी जीभें काट-काटकर दोनों की असभ्यता पर अपने सिर झुका लेते थे। माँ-बेटे इस सबसे बेखबर फरिश्तों के एहसान पर लट्टू थे।

उड़ते-उड़ते मन भर आया तो आखिर हवाई जहाज भी पहुँच गया। जमीन पर उतरने पर जहाज के पहियों पर जो हल्की ठोकरें लगीं, उनसे माँ-बेटे घबड़ाकर चीख उठे। साथ के यात्री हँस पड़े। फरिश्तों ने तो उधर देखा ही नहीं। मानो उनका उनसे कोई सम्बन्ध ही न था।

मगर फरिश्तों के किसी से जो सम्बन्ध होते हैं, वे हमेशा के लिए होते हैं। यह बात तुरन्त प्रमाणित हो गई। हवाई जहाज के दरवाजे खुलते ही लोगों ने पास जाकर माँ-बेटे को सहारा देते हुए-सा उठा लिया। सामान तो बहुत थोड़ा साथ ले जाना था। इसलिए उतरने में कोई असुविधा नहीं हुई।

फरिश्तों को अपने साथ के सामान की जितनी चिन्ता नहीं थी उतनी अपने साथ आए जीवित सामान की चिन्ता थी। ये दो अदद सामान माँ-बेटे थे। अब उनके सही-सलामत पहुँच जाने की खुशी फरिश्तों को थी। फरिश्तों के साथ आसमान में उड़कर जमीन छोड़ देने और पुनर्जन्म द्वारा स्वयं अतिमानवीयता पा लेने की खुशी माँ-बेटे में थी। नई धरती पर नये लोगों के बीच सब कुछ नया-नया था और इससे सभी की खुशी और भी बढ़ गई थी।

माँ-बच्चे इस जगह आकर ठीक उन पौधों-से मुरझाए जा रहे थे, जिन्हें अपनी पुरानी जमीन से उखाड़कर कहीं और रोप दिया जाता है। सभी चीजें उन्हें अपरिचित लग रही थीं। जमीन, जिस पर पाँव रखकर आजीवन चले थे लोग, जिनके बीच उनसे बहुत कुछ छीने जाने के भय के बावजूद बिना दो-दो बातें किये नहीं जीने दिया था, पेड़-पौधे, जो हमेशा जीवन की प्रत्येक सुख-सुविधा के अभिन्न अंग थे, सभी बिलकुल ऊबड़-खाबड़-से थे और उनके ऊपर पूर्व स्मृतियों, संस्कारों तथा आदतों का कोई दबाव न पड़ने से अभी-अभी जोते गए ढेलेदार खेत-से थे। कहीं और से नये आए गाय-बछड़े की तरह दोनों अचकचाए, चौकन्ने कानों, सजग आँखों और सचेष्ट इन्द्रियों के साथ लोगों को ताकने-झाँकने में लगे थे।

लोग आते, माँ-बेटे को देखते, आपस में बातें करते, इशारे करते और तरह-तरह से चेहरे बनाकर करुणा, आश्चर्य, स्वागत, खुशी, उपेक्षा, सद्भाव आदि की अस्थिर रेखाओं के साथ चेहरे दिखा-दिखा कर चले जाते।

अब साथ लानेवाले लोग आकर माँ-बेटे के पास बैठ गए थे। माँ ने ही पूछा कि अब कब चलना है? लोगों ने उलटे पूछा कि कहाँ चलने की बात हो रही है? माँ ने स्पष्ट किया कि जिन फरिश्तों के पास जाने की बात की गई थी उन्हीं के पास कब चला जाएगा? लोगों से यह जानकर उसे आश्चर्य के साथ निराशा भी हुई थी कि वह फरिश्तों के देश में आ गई है। उसने ध्यान से देखा कि जमीन पर कोई हीरे-जवाहरात नहीं बिखरे हैं। ठीक उसके अपने गाँव की उघार, थकी और बोझिल शरीरवाली धरती यहाँ भी लेटी थी। उसने मकानों की दीवारों की ओर देखा, उनमें भी मालिक की कोठी की थोथी ठसक थी। उसने कामकाज करनेवाले-वालियों की

ओर निगाहें दौड़ाईं, वे भी लाचारी की परिचित गिरफ्त में थे। वह सहसा उदास हो गई थी। उसने बेटे की ओर निगाह दौड़ाई तो पाया कि वह बिस्कुटों और मिठाइयों पर हाथ साफ करता खुश था। एवज में माँ ने भी खुशी का शिकंजा अपने गले में कस लिया था। दोनों आज जहाँ पहुँचे थे, उसके दायित्व के कारण इस शिकंजे को गले में कसने के अलावा उसे कोई विकल्प भी तो नहीं दिख रहा था। फिर उसने गाँव की घनघोर यातनाओं की स्मृतियों की आँधी से झकझोरकर शिकंजे का दबाव ढीला कर लिया था। अब माँ-बेटे एक-दूसरे को देख-देख कर केवल परस्पर के सुख से आश्वस्त थे।

अब तक की अभ्यस्त जीवन-सुविधाओं की तुलना में अजीबो-गरीब सुविधाएँ फिर से सामने थीं। बड़ा-सा मकान, जिसके कारण कब, कहाँ, कैसे बैठना है, समझना कठिन था। कई तरह के कपड़े, जो सोने, उठने-बैठने और बाहर आने-जाने के लिए अलग-अलग निर्धारित थे, जिन्हें उपयुक्त अवसर के अनुकूल छाँटना कठिन था। पलक झपकाते सेवा में हाजिर नौकर-चाकर, जिनके मारे माँ-बेटे को अपनी बात खुलकर कहना कठिन था और एक-दूसरे से चिपककर भाषा के तोतलेपन की तलैया में कोकाबेलों के फल-फूल लूटने का मजा लेना सम्भव न था। और सबके ऊपर टायलेट नामक दानव की सुविधा भारी मुँह बन्द किये खड़ी थी, जिसे खोलते रोंगटे खड़े हो जाते थे।

माँ-बेटे बार-बार सोचते थे कि आखिर यह चीजें क्यों बनाई गई हैं? क्या वे माँ-बेटे की अग्नि-परीक्षा लेना चाहते हैं? ऊँचे लैट्रिन पाट्स को देखकर माँ-बेटे को बन्दरों की याद हो आती थी जो पेड़ों पर ऊँचे चढ़कर टट्टी करते हैं। नहाने के लिए बने फव्वारों का तो उन्होंने भूलकर भी प्रयोग नहीं किया, शुरू-शुरू में ही उनके साथ हादसा जो हो चुका था।

माँ-बेटे को यहाँ के अन्य लोगों से जैसी आशंका थी, वैसी ही आशंका यहाँ के लोगों को माँ-बेटे के बारे में थी। कहीं कोई असुविधा न हो रही हो। कहीं उनकी इच्छा के विपरीत कोई नौकर-चाकर व्यवहार न कर दे। कहीं कुछ ऐसा न घटित हो जाए कि माँ-बेटे में से किसी को बुरा लग जाए। नौकर-चाकर अपनी ओर से चौकन्ने थे कि कहीं उनसे कुछ ऐसा न हो जाए कि माँ-बेटे से कोई एक या दोनों को ही कोई शिकायत हो जाए और मालिक नाराज हो जाए।

फिर भी सब कुछ काफी हरा-भरा था। अच्छे-से-अच्छा भोजन मिलता था। कपड़ों पर कपड़े मिल रहे थे। बन्द अहाते के मकान में बच्चा खेल-कूद लेता था।

उसकी सफाई और व्यवस्था का ध्यान माँ की बजाय नौकर-चाकर रख रहे थे। माँ को बार-बार भिन्न कपड़ों में सजाया जाता था। कई लोग आकर उसे देखते और न जाने अपनी भाषा में क्या कहते, जो उसे समझ में न आता, पर आँखों की सार्वजनिक भाषा से वह ताड़ लेती कि उसकी सुन्दरता की प्रशंसा इन आँखों से प्रायः टपका करती थी। खाली रहने के कारण माँ भी नौकर-चाकर द्वारा साज-श्रृंगार के प्रस्ताव को नहीं टाल पाती थी। उसे शीशा देखने पर आश्चर्य होता कि उसके चेहरे की बनावट कितनी अच्छी है। उसने पहले जाना ही न था कि उसके शरीर का रंग गोरा है। उसे यह अब मालूम हुआ था कि उसके शरीर में भी मसृणता है। नौकर-चाकर ही उसे पहले इस तथ्य की ओर मुखातिब बनाने में लगे थे, किन्तु अब तो वह स्वयं इस विषय में रुचि लेने लगी थी। इसी सिलसिले में अब उसे अपने पाँव की एड़ियों और हथेलियों में काम करने से पैदा हुए खुरदुरेपन का काँटा गड़ने लगा था। उसे इस तरह अपने में ही रुचि लेती देखकर फरिश्ते खुश थे और अनेक तरह के कपड़ों के साथ विभिन्न नये प्रसाधनों के भी इस्तेमाल की व्यवस्था कर-करके उसे इस दिशा में बढ़ने को उकसा रहे थे। मगर डरते-डरते कभी-कभार हाथ पड़ जाने पर वह तुरन्त इन लोगों को झिड़क देती थी। ऐसी घटनाओं के आगे-पीछे लोग अपने मन मसोसकर रह जाते और कुछ समय दूर रहने के बाद फिर अपने प्रयास में जुट जाते। यह प्रयास तब असफल होने पर भी कटुता नहीं पैदा करता, जब लोग अपनी सारी सद्भावना बेटे पर छिड़कते-छिड़कते उसी के छींटों से बहाने-बहाने ही माँ को भी भिगो देते। तब माँ भी किसी आकस्मिक परिस्थितिवश घटित इस घटना का विरोध केवल अपने भीतर-ही-भीतर पचा जाती।

बच्चा तो इस माहौल में तेजी से रमा जा रहा था। वह अच्छे कपड़ों और खाने के अतिरिक्त खिलौनों को भी पाकर अपनी माँ से ज्यादा यहाँ के लोगों से घुल-मिल चुका था। धीरे-धीरे उसने लोगों का साथ ज्यादा और माँ का कम पसन्द करना शुरू कर दिया था। माँ भी अब अपने में ज्यादा और आसपास के लोगों में कम रुचि लेती हुई बच्चे की ओर से भी सिमट रही थी। माँ और बेटे के बीच अपनी-अपनी तरफ की इस सिमटन का खाली स्थान अब खाद्य-पदार्थ, प्रसाधन, कपड़े-लत्ते और खेलकूद की सामग्रियाँ लेती जा रही थीं। फिर भी कभी-कभी अपनी या बेटे की इच्छा के विरुद्ध कुछ होने पर माँ शेरनी की तरह टूट पड़ती थी।

माँ का मातृत्व लोगों को अखर जाता था। इतना सब कुछ करने के बाद भी वह कोई संकोच अपने बेटे और अपने चारित्रिक मामले पर नहीं करती थी। लोगों ने हर चारा डालकर देख लिया था, पर वह मैना बड़ी चालाकी से दाना चुगकर किनारे हो जाती थी।

अच्छे भोजन और निश्चिन्त जीवन के कारण माँ का शरीर दिनोंदिन खिला आ रहा था। बच्चा भी उसी मार्ग पर तेजी से चल रहा था। लम्बे समय से भूख और अभाव ने मानो सारे शरीर की खाद्यों की शोषण-क्षमता को इतना बढ़ा दिया था कि जो भी खाया, वही शरीर को लगता गया। मगर लोगों की रुचि माँ के शरीर की कान्ति से भी अधिक तीव्र गति से उसके प्रति बढ़ती गई थी। माँ की चालाक आँखें इस छिछोरपन्थी की अब इतनी आदी हो चुकी थीं कि प्राय: उसे इस बात का खटका लगा रहता था कि कोई-न-कोई छिछोर आँख उसे बींध रही है।

आजकल अक्सर उसे घर का मालिकनुमा आदमी परेशान करने लगा था। वह उसकी भाषा नहीं समझ पाती थी, पर बात-बात में एक सेविका से पूछने पर पता चला कि मालिकनुमा आदमी उससे एकान्त में जिस शब्द का बार-बार प्रयोग करता है, वह 'शादी' का पर्याय है। उसका मन घोर वितृष्णा से कटु हो उठा था।

माँ के लिए अब शादी-विवाह का संस्कार ऐसा फँसाव महसूस होता था, जिसके माध्यम से नारी का स्वत्व ही समाप्त हो जाता है। एक बार इस संस्कार ने उसे इस कदर निचोड़ लिया था कि अब उसे हर तरफ से मरोड़कर दबाने-खींचने से भी कोई रस नहीं निकलनेवाला था। तिस पर भी वैधव्य की धूप उसके जर्रे-जर्रे की आर्द्रता को सोखे ले रही थी। इस स्थिति में जो लोग अपनी मानसूनी सीलन से उसे गीला कर देने के लिए अपनी बयार चलते थे, वे अक्सर उसे अपनी बीती घटनाओं की दुनिया की ओर उड़ा-उड़ा उसके अन्तस के रेशे-रेशे को तोड़ देते थे। एकान्त ढूँढ़कर कहीं बिलखने के सिवाय और कोई चारा माँ के सामने नहीं रहता और अपने ऐश्वर्य के मद में डूबे लोग तेजी से छपकते मनुष्यता के धरातल से टकराकर सारा मजा किरकिरा हुआ पाते।

बेटे के मन में आजकल एक साध उमड़ आई थी। वह सब कुछ पा चुका था पर उसकी इच्छा ऊँट पर बैठने की थी। लोगों से उसने जब-जब अपनी यह इच्छा जाहिर की थी, हमेशा टाल दिया गया था। लोगों ने जितना टाला था, वह उतना ही ऊँट पर बैठने की जिद करता था। अक्सर आजकल वह अपनी माँ से ऊँट पर बैठाने की सिफारिश करने को कहा करता था। माँ पहले तो संकोच में टाल गई।

फिर मालिकनुमा व्यक्ति को थोड़ा महत्त्व देते हुए उसी से उसने सिफारिश की कि बेटे को वह ऊँट पर बैठवा दे। उस व्यक्ति ने पहले तो टाल दिया लेकिन जब माँ ने आत्मीयता-भरे नयनों से रस छलकाते हुए अनुरोध किया तो दुभाषिये के माध्यम से उसने कहा—

"मैं तुम्हारी कोई भी बात नहीं टालता। तुम मेरी भले ही टाल दो। बच्चे को ऊँट पर इसलिए नहीं बैठाता कि इसमें खतरा है।"

"खतरे से बचाने के लिए कुछ इन्तजाम भी तो किये जाते हैं। ऊँट पर तो तमाम बच्चे बैठते हैं और ऊँटों के दौड़ने पर भी वे मजा लेते हैं, गिरते नहीं हैं।"

"तो ठीक है। एक दिन जल्दी ही तुम्हारी इच्छा पूरी होगी। तैयार हो जाओ। इस खेल को तुम भी देखना और मजा लेना।"

"हाँ! हाँ! मैं भी जरूर देखूँगी और मजा भी लूँगी। आप इन्तजाम तो कराइए।"

अब माँ ने बच्चे को बताया कि उसे ऊँट की पीठ पर बैठाकर एक दिन खूब मजा लगाया जाएगा और सभी लोग मिल-जुलकर उस दिन की प्रतीक्षा करने लगे। उस दिन का इन्तजार करती माँ अपने को अत्यन्त हीन और फरिश्तों को महान मानती चल रही थी। उसने याद किया कि आखिर छोटे आदमी का दिल भी छोटा ही होता है। फरिश्तों की ओर से बच्चे की सुरक्षा के लिए जो बात टाली जा रही थी, वह सर्वथा उचित थी। पर उसने ही इन महान लोगों को गलत समझा था और अपनी क्षुद्रता के कारण ही नहीं समझ सकी थी कि वस्तुत: फरिश्ते कितने महान हो सकते हैं। अब तो कभी-कभी माँ और बेटे सम्मिलित स्वप्न देखने और उसकी चर्चा करने लगे थे।

शाम के धुँधलके में समुद्र की हल्की लहरों-सी बालू पर थोड़ी ठंडी हवा के झोंकों पर तैरते-से ऊँट गर्दनें उठाकर ऊपर-नीचे, नीचे-ऊपर का सरगम भरते किसी दूर के संगीत की भाँति सुहाने लगते थे। माँ और बेटे अब एक साथ कल्पना में इन ऊँटों की पीठ पर हिचकोले भरा करते थे।

आखिर नन्हे-मुन्ने जैसा प्यारा वह दिन कल आने को हो ही गया, जिसकी बगल में रहने के कारण आज में भी एक अपूर्व मादकता थी। माँ को धरती स्वर्ग-सी दीखती थी और सारी व्यवस्था में जुड़े फरिश्ते तो फरिश्ते थे ही। बेटे ने आज तक माँ को लगभग भुला ही दिया था और माँ भी अपने ही आकाश में सिकुड़कर इतना फैल गई थी कि सारी दुनिया का एक-एक अदद सुख अपने में समा लेना चाहती थी। जीवन की मरुभूमि की लम्बी यात्रा के बाद आज उसे किसी नखलिस्तान की

तलाश न थी। वह तो स्वयं छलछलाती धारा बनकर फूट पड़ना चाहती थी। ऐसे में इस सुनहरे आज की चाँदी जैसी रात भी आ पड़ी थी। मरु की गर्मी के बाद रात की ठंड ने इस धारा में ऐसी खुरदुराहट पैदा कर दी थी, जिससे मन अपने-आप अठखेलियाँ करने और अगल-बगल के लोगों पर छींटे मारने को तैयार था। तभी मालिकनुमा व्यक्ति ने फिर विवाह का प्रस्ताव रख दिया। उसने उल्लास के साथ हामी भरी थी। मालिक ने उसको और उसने मालिक को आगे बढ़कर बाँहों में समेट लिया था।

आनन-फानन में सारी व्यवस्था हो गई थी और एक बिलकुल संक्षिप्त समारोह में देखते-देखते विवाह की रस्म पूरी हो गई थी। धन ने सारे आदमियों को इतना सक्रिय कर दिया था कि मकान भी उसी की तरह सज गया था। मकान रोशनी से और वह चमकदार नये कपड़ों से इतनी निखरी थी कि मकान उस जैसा और वह मकान जैसी कही जा सकती थी। लोग दोनों के सौन्दर्य पर निछावर हो रहे लगते थे पर सभी अपने-अपने लक्ष्य के प्रति जागरूक थे। निछावर तो केवल वह मालिक पर और मालिक उस पर था। इसी झोंक में आज की ही रात ने उसे मालिक के अंकों की भेंट सदा-सदा के लिए चढ़ा दिया था। आज की ही रात बच्चे ने उससे बिलकुल दूर कुछ और लोगों के साथ बिताई थी। मालिक ने मौके का फायदा उठाकर ऊँट पर बच्चे की सवारीवाली योजना भी एक मास के लिए टलवा दी थी। वह स्वयं भी नये सुख में एक मास भीगी रहना चाहती थी।

और अब आज बच्चे की भी पुरानी पड़ गई इच्छा पूरी होने को थी। सारे मोहल्ले में खुशी किसी गन्ध की तरह व्याप्त थी। नौकरनुमा लोग दौड़-दौड़कर व्यवस्था कर रहे थे। वह मालकिन बनी बैठी थी। लोगों के बताने पर जब उसे मालूम होता कि अमुक व्यवस्था भी होनी थी, तो वह लोगों को डाँटने-सी लग जाती। लोग अजीब ढंग से उसे सम्मान देते थे, जिसमें सीधे उपेक्षा और धमकी का मिश्रण वह भी पहचान लेती। वह जहाँ लोगों को आगे चलकर देख लेने को आँखों से कहती, वहीं लगता कि दूसरे भी उसे आगे चलकर देख लेने को कह रहे हैं। मगर माहौल की मादकता सहसा इस सारी कटुता को बहा ले जाती थी।

अब उसे मालिक के बगल में किसी मलिका की तरह बैठाकर कार घमंड से दौड़ रही थी। उसने बिना मन पूछा तो दिखाया गया कि बच्चा पीछे दूसरी कार में

किसी राजाकुमार की तरह सजा बैठा है। वह पुराने ऊबड़-खाबड़ जीवन की ओर से तुरन्त तरंगों पर तैरते जीवन की ओर आ गई। अरसे बाद मिले पुरुष-संसर्ग को याद कर उसे रोमांच हो जा रहा था। वह बार-बार खुद को लुटाकर अभी-अभी मिले साम्राज्य में अपना अस्तित्व घुला-मिला देना चाहती थी।

सब लोग अब ऐसी जगह पहुँच गए थे जहाँ दूर-दूर तक दीवार बनाकर एक बहुत बड़ा मैदान बीच में छोड़ दिया गया था। अनेक लोग वहाँ आकर बैठ गए थे। सभी के चेहरे पर खुशी थी। मगर नौकरनुमा लोगों के चेहरे पर हवाइयाँ उड़ रही थीं। उसने सोचा कि चूँकि आज वह नौकर से मालकिन बन गई है, इसीलिए सारे नौकरों से यह देखा नहीं जाता। नौकर आखिर नौकर ही होता है। उसने ध्यान देकर देखा तो और भी स्पष्ट हुआ कि नौकरों की अपेक्षा नौकरानियों ने ज्यादा चेहरा लटका रखा है। आखिर यह सब मेरी जगह लेना चाहती थीं क्या? उसने मन-ही-मन सबों को अपनी गाँव की सारी गालियाँ दे डालीं। उसे ध्यान आया कि गाँव में भी औरतों से औरतों का सुख नहीं देखा जाता था। सहसा वह अपने पुराने छूछे जीवन के उस खोल में पहुँच गई जहाँ चारों ओर अँधेरा-ही-अँधेरा था। वह जल्दी से फिर से नये जीवन में लौट आई।

अब उसने देखा कि कुछ ऊँटों को सामने लाकर खड़ा किया गया है। ऊँटों द्वारा अजीबोगरीब हरकतें की जा रही थीं। कोई ऊँट दूसरे ऊँट से भिड़ा जा रहा था। कोई आसपास के लोगों को काटने-काटने को हो रहा था। कोई जमीन पर लड़खड़ाकर गिरते-गिरते उठ खड़ा होता। इन ऊँटों की पीठ पर बच्चे सवार थे। ऊँटों की ऐसी हरकतों के कारण उसे भी हँसी आ गई। अब उसने ध्यान दिया कि ऊँटों की पीठ पर बैठे बच्चे रो रहे हैं और मचल-मचल कर जान बचाने के लिए गुहार कर रहे हैं। ऊँट दौड़ रहे हैं, गिर रहे हैं, उठ रहे हैं, एक-दूसरे को काट रहे हैं। ऊँट नाच रहे हैं। ऊँट भाग रहे हैं और उनकी पीठ पर बैठे बच्चों से सैकड़ों गुना ज्यादा विचित्र हरकतें कर रहे हैं। ऊँटों की दौड़ से बच्चों की हालत इतनी खराब है कि वे कभी ऊपर को उचकते हैं, कभी पीछे को मुड़ते हैं, कभी अपनी कमर को टूटने से बचाने के लिए दोनों हाथों से पकड़ते हैं, कभी अकड़ते हैं और कभी ऊँट की पीठ पर ही गिर पड़ते हैं। मगर ऊँट हैं कि भागे जा रहे हैं, भागे जा रहे हैं। लोग हैं कि हँसे जा रहे हैं, हँसे जा रहे हैं। कुछ लोग अपनी जगह लोटपोट हो जाते हैं, कुछ लोग खड़े होकर पागलों की तरह दौड़ लगा रहे हैं, कुछ लोग अपने साथ की औरत की पीठ पर ही चढ़ने का प्रयास कर रहे हैं। और बच्चों की चीख-पुकार

धीमी होकर फिर तेज हो जा रही है। कभी ऊँट दूर चले जा रहे हैं, कभी पास आ जा रहे हैं। उसने देखा कि उसका बच्चा ऊँट की पीठ से नीचे की ओर गिरकर लोथड़े-सा लटक रहा है। अन्य बच्चे भी ठीक उसी हालत में हैं। उसने पहले ही बार-बार मालिक को ढूँढ़कर यह खेल बन्द कराना चाहा था पर मालिक दिखा ही नहीं। उसके बगल में बैठे हुए दूसरे लोगों ने उसके साथ जो हरकतें की थीं, वह अपने गाँव में कभी नहीं बर्दाश्त करती। मगर मालिक, फरिश्ता और इतना दिलदार आदमी पता नहीं कहाँ गायब है? क्या वह अपने सामने अपनी पत्नी की यह हालत बर्दाश्त करता? क्या वह इस बच्चे को अपने सामने इस तरह तड़पते देखता जिसे अपने बेटे के रूप में स्वीकार किया था?

अब उसने देखा कि सामने से आनेवाले ऊँटों में से एक पर उसका अपना बच्चा बेहोश है या मर चुका है। वह देहाती ढंग से चिल्लाकर लताड़ मारकर गिर पड़ी। उसके कपड़े और साज-शृंगार उसकी इस क्रिया से बिलकुल ही मेल नहीं खा सके। वह वहीं बेहोश भी हो चुकी थी। बेहोशी में भी उसे दिखाई दे रहा था कि उसका बच्चा ऊँट की पीठ पर अपनी जान बचाने के लिए दुहाई दे रहा है। कभी वह उठना चाहता है, कभी ऊँट की पीठ से चिपक कर बचना चाहता है, कभी अपने शरीर की टूट रही हड्डियों को अपने दूसरे अंगों का सहारा देकर बचाना चाहता था और अन्त में उसी ऊँट की पीठ पर निर्जीव मांस का लोथड़ा बनकर लटक जाता है। अब वह ऐसी बेहोशी में है जहाँ किसी प्रकार का ज्ञान ही नहीं रहता। वह केवल अनन्त शून्य में छोटी-छोटी मक्खियों से भिन्नाती बूँदों जैसी चीजों के बीच किसी डोर में बँधी मक्खी की तरह स्वयं भी उड़ रही है। उड़ती जा रही है। उसे न कोई सुख है, न दुख है।

दोनों को लाद-फाँदकर कहीं भेजा जा रहा था। अपने और बच्चे के जीवन को अब उसने पूरी तरह दूसरों के हवाले कर दिया था। जो खिलाया जाता, दोनों खा लेते। थोड़ा-बहुत हिल-डुल लेते और बेहोश पड़े रहते। दोनों को कुछ ऐसी दवाएँ ही दी जाती थीं। आँखें खुलने पर उसने पाया कि वह किसी बिलकुल अपरिचित स्थान पर पड़ी हुई है। सबसे पहले उसका ध्यान अपने उस अंग की ओर गया, जिसके कारण वह होश सँभालने के बाद से जीवन-भर अपने को सुरक्षित रखने के प्रयास किया करती थी। उसने तुरन्त महसूस कर लिया था कि बेहोशी की दशा में उसके शरीर का भरपूर शोषण किया गया था। बिना उसकी सहमति के ऐसा किस नीच ने किया? वह तुरन्त घिसटती हुई सामने के आदमी पर टूट पड़ी। लेकिन वहीं

खड़े दूसरे लोगों ने दौड़कर उसे दूर ढकेल फेंका। गिरते-गिरते उसने देखा कि वह अपने बच्चे की बगल में ही आ गिरी है। उसने निगाह दौड़ाई तो उसे समझ में आया कि बच्चा मरा तो नहीं था लेकिन बेहोशी की हालत में था। वह चिग्घाड़ मारकर रो पड़ी।

"क्या हुआ मेरे बेटे को?"

"कैसा है मेरा लाल?"

"अरे! कोई तो कुछ बताओ!"

"अरे! हाय रे! मेरे लाडले!"

अपने चोटीले, अधकुचले शरीर से घिसटती हुई वह दौड़कर अपने बच्चे से चिपट गई और पुकारने लगी—

"हाय रे! कोई मेरे बेटे को बचा ले!"

"अरे हाय रे मेरे लाल!"

"हाय! हाय रे! मेरे बेटे!"

कुछ औरतें आपस में बातें कर रही थीं। एक ने दूसरी से कहा

"बड़ी बदजात है। पहला बच्चा तो नाजायज है ही, दूसरा भी आनेवाला है।"

उसने पल-भर को रुककर आसपास की जगह को ध्यान से देखा। फिर लोगों को देखा। सारे लोग उस पर ठहाके लगा रहे थे। सभी के मुँह से यही बार-बार निकल रहा था—

"आवारा है, बदचलन है...पगली है।"

अब उसने ध्यान से देखा कि वह किसी छोटे शहर की एक सड़क पर पड़ी है और सभी फब्तियाँ कसनेवाले उसके अपरिचित हैं। सुरक्षा की दृष्टि से उसने पागलपन के खोल में घुसकर फिर बेहोशी ओढ़ ली। इस बनावटी बेहोशी में उसे दिखाई दिया कि वह खुद ऊँट पर बैठी है। उसका बच्चा भी ऊँट पर बैठा है। ऊँट दौड़ लगा रहे हैं, गिर रहे हैं, उठ रहे हैं, भाग रहे हैं और सारी भीड़ ठहाके लगा रही है। भीड़ के लोगों ने ठहाके मारे थे सचमुच! उसने ध्यान दिया था।

# नया जमाना

जब से बमभोला लौटकर आए हैं लगातार एक ही बात कहते हैं, "पहले ऐसा होता था। पहले वैसा होता था।" पहले कैसा होता था, इसमें बहुत कम लोगों की दिलचस्पी है। इसलिए लोग धीरे-धीरे बमभोला से दूर भागने लगे हैं। बमभोला ने लोगों को इकट्ठा करने के लिए शाम को भाँग-बूटी की व्यवस्था चला रखी है। पर तब भी लोग कम होते जा रहे हैं।

लगभग चालीस साल पहले गाँव की चमार जाति की लड़की चमेलिया से ठाकुर बमभोला के अवैध सम्बन्ध की अफवाह के चलते चमारों ने ऐन होली के दिन अचानक ठाकुर बमभोला पर हमला बोल दिया था जिसमें बमभोला तो घायल हुए ही अनेक सवर्ण लोग भी घायल हुए थे। फौजदारी से बचाने के लिए घर वालों ने बमभोला को दिल्ली की गाड़ी पर बैठा दिया था। देहाती भुच्च बमभोला कभी अपने गाँव-शहर से बाहर गए ही नहीं थे दिल्ली के बारे में कुछ जानते ही नहीं थे। किन्तु संयोग से ट्रेन के जिस डिब्बे में बमभोला सवार हुए थे दिल्ली का एक छोटा-मोटा उद्योगपति भी यात्रा कर रहा था जिसके कोई सन्तान नहीं थी। अनपढ़-गँवार बमभोला को वह अपने साथ लेता गया, सोचा कि अपनी ही फैक्ट्री में कुछ काम दे दिया जाएगा, जिससे इसका जीवन-निर्वाह होता रहेगा। किन्तु बमभोला की सरलता, ईमानदारी, स्वामिभक्ति, सेवाभाव और भोलेपन के गँवारू गुणों ने उद्योगपति की पत्नी को इतना प्रभावित किया कि उन्होंने बमभोला को अपने घर में ही रख लिया। धीरे-धीरे बमभोला घरेलू उत्तरदायित्वों के साथ उनके उद्योग में भी हाथ बँटाने लगे। बूढ़े उद्योगपति और पत्नी को तो मानो बेटा ही मिल गया। उन्होंने बमभोला की पत्नी और बच्चे को भी दिल्ली बुला लिया। पत्नी की गाँव में सास-ससुर की सेवा करने की आदत थी ही इसलिए बूढ़े उद्योगपति और

उनकी पत्नी की सेवा करने में उसे कोई कठिनाई नहीं हुई उसने भी घर का सारा काम हाथों-हाथ सँभाल लिया। उद्योगपति ने बमभोला के बच्चे का नाम एक अच्छे स्कूल में लिखा दिया। बमभोला, बमभोला की पत्नी और बच्चे की जो प्रतिभा गाँव में कुन्द पड़ी थी वह अब अनुकूल वातावरण में निखरने लगी थी। कुछ वर्षों में ही बमभोला ने पूरा कारोबार सँभाल लिया, पत्नी न पूरी गृहस्थी सँभाल ली और बच्चे ने भी आई.आई.टी. निकाल लिया। और एक विदेशी कम्पनी में नौकरी लग जाने से लन्दन चला गया। उधर नब्बे वर्ष की आयु में उद्योगपति का देहान्त हो गया। कुछ महीने बाद उनकी पत्नी भी चल बसी। अब केवल बमभोला और उनकी पत्नी ही दिल्ली में रह गए थे। अचानक पत्नी के पेट में दर्द रहने लगा और उसकी भूख मर गई। पहले तो भूख लगने, दर्द और कब्ज आदि की दवा चलती रही किन्तु कोई लाभ न होने पर बमभोला ने पत्नी को एम्स अस्पताल में दिखाया। वहाँ सारी जाँच में पता लगा कि पत्नी की भोजन नलिका में कैंसर है और एसाइटिस हो गया है और अब अन्तिम स्टेज में है। यह सब पता लगने के डेढ़ महीने के अन्दर ही पत्नी का देहान्त हो गया।

बमभोला एकदम अकेले हो गए। लड़का अंग्रेज लड़की से शादी करके इंग्लैंड का ही नागरिक हो गया। अब उनका मन दिल्ली से उचट गया। तब उन्हें गाँव की याद आई और एक दिन वह प्रयागराज एक्सप्रेस से दिल्ली से प्रयागराज और वहाँ से अपने गाँव अर्का पहुँच गए। जहाँ उनके चचेरे भाई रामराज ने उनकी खेती-गृहस्थी सँभाल रखी थी। कहावत है सावन के अन्धे को सब हरा-ही-हरा दिखता है। उसी प्रकार बमभोला के दिमाग में वह चालीस साल पहले वाला ही गाँव बसा है। और हर बात में यही कहते रहते हैं कि "पहले तो ऐसा होता था।" लेकिन इसमें अब किसी की दिलचस्पी नहीं रह गई।

बमभोला नहीं चाहते कि वह शाम को अकेले रहें। रामदीन के बेटे रघुवंश अब पचास साल के हैं बूढ़े हो चुके हैं। पर वह संकोच में भाँग पीसते हैं, किन्तु पीते नहीं। वह तो रात के भोजन के पहले एक-दो पाउच पीते हैं, वह भी अपनी कमाई की।

एक दिन बमभोला ने कहा, "क्यों बेटा! भाँग पीते नहीं, तो पीसते क्यों हो?"

रघुवंश ने कहा, "मैं भाँग के नशे में रहूँगा, तो गायों का दूध कैसे दुहूँगा? गायें न दुहीं तो घर का खर्चा कैसे चलेगा? एक तो साला ग्वाला चालीस रुपैया लीटर दूध, बाईस रुपिया में लेता है और पानी मिलाकर डेड़ गुना करके बेचता है। तिथि-त्योहार पर तो अस्सी रुपये लीटर बेच लेता है। पता नहीं आदमी के पास

केतना पैसा है?...चमेलिया तो अपनी नतिनी के लिए दो लीटर दूध तीस रुपये लीटर मुझी से खरीदती है।"

रघुवंश ने ऐसा कहकर ठाकुर बमभोले को बता दिया था कि अब वह अपना दूध तीस रुपये लीटर से कम में बमभोले को नहीं देगा, जबकि बमभोला खुद चालीस रुपये लीटर तक देने को सोच रहे थे। लेकिन तीस रुपये लीटर का दाम सुनकर वह खुश हो गए क्योंकि दिल्ली में तो वह पचास रुपये प्रति लीटर में दूध ले रहे थे, यहाँ बीस रुपये प्रतिलीटर कम में ही दूध मिल गया।

रघुवंश भोला चमार के बेटे हैं। भोला आज समाज के सम्मानित लोगों में से हैं, क्योंकि उनके बेटे ने छोटी-सी डेयरी खोल ली है और ठीक-ठाक कमाई हो जाती है। हाँ! उन्हें ढाई-तीन बजे सवेरे से ही खटना शुरू कर देना पड़ता है। दिन निकलते-निकलते वह दूध दुहकर ग्वाले को देने की तैयारी कर लेते हैं।

रघुवंश ने अपने परिवार को तो उठा ही दिया है, वह दूसरे सजातियों के लिए भी सहायता को तैयार रहते हैं। उनकी निगाह आनेवाले विधानसभा चुनाव पर भी है। अपना पक्ष मजबूत करने के लिए वह कहते हैं बाहरी आदमी को न जिताकर क्षेत्र के ही आदमी को जिताया जाए चाहे वह किसी जाति का हो। अपने मन में गणित लगाकर उन्होंने सजातीय लोगों के वोट का प्रतिशत अपने पक्ष में भाँप लिया है। वह कभी-कभी विधानसभा के सपनों में खो जाते हैं। उनकी इस योजना की भनक कुछ लोगों को लग गई है और वे लोग भीतर-भीतर उन्हें काटने में भी लगे हैं।

अपने घर के दुआर पर इकट्ठे पाँच लोगों को भंग छानने की तैयारी के लिए ललकारते हुए रामराज ने कहा, "अरे भइया हरेव शुरू कर दो अब तो घोटाई! देर होने से अँधेरे में कैसे दिसा-फराकत जावा जाई?"

पाँचों में से किसी ने एक शब्द भी नहीं कहा और मौन साधे रखा। रामराज ने फिर ललकारा—

"अरे जवानो! चढ़ी जवानी माँझा ढीला? कैसे मुँह बाँधे खड़े हौ? का आज सब लोगन को बुखार चढ़ गया है का?"

"नहीं चाचा बोखार तौ नहीं चढ़ा, मगर आज भाँग के नहीं कुछ अउर पियै के मन है।"—मिठाई लाल ने कहा।

"का पियै चाहत हौ भइया हरेव?"

"..."

"अरे बताते क्यों नहीं? क्या पीना चाहते हो आखिर?"

"बताने की क्या जरूरत है काका? तुम जानते नहीं का कि साँझ के बखत का पिया जात है?"

"क्या रे? मैं तुझे शराब पिलाऊँगा? यही बच गया है करने को?"

—यह मिठाई लाल को राजाराम द्वारा लगाई गई डाँट थी, पर मिठाई लाल जरा भी नहीं हिला और बोला—

"हें हें ऽ एँ ऽ एँ ऽ तो फिर हम लोग जा रहे हैं काका!"

"अरे बच्चा हमारे बाप-दादा के जमाने से हमारे दरवाजे पर बूटी छनती आई है। हमारे रहते इसको बन्द मत कराओ। हम परलोक में बाप-दादा को क्या मुँह दिखाएँगे?"

"तौ हम इस लोक में अपने दोस्तों को क्या मुँह दिखाएँगे काका? यही कि लो यह खाँसी-जुकाम बढ़ानेवाला काढ़ा पियो।" मिठाई लाल ने कहा।

"करे तोका ई खाँसी जोखाम बढ़ावै वाला काढ़ा लगता है? अरे कुल-कलंक! जन्मते ही क्यों न मर गया?" रामराज ने ललकारा।

"का झूठ कहत हैं का काका?" बाकी चारों ने एक साथ कहा।

रामराज सिंह को याद आया कि वह मिठाई लाल के परिवार के हैं और उसके चाचा लगते हैं। इसलिए उन्हें मिठाई को डाँटने-मारने का अधिकार है। लेकिन थोड़ी ही देर में नये जमाने को याद कर वह ठिठक गए कि अपनी इज्जत अपने हाथ होती है। मिठाई लाल ने भी इस हिचक को समझ लिया और मौके का फायदा उठा कर उस ओर लपका, जिधर शाम को नौजवानों की महफिल में पीने-पिलाने का दौर चलता था। वहाँ नौजवानों की संख्या तेजी से बढ़ रही थी। उन्हें शराब पीने से रोकनेवालों की संख्या दिनोंदिन घट रही थी। शराब के साथ जुए का भी दौर चलने लगा था और अड्डा चलानेवालों की आमदनी भी बढ़ रही थी। बिगड़ रहे बच्चों के कुछ माता-पिता चिन्ता में गले जा रहे थे, पर बच्चे उनके दुख पर ध्यान नहीं दे रहे थे।

गाँव में कुछ लोगों का विकास हो रहा था, तो कुछ की हालत बिगड़ रही थी। जात-पाँत में बँटे गाँव में अब लोगों में पहले जैसी सहिष्णुता नहीं रह गई थी।

रामराज उसी समय अचानक अपने घर से गायब हो गए। लड़कों ने कहा कि "अभी-अभी तो यहीं थे, कैसे अचानक गायब हो गए?"

इतने में धनपरा गाँव के दो लोहार रामदीन और श्यामदीन हाथ में लाठी लिये प्रकट हुए। उन्होंने लड़कों से पूछा, "कसो! कहाँ गए ठाकुर रामराज?" रघुवंश ने

कहा, “हम क्या उन्हें अपने फेंटे में बाँधे हैं क्या?”

श्यामदीन ने कहा, “अरे! हमेशा उल्टा बोलने की आदत पड़ गई है क्या?”

“इनका मन बहुत बढ़ गया है आजकल।” यह रामदीन थे।

रघुवंश ने बात को टालने के लिए हँसी का सहारा लिया। “धरती लील ले गई कि आसमान? कोई दैत्य-दानव ले उड़ा कि जादू-मन्तर से गायब हो गए?”

“आज पता चला कि कितने पानी में हैं...देश भलाई? जमीन के दाम दस साल पहिले लै लिहिन है और अब बदले जात हैं। दाम बढ़ गया है तो नीयत खराब हो रही है।” —श्यामदीन ने असमंज से साथ खीझते हुए कहा।

“बाँभन-ठकुर की सारी जमीन बिकी जात है और ओ.बी.सी. के लोग धड़ाधड़ खरीदे जाते हैं। गुटका, तम्बाकू, शराब में सब कुछ खतम हुआ जा रहा है। कुछ लड़के तौ हिरोइन का इजेक्शन लगाते हैं।” —मिठाई लाल ने कहा।

“अउर सरकारी ब्राह्मणन के तौ जमाना आयगा है। सारा बंजर, ऊसर-पाँपर, खेत-खलिहान, तालाब, भीटा जंगल-कछार उन्हीं का है। जहाँ हल और फावड़ा के साथ पहुँच गे, समझौ उनकी बपौती हो गई सारी जमीन...और खतौनी में उनका नाम चढ़ गया।” —रामदीन ने कहा।

श्यामदीन ने कहा, “अरे बपौती तौ किसी की भी जमीन जोत लेने वाले की भी हो जाती है। जमीन खरीदने से अच्छा है कब्जा करना। तहसील के लोगों को पूजा चढ़ाओ और अपना नाम खतौनी पर लो। खाली दलित-वर्ग के होना चाहिए फिर सात खून माफ है।”

“अरे पेड़-पालो पर भी तुरन्त नाम चढ़ता है। इस इलाके का लेखपाल बैठा रहता है मगरमच्छ की तरह खसरा-खतौनी लिये। जो कुछ चाहो, उल्टा-सीधा सब करने को तैयार है। खाली दलित-वर्ग का होना चहिए।”

अब रघुवंश से सहा नहीं जा रहा था। उन्होंने पाँच बीघे का बाबातारा तालाब तोड़ लिया था। तालाब के अगल-बगल भींटे थे। उन्हें काटकर तालाब को पाटकर खेती करते थे। सरकार से लोन लेकर गायें खरीदकर डेयरी खोल ली थी। एक जीप खरीद ली थी और ठाट से रहते थे।

रघुवंश ने कहा, “दलितों का खून चूस-चूस कर ही मोटे हो गए हो, नहीं तो माँ के पेट से जमीन लेकर नहीं आए हो।”

अब इस गाँव में ‘ओ.बी.सी.’ और ‘शोषण’—जैसे शब्द चल गए हैं। लोग टी.वी. पर समाचार सुनकर रोज की घटनाओं को समझते और उन पर बहस करते

हैं। पहले लोग राजनीति को नहीं समझते थे। अब हर बात में राजनीति के पैंतरे ही चलते हैं।

श्यामदीन ने कहा, "हम किसी का पैसा नहीं मारते...सरकार का भी नहीं।"

"हर किसी को मालूम है कि तुम सरकार से कई लाख का कर्जा लिये हो और एक पाई नहीं लौटा रहे।" —यह रामदीन थे।

रामदीन इस बात को बतंगड़ नहीं बनाना चाहते थे, किन्तु बात बढ़ती जा रही थी। इसलिए रामदीन ने कहा, "अरे हटाओ भाई! कहाँ की बातें उठा लिये हो। कुछ और बात करो।"

रघुवंश ने कहा कि उन्हें "फुरसत कहाँ है कि 'चउरा' में समय काटें। साँस लेने की तो फुरसत है नहीं।"

रामदीन और श्यामदीन को भी देर हो रही थी। इसलिए सभी अपने-अपने रस्ते चलने को हुए। इतने में रामराज दौड़ते हुए आए और बोले, "अरे तुमलोग ठंडई तो पी लो भाई।"

रघुवंश ने कहा, "मैं तो ठंडई नहीं पी सकता, क्योंकि देर हो चुकी है। गायें भूखी होंगी। दूध भी घट जाएगा।" और वहाँ से खिसक लिये। अब वहाँ दोनों भाई रामदीन और श्यामदीन के अलावा दो और लोग बचे थे। उन्हें रामराज सिंह नहीं पहचानते थे। इसलिए उनकी ओर इशारा करके पूछा कि "ये दोनों कौन लोग हैं?"

रामदीन ने कहा, "ये दोनों बथुई गाँव के निवासी हैं। रामसखा और श्यामसखा।"

"पागलाई बाँभन देउता" —रामराज सिंह ने दोनों को आदर से प्रणाम किया।

"अरे कैसा देउता। दोनों मुड्ढ हैं मुड्ढ। लिखे न पढ़े, उपरन चढ़ें।" —श्यामदीन ने कहा।

रामदीन और श्यामदीन जल्दी से असली बात पर आना चाहते थे और रामराज टालने पर लगे थे। आखिर उन अजनबियों के सामने ही रामदीन ने रामराज को घेरा, "अरे ठाकुर चाचा। खेतवा कब लिखाओगे।"

"अरे अभी तो मैं बहुत फँसाव में हूँ। थोड़ा साँस लेने दो। लिख दूँगा।"

"लिख दूँगा, लिख दूँगा" कहते-कहते तो तुमने दस साल काट लिया अब कब लिखोगे ठाकुर चाचा।"

दोनों भाइयों ने रामराज को घेर लिया था और लाठियों को ऐसे पकड़ रहे थे, जैसे बस चला ही देंगे। रामराज सोच रहे थे कि कहीं दोनों मार-पीट पर न उतर आएँ। रामसखा और श्यामसखा दोनों भाई बगलें झाँकने लगे थे कि कहीं धीरे-से

खिसक जाएँ। ठाकुर बमभोला सोचने लगे कि पहले तो लोहार लोग बड़े सीधे-सज्जन थे। ठाकुर-बाभन के सामने सर उठाकर खड़े भी नहीं होते थे। लेकिन आज ये कैसे लाठी पटक रहे हैं मानो अभी टूट पड़ेंगे। उधर पासी-चमार भी कितनी अकड़ में हैं। गाँव के अधिकतर तालाबों और खलिहानों पर इनका कब्जा हो गया है। पहले वाला भाईचारा और इज्जत भी इनकी नजरों में नहीं दिखाई देती है।

"देखो ठाकुर चाचा! खेतवा तो तुमसे हम लिखवा लेंगे। हाँ! इज्जत भी खराब कर देंगे।"

रामराज सिंह भी ताव में आ गए और बोले, "तब तो मैं नहीं लिखूँगा जो करना हो कर लो। अरे हाँ नहीं तो क्या? पीछे पड़े हैं दोनों।"

अब तिवारी-बन्धु वहाँ से भागने की तैयारी में थे। रामदीन ने कहा, "अरे तुम दोनों कहाँ भागे जा रहे हो।"

"चलो हम लोगों को गाँव लौटना है।"

"गाँव क्या! ससुर तुम दोनों अब यहीं खाओ-पिओगे और रात-भर जुआ खेलोगे। तुमको क्या जल्दी है?"

"कहाँ-कहाँ के बात बिना सिर-पैर की उड़ाते हैं रामदीन भाई...दोनों लोग।" रामसखा ने कहा।

अब रामदीन का मन थोड़ा पसीजा और उसने रामराज से कहा, "एक सप्ताह में अगर काम न हुआ तो खैर नहीं तुम्हारी। विश्वकर्मा मंत्री जी हमारे रिश्तेदार हैं।"

"ठीक है ठीक है।"

"ठीक नहीं रहेगा तो हम ठीक कर देंगे।"

कहकर श्यामदीन चल दिये और रामदीन भी उनके पीछे लग गए। दोनों तिवारी भी आपस में फुसफुसाकर दूसरी ओर चल दिये।

उस जगह से थोड़ा आगे बढ़ने के बाद दोनों तिवारी-बन्धु बिना कोई बातचीत किये ही किसी अज्ञात प्रेरणा से रघुवंश के घर की ओर मुड़ गए। वहाँ पहुँचते ही दोनों अचानक गायब हो गए। और धीरे-धीरे अँधेरा बढ़ने लगा। शाम की उदासी रात बनकर पूरे गाँव पर छाने से पहले ही बिजली आ गई और पूरा गाँव जगमगा उठा।